やり込んだ乙女ゲームの悪役モブですが、断罪は嫌なので真っ当に生きます
5
MIZUNA present
illustration by Ruki
著 MIZUNA
ill. Ruki
TOブックス

Contents

illustration ◆ Ruki　design ◆ アオキテツヤ(musicagographics)

CHARACTERS

＜登場人物紹介＞

バルディア

リッド

本作の主人公。
ある日、前世の記憶を取り戻して自身が
断罪される運命と知り絶望する。
だが、生まれ持った才能と
前世の記憶を活かして、
自身と家族を断罪から守るために奮闘する。
たまに空回りをして、
周りを振り回すことも……。

メルディ

主人公の妹でリッドとナナリーからは
愛称で『メル』と呼ばれている。
とても可愛らしく、寂しがり屋。
誰に似たのか、
活発、お転婆、悪戯好きな女の子。

ナナリー

ライナーの妻であり、主人公の母親。
不治の病である『魔力枯渇症』を患っており、
リッドとライナーの活躍により
一命を取り留め、現在闘病生活中。
本来はお転婆、活発、
悪戯好きな女性らしい。

ライナー

立場上色々と厳しい事を言うが、
主人公の一番の理解者であり、
彼を導く良き父親。
ただし、気苦労は絶えない。
リッドを含め、家族をとても
大切にしている。

ダナエ

バルディア家のメイド。

クリス

バルディア領で『クリスティ商会』代表を
務めるエルフの女性。

サンドラ

リッドの魔法教師。
リッドと協力して、
『魔力回復薬』の開発に成功。

シャドウクーガー

レナルーテの魔の森に住む魔物。

スライム

レナルーテの魔の森に住む
最弱の魔物。

アレックス

リッドにスカウトされたドワーフ。
エレンの双子の弟。

エレン

リッドにスカウトされたドワーフ。
アレックスの双子の姉。

ルーベンス

バルディア騎士団の一般騎士。

レナルーテ

エルティア

エリアスの側室で、ファラの母。

ファラ・
レナルーテ

レナルーテ王国の第一王女。
リッドとの婚約を果たす。

エリアス・
レナルーテ

ダークエルフが治める
レナルーテ王国の王であり、
ファラとレイシスの父親。

アスナ・
ランマーク

ファラの専属護衛。

レイシス・
レナルーテ

レナルーテ王国の第一王子。

ディアナ

元・バルディア騎士団の一般騎士。
現在はリッドの従者。

ダイナス

バルディア騎士団団長。

クロス

バルディア騎士団副団長。

同盟（密約：属国）

結婚　ファラ・レナルーテ

商流構築

レナルーテ王国（ダークエルフ）

国王　エリアス・レナルーテ
王妃　リーゼル・レナルーテ
側室　エルティア・リバートン
第一王子（第一子）　レイシス・レナルーテ
第一王女（第二子）　ファラ・レナルーテ

レナルーテ王国華族

公爵　ザック・リバートン
侯爵　ノリス・タムースカ
男爵　マレイン・コンドロイ
他多数

レナルーテ王国暗部

頭　ザック・リバートン
影　カペラ・ディドール
他多数

未開の地

魔の森

シャドウクーガー
スライム
他多数

帝国貴族

マグノリア帝国（人族：帝国人）

皇帝 アーウィン・マグノリア
皇后 マチルダ・マグノリア
第一皇子（第一子） デイビッド・マグノリア
第二皇子（第二子） キール・マグノリア
第一皇女（第三子） アディーナ・マグノリア

マグノリア帝国貴族（人族：帝国人）

伯爵 ローラン・ガリアーノ
他多数

政略

リッド・バルディア

バルディア辺境伯家（人族：帝国人）

当主 ライナー・バルディア
妻 ナナリー・バルディア
長男（第一子） リッド・バルディア
長女（第二子） メルディ・バルディア

バルディア騎士団

騎士団長 ダイナス
副団長 クロス
一般騎士 ルーベンス
一般騎士 ディアナ
一般騎士 ネルス
他多数

バルディア辺境伯家関係者

執事 ガルン・サナトス
魔法教師 サンドラ・アーネスト
メイド ダナエ

協力関係

サフロン商会

代表（男爵） マルティン・サフロン（エルフ） 他多数

クリスティ商会

代表 クリスティ・サフロン（エルフ）
護衛兼使用人 エマ（猫人族）

鳥人族
馬人族
バルスト
（人族）
狐人族
バルディア
レナルーテ
（ダークエルフ）
魔の森

猿人族
兎人族
王都
狼人族
ズベーラ
（獣人族）
猫人族
鼠人族
熊人族
教国トーガ
（人族）
帝都
マグノリア帝国
（人族）
アストリア
（エルフ）
森林地帯
ガルドランド
（ドワーフ）

プロローグ　奴隷販売

狐人族の首都、フォルネウ。そこにある部族長、ガレス・グランドークの屋敷において足早に廊下を進む一人の青年がいた。彼の名は、マルバス・グランドーク。グランドーク家の次男であり、家の政務などを若くして一任されている人物である。彼は目的の部屋の前に辿り着くと息を整え、深呼吸をしながら緊張した面持ちでドアをノックした。

「兄上、マルバスです。ご相談したいことがありますが、入ってもよろしいでしょうか？」

「いいぞ、入ってこい」

「失礼します」

エルバの低く重い声を聞いたマルバスは、強張った面持ちでドアを開けて入室する。

だが、そこには思わぬ先客がおりマルバスは眉を顰《ひそ》めた。

「……姉上も居るとは思いませんでした」

「あら、私が居たらご不満かしら？　先程まで、エルバ兄様の『運動』に付き合っていただけよ。激しくて、とても楽しませてくれたわ。だから、少し休憩しているのよ」

ラファはソファーに座ったまま、見せつけるように髪を耳にかける仕草をしながら顔を赤らめ、妖艶な雰囲気を発している。彼女はグランドーク家の長女。エルバの妹であり、マルバスの姉だ。

その姿の特徴は、つい視線を向けてしまう程の大きい胸とスタイルの良さ。それに加え、ラファの醸し出す妖艶で蠱惑的な雰囲気には、すれ違えば誰しも一度は振り向いてしまうだろう。

彼女はそれ程の魅力を持ちながらもグランドーク家において、エルバの次に戦闘力が高い。そんなラファにエルバは視線を移すとニヤリと笑う。

「手加減していたとはいえ、俺との運動で楽しむ余裕があるとはさすがだな」

「エルバ兄様との運動だけが、最近は唯一の『暇つぶし』ですもの」

マルバスはエルバとラファのやり取りに呆れた様子でため息を吐いた。

「はぁ……兄上も姉上も、『運動』は程ほどにしてくださいい。二人が本気になると、修繕費が莫大になります。それに、お二人に怪我でもされたら大変です」

彼等の言う『運動』とは、武術と魔法を使用した実戦に近い立ち合いである。狐人族に限らず、獣人族はより強い力を求めて立ち合いを行うのはよくあることだ。しかし、残念ながら実力が高ければ高い程、その分相手は限られてしまう。

エルバは実力が拮抗する相手がいない為、差はあれども一番彼に実力の近いラファを立ち合いの相手としていることが多い。マルバスがエルバを訪ねたこの日も、二人は運動と称して立ち合いをしていたのだろう。

「俺もラファも、怪我をするほどの間抜けではない。それよりも何の用事だ、マルバス？」

エルバはそう言うと、ドアの前に立っているマルバスに鋭い眼差しを向ける。彼はその視線に気付くと、表情を引き締めた。

「失礼しました。実は、奴隷販売の件でバルストの奴隷商から大口販売の相談がありました。何でも、今回の奴隷を一括で購入したいと言っているそうです」

「あれだけの奴隷を一括購入したい……だと？　ふむ、詳しく聞かせろ」

マルバスは頷くと、丁寧にバルストの奴隷商からきた相談を報告する。奴隷商の相談内容は、以前から大規模に奴隷を欲する商会が一つあったということから始まった。そして、今回の奴隷販売の情報を聞くなり、その商会が獣人の奴隷をまとめて購入したいという申し出があったらしい。

まとめ買いによる値引き交渉かと思ったが価格も適正であり、奴隷達をバラバラで売るよりも確実な利益が見込める。しかし、獣人の奴隷を欲しがる他の商会や個人もいるので、マルバスが通じている奴隷商だけでは判断ができず相談があったということだった。

「……以上の点から私個人の考えとしましては確実な利益をもたらす取引となる上、後腐れもないでしょう。従いまして、まとめ買いしたいと申し出た商会に販売して良いと考えています。今後に関しても、まとめ買いする者のおかげで、奴隷販売における相場も上がると思われます。兄上、いかがしましょう」

エルバは報告を聞くと、口元を手で覆う。そして、少しの間を置いて「そうだな……」と呟《つぶや》いた。

「確実な利益が見込めるなら問題ないだろう。ただ、そんなにまとめて欲しいのであれば、多少は値上げしても食いついてくるはずだ。価格はギリギリまで吊り上げて販売しろ」

「承知しました。では、そのように奴隷商にすぐ連絡したいと存じます故、私はこれで失礼します」

マルバスは確認が終わると、一礼して部屋を出ようとする。だが、そんな彼の背中にエルバから

「待て……」と声が掛けられた。

「そのまとめ買いしたいという商会の名前は？」

「残念ながら商会は匿名を希望しておりますので、詳細までは……」

バルストで行われる奴隷売買において、商会は必ずしも名前を出さなくても良い決まりになっている。エルバは眉間に皺《しわ》を寄せ「ふむ」と相槌を打つと、何やら考え込んでから言葉を続けた。

「……バルストでそれだけの奴隷を購入して移送も可能という点を考えれば、商会の所属先は帝国もしくはレナルーテのどちらかだろう。しかし、二国とも奴隷を禁止している。その中で、奴隷を大量購入した者がいるという情報は、今後の役に立つかもしれん。販売と合わせて裏を取っておけ」

「畏まりました。その点も含めて確認を取っておくようにいたします。では、兄上、私はこれで失礼します」

マルバスは淡々と答えると会釈して、今度こそ部屋を退室した。彼が部屋から退室して間もなく、ソファーに座っていたラファが気だるそうに背伸びをしてからおもむろに立ち上がる。

「エルバ兄様。では、私もそろそろお暇します」

ラファはそう言うとエルバに一礼してから部屋を退室する。特にそれをエルバが気にすることもない。しかし、ラファは部屋から出るとニヤリと楽しそうな笑みを浮かべた。

「うふふ。奴隷達の大量購入……何か面白いことに繋がりそうねぇ」

◇

その日、狐人族の首都フォルネウのグランドーク家にある訓練場では、少年と少女が武術の訓練を行っていた。そして、辺りには木がぶつかり合う乾いた音と、二人の掛け声が響いていた。

「はぁあああぁ!!」

勢いよく声を発する少女はセミショートボブの黒髪を靡かせ、棒術で襲い掛かる。しかし、少年は余裕のある笑みを浮かべ手に持った木剣で軽くいなし続けていた。

「シトリー、少し力み過ぎだよ。もっと、力を抜いてごらん」

「うぅ……アモンにーさま。すこし、てかげんしてよぉ……」

シトリーは、目を潤ませながら兄であるアモンを怨めしそうに見つめる。だが、彼は諭すように優しい声をかけた。

「だ〜め。獣人族は『強さ』がすべてだからね。今から訓練をして強くならないと、シトリーが大変だからね。だから兄として、今は心を鬼にしているんだよ?」

「うぅ……にーさまのいじわる!!」

二人は仲睦まじくそんな掛け合いをしながら、しばらく訓練を続けていた。

獣人族はどの部族においても『強さ』が重視される。それは、部族長の血族でも変わらない為、アモンはシトリーを鍛えるべく武術を教えていた。本来、このような事をするのは父親であるガレンの役目だ。しかし、ガレンはシトリーと初めて訓練を行った際、その気弱な性格などから『才能が無い』という判断を下している。その為、シトリーの屋敷における立場は低く、その扱いは他の兄弟のように手厚くはない。

アモンは妹がそのような扱いをされることに心を痛めており、自主的に妹の面倒を見ていた。シトリーもその事をわかっており、訓練中に口では悪態を吐くこともあるが、彼女なりにいつも必死でアモンに挑戦を続けている。

「よし、そろそろ休憩しようか」

「はぁ……はぁ……はい、にーさま……」

二人が訓練の手を止めると、グランドーク家の執事でもあるリックがアモンに話しかけてきた。

「アモン様、訓練中に申し訳ありません。ラファ様がお部屋で話したい事があるとのことです」

「姉上が？　わかった。訓練中だったから、身嗜みを整えたらすぐに姉上の部屋に行くと伝えてくれ」

「承知しました」

リックは一礼するとその場を後にする。アモンはシトリーに振り返ると、ニコリと微笑んだ。

「シトリー、今日はここまでにしよう。以前よりかなり上達しているよ」

「ほんと⁉　ありがとう、にーさま」

シトリーは、嬉しそうに顔を綻ばせてアモンに抱きつく。彼はそんな妹の背中を優しく「ポンポン」と叩きながら、「大丈夫。シトリーはできる子だよ」と褒め続けていた。

その後、アモンは自室で身嗜みを整えると足早にラファの部屋を訪れる。

「姉上、入ってよろしいでしょうか？」

「アモン……？　ああ、そういえば私が呼んだわね。入ってきていいわよ」

「失礼します……なっ⁉」

部屋に入るなり、アモンは顔を赤らめてラファに慌てて背中を向けた。

「あ、姉上!! いくら姉弟でも、裸を安易に見せてはならないといつもお伝えしているでしょう!? 何故、私が訪れる時はいつも裸なのですか!」

「あら……そんなのアモンの反応が初心《うぶ》で面白いからに決まっているわ」

ラファはアモンの反応に目を細めながら、服を着替え始める。布の擦れる音が聞こえると、アモンは安堵しながらも呆れたようにため息を吐いた。

「はぁ……姉上、私をからかうのもほどほどにして下さい。それよりも、どのようなご用件でしょうか？」

「うふふ、つれないわね。あなたが気にしていた『奴隷』の件でも伝えてあげようと思ったのにね」

奴隷の件……その言葉を聞いてアモンの眉がピクリと動いた。

「いよいよ、ですか。それで……『どこかの商会がまとめ買いしたい』とでも交渉してきましたか？」

彼が背中越しに答えるとラファは「へぇ……」と感心しつつも、楽しげに口元を緩めた。

「すでに知っていたのね。あ、もうこっちを向いても大丈夫よ。アモン」

アモンは振り返り服を身に纏ったラファの姿にホッとした様子を見せるが、すぐに険しい表情を浮かべた。

「……知っていたわけではありません。ですが、以前からバルストでは『ある商会』が奴隷のまとめ買いを考えている、という情報はありましたからね。調べたら、後ろ盾がある結構な大商会で驚きましたよ」

エルバやマルバスすら知らない情報を持っていたアモンに、ラファはますます嬉しそうに微笑む。

「いいわ、今日のあなたは私を楽しませてくれるのね。その情報を掴んだから、奴隷販売の反対を止《や》めたのかしら？」

アモンは問いかけに険しい表情を浮かべると苦々し気に呟いた。

「……そうですね。今回の奴隷販売された子達は、恐らく商会の後ろ盾となっている場所に行くと思います。時がくれば、今回の件を通じてそこの『領主』と良い関係が築けるかもしれませんからね」

「奴隷達を餌にして、商会の後ろ盾となっている『領主』と関係を築くというのね？　その考えは面白いわ。アモン、あなたの事をほんの少しだけ見直してあげる。それから、この事は兄上達には黙っておいてあげるから、今後も私を楽しませなさい」

満面の笑みを浮かべるラファに、アモンは呆れた表情を浮かべながら頷いた。

「承知しました……」

その後、ラファと軽い雑談をしたアモンは部屋を後にする。そのまま自室に戻った彼は机に座り、引き出しから一通の手紙を取り出した。それは、アモンの理想を支持する者達がバルストで集めた情報を記したものである。手紙を開き重要な情報の一文に目を通すと、アモンは人知れず呟いた。

「……クリスティ商会、その背後にあるのは帝国貴族……か。さて鬼が出るか蛇《じゃ》が出るか……」

魔法と武術と魔力付加

僕は自室の机の前にある椅子に腰かけ、レナルーテのファラから届いた手紙に目を通しながら一区切り付いたところで「うん」と頷いた。

「ファラも元気に過ごしているみたいだな」

顔合わせの一件以降、彼女とは文通を続けている。最近のやり取りで特に面白かったのは、母上の発信で『招福のファラ王女』という愛称が屋敷に広まったことを手紙に書いて送付した後、ファラから届いた返信だ。手紙の筆跡と内容から彼女の慌てた様子が目に浮かび、とても可愛らしかった。

ちなみにこの愛称は、『ファラとの顔合わせがきっかけで、母上の治療に関わることから始まり、ドワーフであるエレン達との邂逅。他にも様々な良い事が立て続けに起きた』という話をするうちに、『招福のファラ王女』というあだ名が母上の中で定着。その後、屋敷内でも広まったと手紙で伝えている。

でも本当は、『感情によって耳が動くダークエルフは珍しい為、招福の象徴である』というレナルーテの伝承を、カペラが母上にうっかり話したことで広まった愛称だ。そして、伝承の通りファラは感情に応じて耳が上下に動いてしまう。彼女としてはこのことを秘密にしているらしく、まだ直接は明かされていない。

ただ、何度かファラの『耳が動いた瞬間』を目撃していることに加え、カペラの話から裏も取れてしまっているんだけどね。

それでも彼女から話されるまでは、知らないふりをしておくつもりだ。そんなことを思い出しながら、手紙を読み進めているとつい「ふふ……」と笑みが溢れる。程なくして読み終えるが、気になる部分に対して再び目を落とした。

「……それにしても、この『バルディア領に行ったらお見せしたいものがあります。アスナも褒めてくれているので、楽しみにしていて下さい』って何のことだろう……？」

ファラと文通を開始すると、早い段階で何やら新しいことを始めたという知らせはあったけれど、その内容は一貫して教えてくれない。彼女は突拍子もないことをいきなり言い出すところがあるから、そこだけが気になるんだよね。まぁ……そんなところもファラの魅力だけど。

でも、アスナが褒めているということは、彼女の行いを周りも認めているということだ。そこまで心配しなくても大丈夫とは思っている。

ファラからの手紙を大事に片付け、返信するための紙を取り出す。そして、机に備え付けられている羽ペンにインクを付け、何を書こうかと考えを巡らせる。

ここ最近、バルディア領に様々な変化が起きていた。尤も、その原因は断罪回避の為、僕が作成した『事業計画』に起因するんだけどね。

計画書は、バルディア領が飛躍的に発展するための基盤作りが主題。特に父上の心を動かしたのは、燃料の要『木炭』を魔法で生産可能にしたことだろう。

この世界では前世で馴染のあるガスや石油などの燃料はない。魔法は習得の難しさから一般市民にはほとんど浸透しておらず、料理などの生活に使われる火は『木炭』が使用されている。僕が製炭を可能にするまでバルディア領は木炭を領外から買っていたわけだ。どんな世界でも『燃料問題』はつきまとうらしい。

なおこれは事業計画の始まりに過ぎない。計画における一番重要な部分……それは『教育機関の設立』だ。

この世界で一般市民に魔法が浸透していないのは、習得の難しさに加えて魔法を教える教育機関ないことが大きな要因だから、教育機関設立と人員確保のため、隣国バルストから獣人族の子供達を購入する計画を立案。父上は最初難色を示したけれど、最終的には計画に賛同してくれた。ちょうど工房の人員不足をエレン達から指摘されていたし、彼等の欲しい人材に合致したのも渡りに船だった。

今クリスの商会に獣人族の子供達を購入しに行ってもらっているから、後は帰りを待つのみだ。彼等に魔法と教養を与えれば、様々な計画が実行可能となり、バルディア領は間違いなく飛躍的に発展する。計画には母上の治療は勿論、断罪回避に向けた動きも織り込み済みだ。

今のところは順調に進んでいるけれど、この辺は手紙には書けないよね……。

何を書こうかなぁ……と頬杖を突きながら羽ペンの先を見つめていたその時、丁寧にドアが叩かれてディアナの声が聞こえてきた。

「リッド様。そろそろ、クロス様と訓練の時間でございます」

「あ、そうだったね。わかった。すぐに行くよ」呼びかけに答えてから、手元の真っ白な紙と羽ペンを片付け、彼女と一緒に訓練場へ向かった。

◇

訓練場に到着すると、そこにはクロスの他にカペラの姿もある。もしかして、結構待たせてしまったかな？　そう思いながら、彼らに急いで駆け寄った。

「ごめん、クロス、待たせたかな」

「いえいえ。私も先程来まして、カペラさんと色々お話をしておりました」

「はい。クロス様は冒険者時代にレナルーテにも足を運んだことがあるそうなので、少し話をしておりました」

カペラは相変わらず無表情だけれど、少し明るい雰囲気を醸し出しながら会釈した。

「そうなんだ、クロスってレナルーテにも行った事があるんだね。ちなみに、他の国にも行ったりしたの？」そう問い掛けると、クロスは少し照れくさそうに頬を掻いた。

「そうですね。さすがに海を越えたことはありませんが、マグノリアの周辺国のすべてに足を運んだことはありますよ。その経験が、バルディア騎士団に入れた要因でもありますからね」

「へぇ。それなら、色んな国の話を今度ゆっくりと聞かせてもらおうかな」

バルディア騎士団に入団する前のクロスは冒険者と聞いていたけれど、そんなにあちこちの国に行ったことがあるなんて知らなかった。すると彼は嬉しそうに「ふふ」と笑みを溢す。

「いいですよ。今度、その辺りも色々とお話ししましょう。ですが、今日は『魔障壁』と『武術』を組み合わせた実戦訓練です。よろしいですか？」

「うん、いよいよって感じだね」

準備運動を行った後、クロスと一緒に訓練場の真ん中に移動する。クロスが手に取った木剣に対して、こちらは木刀を構えて対峙した。

「では、リッド様。魔法と武術の実戦訓練を行いますが、その前にお見せしたい『技』があります。一度、私に魔法を撃ってください」

「……？　いいけど、でも危なくない？」答えながら怪訝《けげん》な眼差しを向けるが、クロスは不敵に笑った。

「ご心配には及びません。あ、ただ、威力はほどほどで、撃つ時は合図として魔法名を言ってくださいね」

「わかった」と頷き、自信ありげな彼を見据えながら片手を差し出す。「それじゃあ撃つよ……火槍!!」そう発した瞬間、火の槍を模した魔法が手から放たれ、クロス目掛けて真っすぐに飛んで行く。しかし、彼に避ける様子はない。むしろ木剣を構えたまま、飛んでくる魔法に対峙している。まさか、当たってみるつもりなのだろうか？　心配したその時、彼の雄叫びが辺りに響いた。

「はぁあああああ!!」

なんとクロスは、『火槍』の間合いに入ると木剣で魔法を切り払ってしまった。そして、魔法はその場で跡形もなく消滅する。さらに驚くべきは、切り払いに使った木剣には傷一つ付いていないことだろう。

「……え、嘘!? 今、何やったの!?」

「ふふ、見た通りですよ、リッド様。魔法を切ったのです。今の『技』をこれからお教えいたします」

『魔法を切る』そんな事が可能なのか。しかし、実際に『火槍』はクロスの木剣で切り払われた。つまり、何かしらの方法を用いている。それこそが『技』ということだろう。そして、その『技』を教えてくれると彼は言っている。新しい『技』の興味を抑えきれず、クロスに駆け寄った。

「本当!? 本当にその『技』を教えてくれるの!? 嘘だったら、絶対に、絶対に許さないからね!」

「勿論です、嘘なんか言いませんよ。ただ、仕組みを説明しますから少し離れてもらってもよろしいでしょうか?」

「え? あ、うん。ごめん」

ハッとして我に返り、興奮のあまり間近に迫り過ぎた恥ずかしさから、照れ隠しのように「あはは……」と苦笑しながら少し離れた。しかし、クロスはこちらをじっと興味深げに見つめているようだ。彼の意図が分からず、思わず首を傾げた。

「……どうかした? 僕の顔に何かついているかな?」

「あ、いえ。リッド様は間近で見ると、本当に整った顔立ちをされているなと思いまして」

「え……!? そ、そうかな……?」

思いがけない答えに、気恥ずかしさで顔が熱くなるのを感じた。それから彼は、優し気に目を細める。

「髪色はライナー様ですが、お顔はナナリー様と良くお似ておられます」

「う、うん。そう言ってもらえると嬉しいよ。ありがとう……」

父上と母上の良い所を譲り受けたか、あまり考えた事はなかったけどそう言われると凄く嬉しいな。思わず「えへへ」と顔が綻んだ。ふとその時、あ、そうだ、確かクロスにも子供がいるんだっけ？　と思い出した。

「そういえば、クロスにも子供がいるんでしょ？」

その言葉を聞いた途端、彼は満面の笑みを浮かべて声を高らかに発した。

「よくぞ聞いてくれましたリッド様。私にはメルディ様と同い年の娘がいるんですが、それが母親似でして……とても可愛いんですよ！」

「そ、そうなんだね」と相槌を打つが、彼は人が変わったように顔が綻び、幸せ一杯の表情になると子供の話が止まらなくなってしまった。思わず顔を引きつらせるが、こちらから聞いてしまった以上、止めるわけにもいかない。しばらく彼の娘自慢に耳を傾けるのであった。

◇

クロスに子供のことを尋ねてから、どれぐらいの時間が経過したのだろうか？　彼は未だにご満悦な顔をして、家族の話を続けていた。

「ね、リッド様、うちの娘は可愛いでしょ？　これね、知り合いの画家に頼んで小さい紙に娘と妻を書いてもらったんですよ。それでいつでも、どこでも見られるように常に持ち歩いているんです。そしたら、ダイナス団長が娘と妻のどっちが好きって私に聞くんですよ。でも、そんなの決まっていますよね⁉　妻も娘も両方に決まっていますよ。リッド様はどう思われますか？」

茫然としながら彼の話を右から左に流していたけれど、急な問いかけに意識を取り戻してハッとする。

「……え⁉　あ、うん。そうだね、妻も娘も比べることはできないよね……」

「そうでしょ⁉　まったくダイナス団長は何を思ってそんなことを言っているのか……理解に苦しみますよ。それに……」

まだか……？　まさか、まだ続くのか……？　さすがに疲労困憊が顔にでてしまうかも……と思ったその時、救いの女神が声を発した。

「クロス副団長、もうその辺でおやめください。そもそも、リッド様に御妻子の魅力についてお話をされても伝わりにくいでしょう。話すなら、伝わる方にしてください」

「む……確かにディアナの言う通りか。リッド様、長話に付き合わせて申し訳ありません」

ディアナという女神に指摘されたクロスはそう言うと一礼する。さすがに「あはは……」と乾いた笑いが意図せず出てしまう。

「大丈夫だよ、子供のことを聞いたのは僕だしね。それよりも、さっき見せてくれた魔法を切り払う技を早く教えてほしいかな……」

「あ⁉　そうでしたね。すっかり話に夢中になって忘れていました」

問いかけに対して、クロスは明るい笑みを浮かべながら『つい、うっかり』という表情を見せている。その瞬間、少し黒い感情が芽生えある疑惑を抱いた。

（ダイナス団長が、クロスの代わりにルーベンスを連れて行った本当の理由……この性格のせいもあるんじゃないの？）

心の中でそう呟いた後、ハッとして首を横に振った。彼の事をまだ良く知らないのに、決めつけてしまうのはよくないな。それに、母上や父上に似ていると言ってくれたし、新しい技を教えてくれるというんだ。感情を押し殺して、ニコリと黒い笑みを浮かべた。

「あっはははは。クロスは面白いねぇ。冗談はほどほどにして、始めてもらってもいいかな？」

「そ、そうですね。では、ご説明させて頂きます」

醸し出した『黒いオーラ』を感じてくれた様子のクロスは、決まりの悪い顔を浮かべると先程の『技』について説明を始める。すると、先程の疲れも忘れて彼の話に聞き入った。内容は実に面白く、クロスが行ったことは魔障壁と近いらしいけど、『魔力付加』と呼ばれている魔法の一種だそうだ。

その名の通り、『魔力付加』は『物』に対して術者の魔力を付加する事を指している。先程見せてくれた『技』は、木剣に魔力付加をすることで『木剣と魔法』ではなく、『魔法と魔法』をぶつけ合い相殺したということらしい。眉間に皺を寄せ「ふむ」と頷くと、確認するように聞き返す。

「つまり……『物』に『魔力付加』して宿らせれば、『どんな物』でも魔法を相殺できるということなのかな？」

「仰る通りですが、厳密には少し違います。確かに、魔力付加をすれば『どんな物』でも魔法を相殺できる武具にはできます。ですが、魔法に対して『物』の耐久力が持たなければ、魔力付加をしても相殺する前に物自体が壊れてしまいます」

魔力付加した物の耐久力が持たない、とはどういうことだろうか？　意味が理解できず首を傾げると、クロスは楽しそうに説明を続ける。

「そうですね、わかりやすく言うなら『小石』を木剣で打ったとします。そうすると、小石は飛んでいきますが、打った木剣にも衝撃が少しあるでしょう。魔力付加も一緒で、付加した物で魔法を相殺することはできますが、魔法を受け止めた時の衝撃まで消せるわけではありません」

「うーん……つまり、魔力付加をした物は魔法を消せても衝撃は消せない。だから、魔力付加した『物』が、攻撃魔法の衝撃に耐えきれないと相殺できないってことかな」

クロスは頷くと木剣を見せながら話を続ける。

「仰る通りです。先程、リッド様の魔法を切り払った時もそれなりの衝撃がありました。魔法の威力がもっと強ければ、魔力付加をしていても魔法を受け止めた衝撃で木剣が先に折れてしまったはずです。結果、相殺はできなかったでしょう」

彼の説明を聞き終えると、考え込むように俯いた。魔力付加とはまた面白い魔法だ。攻撃魔法の相殺に使用できるけれど、付加する『物』の質も重要になる。だけど、術者の魔力量と実力次第では様々なことをできるのではないだろうか？　例えば……そう考えていく中、とある疑問が生まれた。

「……魔力付加による相殺は、魔力で生成された魔法に対して有効ってことだよね？　なら『操質魔法』と呼ばれる魔法には効果が薄いのかな？」

クロスは問いかけに驚いたような表情を浮かべた。

「良くお気づきになりましたね。仰る通りです。土と樹属性の操質魔法は、魔力で生成された魔法ではありません。現存する土と樹を操っているので、『物体のある魔法』とでも言いますか。魔力付加をしていても、操質魔法で動く土や樹を簡単に切ることはできません。あまり使用する相手がいるとも思いませんが、土と樹の魔法を使う相手には魔障壁で対応するか、躱《かわ》すかですね」

聞けば聞くほど魔法の可能性を感じる話だ。反面、実際に魔法も剣も何でもありの戦いになった時にはかなり大変そう。でも……魔法ってやっぱり面白いな。新しい魔法を知って自然と頬が緩んでしまう。すると、クロスが突然『パン』と手を叩いて音を響かせた。

「さて、リッド様、説明はこれぐらいにして、次は実際に『魔力付加』をしてみましょう。それができたら、私と魔法も使った立ち合いですよ」

「わかった、すぐ使いこなしてみせるよ」頷きながら張り切って答えると、クロスは嬉しそうに微笑んだ。

◇

クロスから魔力付加をある程度教わると、ディアナにも協力をお願いした。そして今、訓練場においてディアナと向かい合いながら少し距離を取っている。

「リッド様、では……参ります」

「うん。お願い、ディアナ」そう言って頷くと、彼女は片手をゆっくりと差し出してこちらを見据える。それから程なくしてディアナは、「火槍……！」と声を発した。すると、彼女の掌から『槍を模した火』が生成され、こちらにめがけて真っすぐに飛んでくる。

対する僕は、手に持っている木刀に魔力を流して『魔力付加』を行う。そして、「はぁあああぁ!!」と雄叫びを上げながら、木刀で目前に迫る『火槍』を薙ぎ払った。その瞬間、魔法と接触したことで木刀を握っていた手を通じて衝撃が体を走る。感覚としては、バットでボールを打った感じに近いものかもしれない。だけど、衝撃は一瞬であり、気付けば『火槍』は木刀による薙ぎ払いによって見事に消滅。小刻みに体を震わせながら、木刀の刃先を天に向けると歓喜の雄叫びを上げた。

「やったぁぁあ!! できたぁあ!!」

「リッド様、お見事でした」ディアナはこちらに駆け寄ると嬉しそうに会釈する。

「うん。手伝ってくれてありがとう」

『魔力付加による切り払い』の習得を手伝ってくれた彼女に満面の笑みでお礼を伝える。そして、隣で指導してくれていたクロスにそのまま視線を移した。すると、彼はニコリと微笑む。

「さすが、リッド様ですね。こんなに早く魔力付加を習得するとは思いませんでした」

魔力付加は手に持っている『物』を魔力で覆うイメージで行う。かなり範囲を限定して発動するから、より明確なイメージが必要な感じだ。当初は上手く発動できず、久しぶりに魔法を覚えるのに苦戦したと言って良いだろう。

魔力付加を発動した感覚は、握っている木刀と僕の魔力が繋がり、常に体の中から魔力が少しだけ流れていく……そんな感じだ。程なくして、クロスの言葉に軽く首を横に振った。

「ううん、クロスの教え方が上手だったからだよ。ありがとう」

「いいえ、私はきっかけをお伝えしたに過ぎません。すべては、リッド様の実力です」

彼の言葉が思ったよりも嬉しくて「そ、そうかな」と呟き、照れ隠しのように頬を掻いた。でも、ふとある事が気になり、一転して眉間に皺を寄せる。

「……そういえば、なんでサンドラは魔力付加を僕に教えてくれなかったんだろう」

そう、彼女であれば魔力付加を知らないはずがない。魔障壁を教えてくれる時、魔力付加も教えてくれて良かったはずだ。

「あぁ、それはですね。魔力付加に関してはサンドラ様より、私からリッド様にお教えしてほしいというお話があったんです」

「え……そうなの？　でも、どうして？」

サンドラ以上の魔法使いは中々いないと思うけれど、意外とクロスは凄く魔法の扱いがうまいのだろうか？　首を傾げていると、彼は苦笑しながら答えた。

「木剣に魔力付加を行い、魔法を切り払う。これを行う為には、剣術の心得も多少必要になります。ですが、サンドラ様も剣術はさすがに扱えないということでしたので、この魔力付加に関してだけは私がお教えすることになったんです」

「あ……剣術か、なるほど。確かに、それはそうだよね」ハッとしてから、合点がいき頷いた。

確かに、魔力付加を行う事はサンドラにも可能だろう。でも、研究が主の彼女には迫りくる魔法を剣で切り払うのは難しいはずだ。まぁ、本気でお願いすればサンドラの事だからできなくはなさそうだけど。それから間もなく、クロスは少し鋭い目つきでこちらを見据えた。

「……では、そろそろ実戦訓練をしてみましょうか」

「わかった。魔法と剣術の両方使うんだよね」

しかし、彼は軽く首を横に振った。

「いえ、リッド様はまだ魔力付加を覚えたばかりですから、魔法主体で動いて下さい。私は剣術主体で動きます。そうすれば、魔障壁や魔力付加の使い方もお見せできますから」

「なるほどね。でも、魔法主体の僕は結構強いと思うよ？」

「望むところです。サンドラ様からも伺っております。ですが魔法の才能が、戦闘における決定的な差にならない……その事を教えて差し上げましょう」クロスは不敵な笑みを浮かべて一礼する。

「言ったね、クロス？　なら、手加減しないよ」

「望むところです。では、少し距離を取ってから始めましょう」彼は頷くと、背を向けて距離を取る。同時に近くにいたカペラに視線を向けた。

「カペラさん、私とリッド様の立ち合いの審判をお願いしてよろしいでしょうか？」

「承知しました」と頷くと、彼は僕とクロスの間に足を進める。クロスは少し離れた場所から僕を見据えると、木剣を正眼に構えてニヤリと口元を緩めた。

「……リッド様、いつでもどうぞ」

「わかった。カペラ、開始の合図をお願い」

呼びかけに彼はコクリと頷くと、声を高らかに発した。

「では、リッド様とクロス様の立ち合いを始めます。試合開始!!」

カペラの声が訓練場に響くと、挨拶代わりにクロスへ火槍を三発ほど放つ。だけど、クロスは避けようとせず正面から対峙する。そして、間近に迫った火槍を木剣で薙ぎ払って悠々と消滅させた。余裕に満ちたその姿に思わず眉を顰める。

「さすが、父上やダイナス団長が認めたバルディア騎士団の副団長は伊達じゃないね……」

「お褒めに預かり光栄です。しかし、リッド様の『火槍』は素晴らしい魔法ですが直線的です故、このように距離があれば切り払うのは容易《たやす》いのです。さあ、次はこちらから参りますよ！」

彼はそう言うと、身体強化を発動させる。そして、間合いを一瞬で詰めてくるとその木剣を素早く振るった。繰り出された斬撃を咄嗟に木刀で受けとめると、辺りに乾いた木がぶつかり合う鈍い音が響く。

クロスの斬撃は確かに重いが、耐え切れないほどではなかった。おそらく手加減してくれているのだろう。結果、状況は彼との鍔迫り合いになっている。その最中、不満を込めた眼差しを向ける。

「……魔法主体で戦わせてくれるんじゃないの？」

「実戦形式ですからね。魔法主体とお伝えしましたが、剣を使わなくてよいとは言っておりません」

相変わらず、彼は余裕のある笑みを浮かべている。

「いいよ、じゃあ僕の魔法を見せてあげる……！」

そう答えつつ、心の中で『大地想見』と詠唱する。その名の通り、土属性の魔法で大地を操る魔法だ。精巧なものは作れないけれど、壁や足場などの簡易的なものは作れる。

「……なっ⁉」

クロスは足元の異変をいち早く察知して、鍔迫り合いから身を引くと驚愕の表情を浮かべた。轟音と共に僕の足元から土が盛り上がり、土壁がいきなり彼の目前に出来上がったのだ。でも、まだ終わらない。すぐさま土壁の横から身を出すと、火槍を放つ。

だけど、先程のように三発などではない。僕の手先、周囲に小さい火槍を生成。前世で言う、さながら機関銃のように連続で『火槍』を放っていく。

「魔法にはこんな派生だってあるんだ！」

火槍が連続で放たれる音が持続的に響く。対するクロスは、いきなり大地から生えた土壁に気を取られて回避行動が遅れてしまったらしい。こちらが放つ魔法を魔障壁で受け止めている。

「ぐ……！　まさか、あのような土属性の魔法が使えるとは存じませんでした。そして、この火槍の派生魔法も素晴らしいですよ」

「お褒めの言葉、ありがとう。……でも、クロスの魔障壁はいつまで持つのかな！」

彼の魔障壁を破壊するべく火槍・乱撃を放ち続ける。日々の訓練のおかげで、以前よりも魔力量は増しているから、この程度は余裕だ。このまま魔法を撃ち続ければこちらの勝利だろう。そう思った時、クロスが体勢を低くして魔障壁を解くと同時に、こちらと距離を取るように後ろに飛びのいた。

「……!?　逃がさないよ!!　火槍・弐式、十槍!!」

唱えると、通常より少し小ぶりな十槍の火槍が僕自身を囲むように生成される。そして、彼目掛け追尾しながら飛んでいく。そう、火槍弐式は火槍より威力は落ちるけれど、追尾性能を入れ込んだ魔法だ。さながらミサイルのように相手を追いかける。

クロスは避けたつもりが、追尾してくる火槍に驚きの表情を浮かべる。だが、すぐに性質を理解したらしい。彼は後ろから追尾してくる十槍の火槍に振り返ると、すべて木剣で切り払った。しかし、切り払う為に彼が足を止めたことを見逃さない。両手を地面につけると心の中で、また別の魔法を唱える。

魔法名は『蔓操縄縛』、樹の属性魔法で植物の『蔓』を作り出し、相手を拘束する魔法だ。なお、拘束する蔓の強さは消費する魔力量に比例する。やがて『火槍・弐式』をすべて切り払ったクロスは、すぐに視線をこちらに移す。でも、もう遅い。その瞬間、彼の足元から『蔓』が生えて拘束するべく絡まり始める。

「な……!? これも、リッド様の魔法か!!」

「言ったでしょ？ 僕の魔法を見せてあげるってね……これで終わりだよ!!」

ちなみに、今回色々と使用している魔法はレナルーテから帰ってきた後、『木炭作り』をする中で着想を得たものだ。土と樹の属性魔法の知識を使い、内緒で創りだした魔法だから、クロスであろうと初見での対応は難しいはず。それに、木剣であれば『蔓』を切ることはできない。これで、勝ちだ。しかし、クロスは不敵で嫌な笑みを浮かべる。

「ちょっと本気を出さないと負けそうですね……では、折角ですから、魔力付加の派生もお見せしましょう」

「え……!?」

嫌な感じを受けたのもつかの間、クロスは襲い来る『蔓』達を切り払った。

「な……!?」僕はその光景に思わず驚愕した。魔法で生成した蔓には、少し多めの魔力を込めている。それなりに強度もあるはずなのに、彼は木剣で切ったのだ。クロスはその勢いのまま、襲い掛かる蔓を素早く切り払い、駆け抜けてこちらとの間合いを詰めていく。

「く……!?　火槍弐式・十槍!!」

ハッとすると、すぐに別の攻撃魔法を撃って牽制する。しかし、彼は魔法をすべて切り払いながら進んできて、勢いを止められない。

「リッド様の魔法は確かに素晴らしいですが、当たらなければどうということはありません!」

「いやいや!!　切り払っているんだから、当たってはいるでしょ!?」

間近にクロスが迫ると、体勢を立て直すため咄嗟に土壁を正面に生成した。しかし、彼はその土壁を身体強化を活かした高い跳躍で飛び越え、空中で体を翻しながら僕の後ろに着地する。身の危険を感じ、振り返って咄嗟に魔障壁を展開した。

「魔力付加の応用です。その身で感じて下さい!」クロスは高らかにそう言うと、木剣を振り下ろす。すると、展開していた魔障壁が彼の斬撃によって切り裂かれ消滅してしまった。その衝撃で「うわ!?」と尻もちをついてしまう。そして、目前には彼の折れた木剣が突き出されていた。今起きた現象に戦《おのの》きと戸惑いを感じながら、クロスを見上げる。

「ど、どういうこと?　魔障壁って物理も防げるんじゃないの……?」

「それが落とし穴です。魔力付加と掛け合わせた武術の威力は格段に上がります。魔力付加は魔法を切るだけではなく、攻撃にも使えるんですよ。もっとも、それだけの威力を得る為には、相応の研鑽が魔武ともに必要になりますけどね」

「……ずるい、それを先に言ってよね」

怨めしい眼差しを彼に送ると、緊張の糸も切れてそのまま後ろに倒れ込み大の字で地面に寝転んだ。すると、「只今の試合、クロス様の勝利です」というカペラの声が訓練場に響いた。

魔力付加と武術を掛け合わせると威力が格段に上がる……か。そういえば、父上にも魔障壁を消し飛ばされたことがあったけれど、あれもそういう仕組みだったのかな？　ふと思い返しながら空を見上げると、急に悔しさが込み上げてきて思わずため息を吐いた。

「はぁ……負けちゃった……」

それから程なくして人影が差したので、「ん？」と視線を向ける。するとそこに立っていたのは、ニヤリと黒い笑みを浮かべたディアナだ。

「……リッド様、素晴らしい試合でした」

黒い笑みを浮かべたままの彼女は、スッと手を差し出してくれる。ディアナの雰囲気に戸惑いながらもその手を握り、助けを借りて起き上がった。

「う、うん、ありがとう……」

「ところで、リッド様。試合中に使われた魔法はなんでしょうか？　初めて見た気がいたします。まさか、また私達に内緒でお創りになったのですか？」

彼女の言葉にハッとして、嫌な汗が出始めた。魔法を創るときは、できる限りサンドラ達と一緒に行っている。でも、この試合で使用した魔法は違う。ふと思いついた時、いても立ってもいられなくなりこっそり創って、秘密裏に練習していた魔法だ。

気付くと、カペラも呆れた表情を浮かべている。周りを見渡すと、「あははは……」と乾いた笑い声を出した。

「いま、思いついたんだよね……って、それはさすがに通じないよね……？」

「当たり前です！」

その後、お目付け役のディアナに鬼の形相でしこたま怒られて、しばし僕は項垂れるのであった。

クリスからの手紙

「リッド様、バルストにいるクリス様より手紙が届いております。入ってもよろしいでしょうか？」

「うん、どうぞ」

その日、部屋を訪れてきたカペラは、丁寧に一通の手紙を差し出して一礼する。

「ありがとう、カペラ」そう答えて手紙を受け取ると、緊張した面持ちで深呼吸をする。このタイミングでクリスから来る手紙の内容は、容易に想像がつく。バルストでの奴隷購入における成否の件しかない。おもむろに手紙の封を開けて、内容を確認する。そして、手紙を読み終えると同時に「そ……そんな……!?」と体と声を震わせた。

「どうされたのですか、リッド様」

淡々としていたカペラは、眉を顰めて少し驚いた雰囲気を醸し出す。そんな彼にパッと振り向き、興奮を露わにした。

「やったよ、カペラ。クリスがやってくれた。獣人族の子供達を全員まとめて予算内に購入できたって書いてある！」

「おめでとうございます、リッド様」

「うん、これで計画を次の段階に進めることができるね……クリス、本当にありがとう」

彼女からの連絡が来るまで、不安が無かったといえば嘘になる。獣人の子達を全員バルディア領に迎え入れたいと言っても、他にも買い手がいる以上は難しいと思っていた。でも、クリスはそれを交渉してくれたのだろう。思わず目頭が熱くなり、自然と涙が頬を伝った。そして、その涙の雫が手紙に落ちてしまう。

「あ……これ、大切にしないと、父上にも見せないといけないのに……」

慌てて、手紙に落ちた涙をふき取っているとカペラが確認するように尋ねてきた。

「リッド様、ライナー様へのご報告はいかがされますか？」

「当然、今すぐに行くよ」

その後、手紙を持って、カペラと一緒に父上がいる執務室に向かった。

◇

「父上、僕です。入ってもよろしいでしょうか？」

「……!? リッドか！ ちょ、ちょっと待て！」

珍しく父上から慌てた様子の答えが返ってくる。どうしたのだろうか？　それから少し間を置いて、部屋の中から再び父上の声が聞こえてきた。

「ゴホン……いいぞ」

「……では、失礼します」

執務室に入ると、父上はいつも通りに机に座っている。だけど、そこには予想外の人物も居て、思わず目を丸くした。

「……いらっしゃい、リッド」

「母上が、どうしてこちらに……？」

そこに居たのは、先日プレゼントした車椅子に座っている母上だった。驚きを隠せないまま、父上にゆっくりと訝しい視線を向ける。すると父上にしては珍しく、かなりバツの悪そうな顔をして、誤魔化すようにわざとらしく「……んん!?」と咳込む。

「先日、サンドラからもリハビリと気分転換であれば、屋敷内で車椅子の散策は良いと言われただろう？　たまには、執務室で一緒に過ごすのも良いと思ってな」

父上と母上は二人共、何やら少し顔を赤らめている。その時、何となく察して「あ……」と漏らすと、ペコリと頭を下げる。そして、顔を上げると生暖かい眼差しを送りながら二人に微笑んだ。

「……気が利かずにすみませんでした。夫婦水入らずの時間を邪魔してしまったようですね。では、一旦お暇しますね」

「な……!?」と父上と母上は、耳を疑うような表情を浮かべた。特に母上は顔が真っ赤に染まって

しまう。二人で何をしていたんだか……。執務室から出ようと踵を返すと、母上の慌てた声が背中から聞こえてきた。

「リ、リッド待ちなさい!! 私はそろそろ、自室に戻ろうと思っていたところです。そうです、カペラ、私を部屋まで送りなさい。これは……命令です」

珍しく母上が慌てながら強い口調で言い放った姿に、僕とカペラは顔を見合わせた。その後、怪訝な表情を浮かべて母上に答える。

「良いのですか、母上？　父上と夫婦水入らずの時間を過ごして頂いて構いませんよ？」

「そ、そんなことは、子供のリッドが考えなくても良いことです。さぁ、カペラお願いします」

真っ赤に染まった母上の顔を見ても、カペラは無表情のまま「承知しました」と一礼する。そして、母上の側にスッと移動したカペラは「失礼します」と声を掛け母上の車椅子の後ろに回り込んだ。

「それでは、お部屋まで移動いたします」

「はい、お願いします。あなた、今日はこれでお暇致しますね」

母上はカペラに軽く会釈すると、視線を父上に移してニコリと微笑んだ。

「そうだな、また時間ができれば部屋に行こう」

「はい、お待ちしております」

何やら執務室に甘い香りが漂っている気がするのは気のせいだろうか？　だけど、一番その香りを感じているのは二人の間に立っているカペラだろう。しかし、彼はそんな空気の中でも無表情を貫いている。

見つめ合い、甘い雰囲気を醸し出している二人に挟まれた無表情の美青年……この光景はちょっと面白いかもしれない。その後、カペラに車椅子を押されながら母上は執務室を後にする。

執務室にいるのが僕達だけになると、父上が何やら少し暑そうにしていたので生暖かい眼差しを向けた。

「父上……本題の前に一つよろしいでしょうか？」

「……なんだ」父上はそう言うと気持ちを落ち着かせるためか、机の上にあるティーカップを口に運んだ。その動作に続くように父上に苦言を呈する。

「母上はまだ闘病中ですから、体に負担をかけるような事をしては駄目ですよ？　まぁ、キスぐらいなら大丈夫と思いますけど……」

「……!?　ングッ、ゴホゴホッ!?　馬鹿者、親をからかうな！　そ、それよりも、本題はなんだ!?」

狼狽している珍しい父上に少し呆れつつ近寄ると、懐《ふところ》からゆっくりとクリスの手紙を取り出した。

「バルストのクリスから、奴隷購入の件は問題なく完了したと手紙で報告がありました。また、人数は一六二名になるそうです」

「そうか、クリスが上手くやってくれたのだな。だが、これからが大変だぞ。リッド、気を緩めるなよ」

コクリと頷くと、力強く父上を見据えた。

「当然です。やり遂げてみせます」

その後、父上と獣人の子達の受け入れに関して必要な最終調整と人の手配をするのであった。

クリスの帰還

「ふぅ、いよいよ……か」

クリスの手紙が届いてから数日が経過した。屋敷の皆にも協力をしてもらい、獣人の子達を受け入れる準備は順調に進んでいる。ちなみに、今いる場所は獣人の皆を受け入れる宿舎に設営した執務室だ。

今後、僕の仕事場になるだろうこの部屋は、父上の執務室と同じ作りになっている。事務作業用の机と対談用のソファーと机も設置済みだ。そしてその事務机の椅子に座り、クリスから先日もらった手紙に再び目を通していた。

手紙にはバルストから獣人の子達を移送するのにかかる日数の記載もあり、その内容によると早ければ今日、遅くても数日中にはクリス達はここに帰ってくるという。

「バルディア家のメイドの皆にも協力してもらっているし、サンドラやカペラ達にも情報は伝えているからきっと大丈夫……」何とも言えない不安な気持ちを打ち消すように呟いたその時、ドアがノックされディアナの声がドア越しに響く。返事をすると、彼女が入室して会釈した。

「リッド様、クリス様がお戻りになりました。只今、応接室にご案内しておりますがいかがしましょう」

「……!! わかった。すぐに応接室にいくよ」

クリスが帰って来た。つまり、獣人の子達がいよいよやって来るということだ。高まる鼓動を感じながら応接室に急いだ。

◇

応接室の前に着くと、深呼吸をしてからドアをノックした。そして、クリスの返事を聞いてから入室するとクリスに視線を移す。彼女はその場で立ち上がりニコリと微笑むと、こちらに綺麗な所作で一礼する。そんな彼女に、感謝の気持ちで思わず駆け寄るとすぐに顔を上げてもらった。

「クリス、君のおかげで色んなことがうまく動き出せるよ。本当にありがとう」

「いえいえ、私はリッド様のご依頼を果たしただけにすぎません。それに、リッド様が手配してくれた騎士団や馬車が無ければ、今回の件はうまくいかなかったと思います」

彼女は謙遜するけれど、実際のところクリスが行ってくれた根回しや販売ルートがなければここまで順調に事が進む事は無かっただろう。彼女の言葉を受け止めつつ、改めて謝意を伝えた。

「そっか、そう言ってもらえると嬉しいよ。でも、やっぱりクリスのおかげというのは間違いないからさ。だから……本当にありがとう」そう言って、おもむろに右手を差し出した。すると彼女は、少し照れた表情を浮かべながら「ありがとうございます」と手を力強く握り返してくれる。だけど、彼女はすぐに表情をキリッとさせた。

「ですが、大変なのはこれからですよ。私は段取り確認の為に先に帰ってきましたが、この後、獣人の子達がどんどんやってきます」

「わかった。すぐに状況を教えてもらえるかな」そう言って頷くと、机を挟んで正面のソファーに座る。それから間もなく、彼女は丁寧に説明を始めてくれた。
今回の獣人の子達は、最終的に六～十歳までの年齢だったそうで、その内訳も彼女は教えてくれた。

猫人族《みょうじんぞく》・十三名
狼人族《ろうじんぞく》・十二名
狐人族《こじんぞく》・三四名
鳥人族《ちょうじんぞく》・十六名
馬人族《ばじんぞく》・十一名
猿人族《えんじんぞく》・十四名
牛人族《ぎゅうじんぞく》・十二名
熊人族《ゆうじんぞく》・十二名
鼠人族《そじんぞく》・十三名
兎人族《とじんぞく》・十三名
狸人族《りじんぞく》・十二名
合計　一六二名（女子・一〇五名　男子・五七名）

「……内訳は以上ですね。私は早馬で先に戻りましたが、馬車はダイナスさんを筆頭にした騎士団が護衛しながら移送しています。それと、私の商団と騎士団の連携はエマが引き継いでくれていますから問題ありません。後は受け入れるのみですね」

　クリスは獣人の子達を購入した際の書類十数枚を机の上に並べ、内訳をわかりやすく教えてくれた。なお、先に届いた手紙ではここまで詳しい記載は無かったため、思わず口元に手を当てながら書類に目を通していく。

「なるほど……それにしても飛びぬけて『狐人族』が多いね」

「はい。私も驚いたのですが、今回の奴隷の販売を取り仕切っていたのが狐人族の部族なんだそうです。その為、狐人族の子供は多かったみたいですが……彼等は小さい子が多いのが気になります。狐人族の子達に関しては、最初は無理させずに体力を付けさせたほうが良いと思います」クリスは言い終えると心配そうな面持ちになっていた。彼女は実際に子供達の状態を見ている。その上で体力を付けさせたほうが良いと言う以上、狐人族の子達は少し気を遣うべきかも知れない。だけど、狐人族が多いのは嬉しい誤算でもあると言える。エレンが欲しいと言っていた人材でもあるからだ。

「わかった。狐人族の子達はできる限り手厚く対応するように皆に伝えておくよ」

「リッド様、ありがとうございます」

　彼女は答えを聞くと、嬉しそうな表情を浮かべて会釈をした。でも、その様子に小さく首を横に振る。

「そんなに、畏まらないで大丈夫だよ。クリスの助言はいつも的確だし、今回も先に教えてくれてすごく助かるよ」

「そ、そうですか？　そう言っていただけると嬉しいです……」

クリスは少し照れ笑いを浮かべて頬を掻くが、そんな彼女に質問を続けた。

「ちなみに、獣人の子達の男女比を見ると女の子が多いみたいだけど、これも理由がある感じ？」

「はい。獣人族は『弱肉強食』という考えが根強いせいか、将来的に強くなる可能性がある『男の子』はあまり出さないみたいですね。後、単純に働き手としても使えるからということもあるみたいです」

「なるほどね」と静かに頷いた。この世界は魔法や機械がそこまで発展していない。その分、強い男手はそのまま労働力や生産性に直結しているのだろう。だけど、これから行おうとしていることは『弱肉強食』の世界を壊すきっかけにもなるはずだ。

弱者として国を追われた獣人の子達が活躍する姿を見た時、追放した側はどう思うだろうか？　不謹慎かもしれないけれど、彼等の反応を今から楽しみにしていても良いかもしれない。そんな事を考えていた時、ふとある疑問が浮かんでクリスに問い掛ける。

「クリス、ちなみに獣人の子達もやっぱり『弱肉強食』の考えが強いのかな？」

「うーん。確かにその感じは正直、少しありますね。今回、彼等の同族になるエマに加えてダイナスさん、ルーベンスさんといった騎士団の実力者も多かったので、事なきを得た感じはします。商団の私達だけだと、彼等の一部は暴れていたかもしれません。小さくても獣人族の身体能力は侮れませんからね」

「え……暴れる？」

クリスの返答に思わず首を傾げた。暴れるのはさすがに穏やかじゃないな。気が荒い子も多いなら、その子達を納得させる方法も何か考えておくべきかもしれないなぁ。そう思いながら、その後もクリスと受け入れについて話し合いを続けていった。

◇

「ディアナ、メイド長のマリエッタと副メイド長のフラウによろしくね。後、父上とガルン。料理長のアーリィにも連絡をお願い。これ、指示書ね」

「承知しました」

クリスとの打ち合わせが終わると内容を書類にまとめ、ディアナを呼んで彼女に数枚の書類を差し出した。書類を丁寧に受け取ったディアナは、執務室を後にする。これで獣人の子達を迎える準備も終わり、後は到着を待つだけだ。期待に胸を躍らせつつ、窓の外を見てから心の中で（はてさて、どんな子達が来るのかな?）と呟くのであった。

獣人族の子供達と受け入れ

宿舎の執務室で段取りの確認があらかた終わると、クリスは用意された紅茶を静かに飲み干してからおもむろに呟いた。

「……リッド様、そろそろ獣人の子達を乗せた馬車が到着すると思いますから、私は出迎えに行きますね」

「あ、もうそんな時間か……僕も一緒に出迎えにいくよ」

ディアナが用意してくれた紅茶を飲んでからスッと立ち上がる。そして、クリスと一緒に執務室を後にして、宿舎の玄関に足を進めた。

宿舎は三階建てで二〇〇人以上が生活できる規模になっており、勉強室や食堂、温泉などもある施設だ。

カペラやディアナを含み、ここまでする必要があるのか？　という質問もあったけれど、寝泊まりできる環境が優れているというのはやる気に直結する部分でもある。だから、『衣食足りて礼節を知る』と言って絶対必要だと譲らなかった。結果、立派な宿舎が出来上がり、騎士団員やメイドの中からも「ここに住みたい……」という言葉が出るほどの建物になっている。クリスと足早に玄関に歩を進めていると、宿舎の作りを見たクリスが感慨深げに呟いた。

「それにしても、立派な宿舎ですね。こんな良い場所で暮らす事になるなんて、獣人の子達は思ってもみないでしょうね……」

「あはは、そうだと良いけどね。でも、獣人の子達に喜んでもらえて、彼等が少しでもやる気になってくれたら嬉しいよ。環境で人は育つって言うからね」

返事をしながらニコリと微笑んだ。人は良い環境を与えられたら、それだけ期待されていると考えるし、その環境を維持するために頑張るものだ。それに彼等から得たいものが沢山あるけれど、その前にまず必要な環境や知識等を彼等に与えなければ得ることはできないだろう。

前世の記憶に『手は手でなければ洗えない。得ようと思ったら、まず与えよ』という言葉があったように、得たいものが大きければ大きいほど、まずこちらが大きなものを彼等に与えなければならない。

ちなみに、父上からも宿舎の規模の件で問われたことがあるけれど、今の言葉を用いて必要性を説明して納得してもらった。その時の父上は、唖然とした表情を浮かべた後「我が子ながら、末恐ろしいやつだ……」と額に手を当てながら呟いていたのが印象的だったけどね。

「環境で人は育つ……ですか。確かにその通りかもしれませんね。しかし、それを奴隷の立場となった子達に用意するというお考えは、やっぱり型破りというか……リッド様らしいと思いますよ」

「そうかな？　でも、褒め言葉として受け取っておくよ。ありがとう」

クリスは感嘆した様子だが、少し呆れた表情を浮かべている。そんな彼女の表情を見て苦笑しながら微笑んだ。そうこうしているうち、玄関に辿り着く。すると、そこにはすでにカペラやディアナ、それに屋敷から手伝いに来てくれたメイド達や騎士達も待機していた。そして、メイド長であるマリエッタや副メイド長のフラウの姿にも気付いたので、彼女達に声をかける。

「マリエッタ、フラウ、今日は手伝いに来てくれてありがとう。屋敷の仕事も忙しいのに手伝わせて、ごめんね」

「とんでもないことでございます。リッド様が私達のメイド用の温泉施設を作って下さった他、職場環境の改善などもして下さっていることを存じております。むしろ、リッド様のお役に立てて光栄でございます」

すぐに反応して返事をしてくれたのは、メイド長のマリエッタだ。彼女は小柄で一見すると子供に見えなくもない容姿をしているけれど、立派な成人女性である。本人的にはその容姿を気にしているらしく、厚底靴で少しでも身長を高く見せようとしているらしい。

ちなみに、容姿や厚底靴の事を指摘すると烈火の如く怒るそうだ。メイド長という立場もあるので厳しいところはあるが、根は優しくバルディア家のメイド達から慕われているし、仕事もできることから父上や母上、執事のガルンも彼女をとても信頼している。

意外なところで言えば、マリエッタがディアナにメイド教育も施したそうだ。そのせいか、ディアナも彼女には頭が上がらないらしい。

「メイド長の仰る通りです。それに、今回の件に関してはメイド達からリッド様のお役に立ちたい、と立候補した者達も多くおります。気にされないで下さい」

マリエッタに続き、副メイド長のフラウが答えてくれる。彼女は厳しい感じのするマリエッタとは逆に、少しサバサバした感じがある親しみやすい女性だ。しかし、いい加減なところがあるらしく、マリエッタに叱られている姿を何度か見ている。

でも、厳しめのメイド長と少しいい加減な副メイド長が居ることで、メイド達には『飴とムチ』が効くらしい。そして、副メイド長もメイド達の人望は厚いそうだ。マリエッタとフラウの言葉を聞いてニコリと頷いた。

「ありがとう。二人にそう言ってもらえると嬉しいよ」

「いえいえ、とんでもないことでございます。ちなみに、すぐに今回の件でお役に立ちたいと立候補したのは彼女達です」

フラウは軽く首を横に振った後、視線を移す。そこには、ダナエと同じ歳ぐらいのメイド達が硬い表情で姿勢を正していた。だけど、紹介された彼女達に見覚えがあったので、「あれ……？」と首を傾げる。

「確か君たちは、泥だらけのクッキーに悲鳴を上げていた娘達だよね？」

「は、はい、その通りです。覚えて頂いており光栄です。私はダナエの同期でニーナと申します。あと、後ろにいるのがあたし……じゃなくて、私とダナエの後輩になるマーシオとレオナです」

名前を教えてくれたメイドのニーナは、少しツリ目だけど、優しい感じの青い瞳に茶色の長髪を左右で結んだ髪形をしている。確か、ツーサイドアップという名前の髪型だったかな。

彼女が自己紹介をした後、視線を背後の後輩たちに移した。すると、二人も少し緊張した面持ちでおずおずと自己紹介をしてくれた。

「……先輩にご紹介頂きました、マーシオと申します。リッド様とメルディ様、それに、クッキー様のおかげでいつも仕事上がりの温泉が毎日の楽しみになっています」

「そ、そうなんだね。仕事上がりのお風呂は気持ちいいよね」

マーシオは緊張のあまりか、直立不動のような感じになっている。そんな彼女の様子を見ていたもう一人のメイドは、少し呆れた表情を浮かべていた。

「えーと、私が先輩のご紹介がありましたレオナです。リッド様、よろしくお願いします」

「うん、レオナだね。こちらこそよろしくね」

レオナは良い言い方をすれば冷静な感じだけど、どこか気だるそうな雰囲気がある。マイペースな感じの娘なのかな？　三人のメイドから自己紹介を受けると、メイド長のマリエッタが咳払いをした。

「ゴホン……リッド様、今後の宿舎に関しての管理はレオナとマーシオを中心に行ってもらうつもりです。もちろん、メイド長の私や副メイド長のフラウ、それからニーナも必要に応じ補佐して参りますので、改めてよろしくお願いします」

「あ、そうなんだね。僕も宿舎の執務室をよく使うから二人共、改めてよろしくね」

そう答えると、マーシオとレオナに微笑んだ。すると、二人は何やらポケーッと顔を赤く染めた。どうしたのだろう？　二人の様子に首を傾げていると、「こら、お前達！　ちゃんとお答えしなさい」とマリエッタの叱責が飛び二人はハッとしてワタワタと頭を下げた。

「す、すみません。ダナエ先輩からリッド様の微笑んだ表情は『凄く可愛い』と伺っていたので……その、つい見とれておりました」

「へ……？」

マーシオの思いがけない返答に呆気に取られていると、レオナも慌てた様子で頭を下げた。

「わ、私もです。すみませんでした」

メイドの二人にいきなり頭を下げられて呆気に取られるが、すぐにハッとして二人に頭を上げるように伝える。そして、「あはは……」と苦笑しながら頬を掻く。

「そういえば、確かにダナエに『可愛い笑顔』って以前言われたことがあったね。そんなに僕の顔って可愛いかな？」

二人の緊張した面持ちに、あえてニコリと微笑み悪戯っぽく問いかける。すると、マーシオとレオナは目をパァッと輝かせて、嬉しそうに勢いよく首を縦に振った。

「はい。それはもう、可愛くて私達メイド達の間では『天使の微笑み』って言われています」

「マーシオの言う通りです。『メルディ様とリッド様の微笑みを語る会』もあるんですよ」

「え……？　そ、そうなんだ……それは、知らなかったよ」

二人の勢いがすごくて、引いてしまった。というか、『メルと僕の微笑みを語る会』ってなんだろう。メルの笑顔は可愛いからまだわかる。だけど、僕の笑顔について何を語るのかな……そう思った時、後ろから「コホン……」と咳払いが聞こえてきた。

「リッド様、そろそろ獣人の子達を乗せた馬車が来ると思います。気を引き締めて下さい」

「あ……うん、そうだね。ありがとう、クリス」

クリスは今のやり取りに少し呆れた様子で苦笑している。気付けば、近くにディアナも控えてくれていた。先程クリスが言ったように気を引き締めるが、ふと悪戯心が湧いてあえてニコリと微笑みながら尋ねる。

「クリスも僕の笑顔って、その……可愛いと思う？」

「え……!?　そ、そうですね。とても可愛らしくて素敵だと思いますよ。ねぇ、ディアナさんもそう思いますよね？」彼女は少し驚きの表情を浮かべたが、しれっとディアナに話題を渡す。その流れに乗るように視線をディアナに向けつつ、わざとらしく上目遣いで見つめた。

「ディアナも……やっぱり僕の笑顔を可愛いって思う？」

少し悪ノリをしている感じはあるけれど、これはこれでディアナの困った表情が見られて楽しいかも知れない。そう思った矢先、ディアナはニコリと黒い笑みを浮かべる。

「……そうですね。とても素敵な笑顔だと存じます。それこそ、どこかの王子様の心を射止めてしまった実績があるぐらいですから……間違いなく素晴らしく可愛くて、素敵な天使の笑顔でございます」

「……ハッ⁉」

彼女の答えを聞いた途端、とある記憶が走馬灯のように思い出され「ピシッ‼」という音を立て、僕が固まってしまったのは言うまでもない。しかし、ディアナの話に周りのメイド達が何やら黄色い歓声を上げた気がする。

ちなみに、クリスはこちらに背中を見せつつ、肩を震わせながら壁をドンドン叩いて何やら苦しそうに悶《もだ》えている。そんな中、いつの間にか宿舎の外を見に行っていたカペラが帰ってきた。

「リッド様。ダイナス様達がもう間もなく到着いたします」

「え……⁉　わ、わかった。すぐに行くよ」

彼の言葉で我に返ると、カペラとディアナ、そしてクリスとメイド達の皆と一緒にダイナスと獣人の子達を出迎えるため宿舎の外に向かう。

宿舎の外に出て少し歩くと、やがて遠目に馬車の一団がこちらに向かってくるのが見えた。クリスもその一団を凝視すると、安堵した表情を浮かべる。

「間違いありません。あの馬車の一団は、ダイナス団長を筆頭にしているものです」

「……！　そっか、無事に帰って来てくれて良かったよ」

横にいるクリスに返事をすると、周りにいるメイドや騎士達に向かって叫んだ。

「皆、これから獣人の子達を受け入れるから忙しくなると思うけど、手筈通りお願いね！」

「はい、承知しております」

「お任せください」

すぐ反応して答えてくれたのはディアナとカペラの二人だ。その二人に続くように、屋敷内で話をしていたメイド達や騎士達も頷きながら力強い返事をしてくれる。皆の様子を心強く思いながら、改めてこちらに向かってくる馬車の一団を見つめた。そして馬車の一団が遠巻きに見えると、単騎が一足早くこちらに向かってくる。

単騎が近づいてくると、その体格と雰囲気からすぐに彼がダイナス団長だとわかった。あちらも近づいてくるうちに、こちらに気付いたらしい。少し離れた所で馬を止めて降りると、こちらに足を進める。そして傍にきた彼は一礼して顔を上げると、明るく豪快な笑みを浮かべた。

「リッド様、わざわざ御迎え頂きありがとうございます。我ら騎士団、無事に獣人の子供達の移送任務を達成できた事をご報告いたします」

「うん、ダイナス団長、本当にありがとう」

返事をしながら近づき、右手をサッと差し出す。意図に気付いた彼は、すぐに大きな手で力強く握り返してくれた。

「とんでもないことでございます。すべてはクリス殿の段取りが素晴らしかったのです。それと、今こちらに向かっている一団で移送してきた人数は四十二名になります」

「四十二名か……クリスからは聞いているけど、少し体調が良くない子や体力の落ちている子が多いんだよね？」

ダイナスは明るい笑みから一転、真剣な面持ちになると静かに頷いた。

「はい、仰る通りです。国境の砦において彼等に流行《はや》り病などがないことは確認済みですが、数名は一度医者に診てもらった方が良さそうです」

「わかった、サンドラ達にも連絡しているからもう来ると思う。体調の悪い子達は宿舎の医療室に運ぶようにするよ」

クリスから事前に説明は受けていたが、バルストからバルディア領の砦に入るまで移送については護衛を優先し、できる限り固まって移動したそうだ。そして、バルディア領の砦において獣人の子供達の流行り病などを確認した後、体調を見て移送の優先順位を確認。

体力の落ちている子や、病弱な子達を優先して最初に出発する馬車に乗せたと聞いている。さらに、宿舎に向けての出発時間を馬車ごとにあえて少しずつずらしたそうだ。これは受け入れ側の負担を減らすことも意識して行ってくれている。

一六二名を一気に受け入れることもできなくはないが、それだと対応に必要な人員も多くなる。でも、小分けすれば受け入れ作業に多少の余裕が生まれるというわけだ。先程、ダイナスはクリスの段取りと言っていたが、正確にはクリスとダイナス達の計画が素晴らしかったというべきだろう。

クリスとダイナスの二人はお互いに意見交換を積極的に行い、どうすれば安全かつ効率的にできるかということをかなり打ち合わせしてくれた。ちなみに、元気過ぎる獣人の子達は最後の馬車に乗せてルーベンスを中心とした、精鋭で移送しているそうだ。

勿論、『元気過ぎる』という言葉には色々な意味合いが含まれているのだろう。だけど、それはそれでどんな子達が来るのか……楽しみにしている部分でもある。そうこうしている間に、二台の馬車が近くまでやってきて停止した。

馬車はそれぞれ二頭の馬でけん引するもので、長方形で縦長の荷台が布で覆われている大型のものだ。ダイナスは馬車が完全に止まったのを確認すると、すぐに一台目の後ろに回り荷台に乗っていた騎士と一緒に布を外して降ろせる状態にする。そして、ニヤリと口元を緩めた。

「お前達、待たせたな。一人ずつ降ろすから、こっちに来い」

今いる場所からは、馬車の中は良く見えない。でも、荷台の中にいる騎士からダイナスが獣人族の子を受け取ったのが見えた。その様子にハッとして、皆に向けて声を発する。

「皆、ダイナス団長を手伝うよ！」そう言うと、ダイナスのところに駆け寄った。その様子に周りにいた皆もすぐに反応して、辺りは慌ただしく動き始める。

「人数の確認ができたら、宿舎に移動をお願い。それから、体調が良くない子達は宿舎の医務室に運んでね。もうすぐサンドラ達も来るから、体調の悪い子達はすぐに診てもらうよ。メイドの皆は体調のいい子達をまとめて温泉に入れてあげて、騎士はメイドの皆を手伝うようにね」

指示が響くと、あちこちから皆の返事が聞こえてくる。その間に、ダイナスが一人目の子を荷台から受け取り地面にゆっくり降ろす。彼に降ろされた子は裸足で薄い服を着ており、とても綺麗とは言えない恰好をしている。

　頭についている耳は元気なく垂れて、尻尾もしょぼんとしているようだ。そして、周りを恐る恐る見回すその子の目には、怯えや緊張が窺える。その子にそっと近寄ると、できる限り優しく微笑んだ。

「初めまして、僕はリッド・バルディアって言うんだ。良ければ名前を聞いても良いかな？」

　しかし、その子は怯えた表情をして隣にいたダイナスを見上げる。ダイナスはその子に目を細めて白い歯を見せた。

「大丈夫だ。この方は、バルディア領を治めるライナー・バルディア様のご子息様だ。お前達の敵じゃない」

　彼の言葉にゆっくり頷くと、その子は僕を見据えて恐る恐る口を開いた。

「えと……その……狐人族のノワール……です」

「名前を教えてくれてありがとう。ノワール……良い名前だね。バルディア領にようこそ」

　彼女に微笑んで優しく返事をすると、少し安心してくれたのかノワールの目に少しだけ光が灯った気がした。その時、後ろから優しい声が響く。

「リッド様、ノワールをこちらで引き継ぎます。どうぞ、次の子を荷台から降ろしてあげて下さい」

「あ、そうだね。マリエッタ、ありがとう。ノワール、また後でね」

「は、はい」

　メイド長のマリエッタに返事をすると、ノワールを彼女に引き継いだ。やり取りが終わったその時、ダイナスの大きな声が辺りに響く。

「あ、こら⁉　勝手に出るんじゃない！」

何事かと荷台に視線を移すと、こちらに向かって一人の子が凄い勢いで駆け寄って来た。その子の顔つきや雰囲気からただ事ではないと感じ、思わず身構える。同様に状況を察したカペラやディアナもサッと前に出てきて、どこからともなく暗器を取り出し身構えた。やがて目の前にやってきたその子は、勢いそのままにしゃがみ込むと必死の形相を浮かべた。

「突然のご無礼を申し訳ありません。先程の狐人族のノワールとのやり取り、失礼ながら馬車の中でお聞きしておりました。リッド・バルディア様、どうか……どうか弟をお助け下さい。お願いでございます」

そう言うと、その子は地面にこすりつけるように頭を下げる。その姿はまさに『土下座』だ。あまりに予想外の言動に「へ……⁉」と呆気に取られてしまう。周りにいる皆も同様で呆然としながら、土下座しているその子を見つめている。しかし、それから間もなく、ハッとして優しく声を掛けた。

「えっと、君には弟がいるんだね。どういうことか教えてもらってもいいかな？」

受け入れ作業開始早々、予想外のできごとで内心では困惑していたけれど、『弟を救ってほしい』と必死に訴えてきた時の瞳に嘘は感じない。でも、その子は土下座をいつまでも止《や》めようとしないから、寄り添い再び声をかけた。

「と、ともかく、土下座をやめよう。ほら顔を上げて、ね？　ちゃんと話を聞くからさ」

「……⁉　は、はい、ありがとうございます」

ようやく顔を上げてくれた獣人の子をよく見ると、先程の狐人族のノワールとはまた違う獣人族らしく、耳、目、尻尾の形が少し違う。

「えーと、まず名前と種族を聞いても良いかな？」

できるかぎり優しく問いかけると、その子は少し硬い表情を解いてコクリと頷いた。

「は、はい、私は狼人族のシェリルと申します。その、弟はラストと言うのですが……故郷に居た時から病弱で、今も馬車の中で苦しんでおります」

そう言ってシェリルと名乗った狼人族の子は、多分女の子みたい。瞳は赤く、少し汚れているけど色白の肌と長く白い髪。そして、白い耳とフサッとした尻尾のある可憐な少女だ。そんな、シェリルは自己紹介をしながら悲痛な面持ちを浮かべていた。

それにしても弟が病弱か……それが原因で、奴隷として売られたのだろうか？　ふとそんなことを思った時、シェリルが言葉を続けた。

「リッド様、どうかお願いいたします。弟をお助け下さい。私にできることであれば何でも……何でも致します。どうか……どうかお願いでございます」そして、彼女はまたその場で土下座をしようとしたから慌てて「わかった。状況はわかったから、土下座は止めよう！」と制止する。

「それよりも、弟のラストが馬車にまだ乗っているんでしょ？　体調が良くないならすぐに医務室に移動させるから、君も手伝って！」

「……!?　ありがとうございます……本当にありがとうございます……！」

彼女は安堵したのか目に涙を浮かべて、今度はその場に膝から崩れ落ちてしまう。その様子を見て、獣人族の子達の生い立ちは思った以上に辛いものなのかもしれない、と気を引き締めた。

「ダイナス団長。狼人族のラストっていう子は、馬車の中にいるかな⁉　居たら優先して、医務室に運んであげて！」

「承知しました！」ダイナスの声が辺りに響くと、周りに居た皆はハッとした。そして、獣人族の子供達を受け取るために馬車近くに駆け寄っている。泣き崩れているシェリルに寄り添い囁《ささや》いた。

「シェリル。色々と思う事はあるだろうけれど、まずはラストを医務室に運ぶのを手伝ってくれるかな？」

「あ……は、はい。取り乱して申し訳ありません」

彼女は服の袖で頬を伝う涙を拭い立ち上がると、先ほどまで乗っていた馬車に駆け寄っていく。ディアナやカペラと一緒にシェリルの後を追うように馬車に近づくと、ダイナスが狼人族の男の子を荷台から丁寧に受け取っていた。

「ダイナス団長、その子がラスト？」

「はい。この子は、特に体力が落ちていたので優先して一台目の馬車に乗せたんですよ」

彼は心配そうな面持ちを浮かべながら、ラストを別の騎士にゆっくりと渡した。ラストは騎士に抱きかかえられてはいるが尻尾を丸め、小さく震えている。そして、怯えながら誰かを探すように視線を泳がせているようだ。すると、シェリルが彼の傍に駆け寄った。

「ラスト、もう大丈夫だ。お前の病気も、ここなら良くなるかもしれない。姉さんが頑張るから、安心してくれ」

彼女はラストの手を力強く握っており、その頬にはまた涙が伝っている。また、彼も姉が傍に来てくれたおかげで安堵したらしく震えが止まったようだ。

「姉さん……俺、いつもお荷物で……姉さんの足を引っ張ってばかりだ……」

「いいんだ、お前が無事ならいいんだ。私のことは気にするな、お前の分まで私が頑張るから」

何やら色々と事情のありそうな様子の二人だけど、この後の受け入れ作業もあるから優しく声を掛けた。

「シェリル、それにラスト。二人は、騎士と一緒にあっちにある宿舎の医務室に行ってほしい。後は、医務室にいるメイド達の指示に従ってね。大丈夫、必ず助けるから」

二人はコクリと頷き、騎士と一緒に宿舎に向かって歩き始める。その時、シェリルが『何でもします』と言ったことを思い出して声を掛けた。

「シェリル、ちょっとお願いがあるんだけどいいかな？」

「……は、はい。なんでしょうか……？」

いきなり声を掛けたせいか、こちらに振り返る彼女は尻尾がピンとなり強張った表情をしていた。そんなシェリルを安心させるように微笑んだ。

「そんな大したお願いじゃなんだけどね。獣人族の皆は君達も含めてとても不安だと思うんだ。だから、少しでも僕が皆の味方であることを伝えてほしい。それだけお願いしても良いかな？」

「……！　はい、わかりました。私にできることはやってみます」

「うん、無理はしないでいいからね。ありがとう、シェリル」

「は……はい……」と頷く彼女は、何故か顔が少し赤くなっていた気がする……体調は大丈夫だろうか？　心配になりラストを抱えている騎士に、念のためシェリルの体調も確認するようにと耳打ちで指示を出した。騎士はニコリと頷くと、ラストを抱えて宿舎に歩を進め始める。シェリルも追随する形で宿舎に向かった。

なお、シェリル達とやり取りをしている間に、荷台からは獣人の子供達が次々降ろされており、騎士やメイド達に付き添われながら宿舎に向かっている。確認するように周りを見渡すと、子供達が狐人族ばかりな事に気付いた。

「クリスの言っていた通り、体調の良くない子は狐人族が多い感じか……」

ふとした呟きに、傍にいたディアナが反応して「そのようですね」と相槌を打った。

「しかし、結果的に彼等をリッド様が救ったことになると存じます。どうぞ胸を張って下さいませ」

「うん……ありがとう」

彼女の言う通りどんな目的があるにせよ、彼等を救える立場に僕はいる。だからこそ、できることをしっかりすべきだ。そして、病弱の子はラスト以外にもいるだろうから今後も油断はできない。

その時、「あっちに行っちゃえぇぇ！」と女の子の金切り声と共に、二台目の馬車の荷台から落雷のような閃光と轟音が鳴り響く。何事かと、急いで原因となった馬車の荷台に駆け寄った。

「皆、大丈夫!?」

「はい、大丈夫です。魔障壁を使って防いだので怪我人はおりません」

呼びかけに対して、その場にいた騎士達はニコリと頷いてくれる。怪我人が出ていないことに安堵しつつ、問題が起きた荷台の中に視線を向ける。そこには子供達を守るように仁王立ちしている少女が立っていた。

彼女はオレンジ色の髪と青い目をしているが、それ以上に目を引くのは背中にある『大きな翼』だ。また、その翼は他の子供達を守るように展開されている。だけど、少女本人はかなり混乱している感じがするうえ、よく見ると彼女の顔は真っ赤で汗も滲んでいた。彼女はこちらに気付くと、殺意が籠もった視線を向けてきた。

「お前が……お前が私達をいじめる存在なの⁉　優しい人がいいのに……優しい瞳をした人に会いたいだけなのに……いじめる存在はあっちに行ってぇええ！」

「え……⁉　ち、違うよ。いじめるなんて、そんな酷いことしないよ！」

錯乱している彼女に言葉は届かない。やがて彼女は悲痛な叫び声を上げると、こちらに向かって両手を差し出して魔法を放った。

さっきの轟音の原因はこれか⁉　驚愕しながらすぐに辺りを守るように魔障壁を展開する。そして、荷台の周辺において再び落雷のような閃光と轟音が鳴り響いた。

「く……皆、怪我はない？」

「は、はい、ありがとうございます、リッド様」

頷く騎士達にホッとしながら状況を確認するように周りを見渡すと、ディアナとカペラが心配そうな表情でこちらを見つめていた。二人は魔法が発動される時、前に出ようとしたけれど咄嗟に制止した。魔障壁に関してだけは、僕の方が魔力量の関係で耐久力があるからね。

それにしても、僕と変わらない年齢であれだけの魔法を無詠唱で使える子がいるなんて思いもしなかった。改めて目の前にいる鳥人族の少女に視線を移すと、彼女は魔法を防がれた事に驚き、動揺を露わにしている。

「……なんで⁉　どうして、あっちに行ってくれないの？　やっぱり……やっぱり私達をいじめるんだ！　皆……私達を失敗作、期待外れっていじめて……そして、いらなくなったらまた捨てるんだ。そんなの、もういやだよ……だから……だから、お姉ちゃんの私が皆を守るんだ！」

彼女はそう言うと、こちらに向かって再び両手を差し出した。おそらく先程と同じ魔法を使うつもりだろう。その様子を察したディアナとカペラが前に出ようとしたけれど、二人に向かって首を横に振り制止する。今の彼女には威圧的なことをするのは逆効果だと思ったからだ。

両手を左右に大きく広げ、ゆっくりと歩み寄りながら錯乱している彼女に優しく微笑んで語り掛けた。

「大丈夫、僕は君をいじめたりなんて絶対にしない。それに……君には妹達がいるんだね。君と……君の妹達は僕が必ず守ってみせるから、安心して……ね？」

彼女は警戒した様子でこちらの目をじっと見つめてくる。その視線を真っすぐに見つめ返していると、やがて彼女の瞳から殺気が消えていくのを感じた。

「お兄ちゃん……優しい瞳をしているんだね。本当に……本当に私達を守ってくれるの？　見捨てないでいてくれるの？」

「約束するよ。それに、美味しいごはんやお菓子にベッド。あと、温泉……っていっても伝わらないか。えっと、大きなお風呂もあるから、きっと気に入ってくれると思うよ。だから、僕を信じてくれないかな？」

「……うん、お兄ちゃんのこと……信じてみる。私の名前はアリア……良かった……優しい瞳の人に会えて……」

「……!? 危ない！」

アリアと名乗った少女は、言い終えると同時に意識を失ったらしく膝から崩れ落ちていく。すかさず、駆け寄り彼女を支えるように抱きかかえた。思った以上に華奢なアリアは、気を失っているようだが息が荒い。おそらく、見知らぬ場所での緊張と体調の悪さが相まって錯乱したのだろう。

しかし、彼女を支えながら、荷台の奥に目を移すと「な……!?」と驚愕する。なんと、荷台の奥にはアリアと良く似た鳥人族の少女がざっと十名以上いたのだ。姉妹だろうか？ でも、それにしては人数が多すぎる。そして、彼女達も意識はなく、息が荒くうなされているようだ。

「うう……みんな……」と抱きかかえたアリアが呻き声を漏らすと、僕はハッとしてすぐに彼女達を宿舎に移動させるように周りに指示を出していく。すると、先程の騒ぎを聞きつけたらしくクリスが宿舎から血相を変えて駆け寄ってきた。

「リッド様、大丈夫ですか!?」

「あ、クリス。うん、大丈夫だよ。それより、この鳥人族の子達は姉妹なの？」

心配そうな面持ちのクリスに、余裕の表情を見せながら騎士やメイド達に運ばれる鳥人族の子達に視線を移す。

「はい。鳥人族の子達は引き渡しの際、姉妹であることに加え体調があまりよくない事がわかりました。体調の悪さから狐人族の子と同様に優先して移送させていたのですが、まさかあんな騒ぎを起こすなんて思いもしませんでした……本当に申し訳ありません」

「ううん、気にしなくて大丈夫だよ。彼女達の健康状態を見ても、優先して移送させる判断は間違ってないと思うしね。心配してくれてありがとう、クリス」

安心させるように笑みを見せて謝意を伝えると、彼女は安堵して胸を撫でおろしたようだ。そして、クリスとやり取りをしている間にも、辺りは慌ただしく動いていくのだった。

◇

「ふぅ……ようやく一段落つきそうだね」

「はい。リッド様、お疲れ様でございます」ディアナが会釈をしながら返事をしてくれる。

先程のアリアを含めた鳥人族の少女達の移送が落ち着くと、馬車の荷台は空になり辺りに少し静けさが戻っていた。だけど、この動きをあと四回行わなければならない。

「皆、ありがとう。でも、馬車の受け入れはあと四回あるから、気を引き締めてお願いね！」

鼓舞するように声を轟かせると、周りから「はい！」と力強い答えが返ってくる。さっきのアリアの件で、皆が萎縮していたらどうしようと思っていたから士気の高さに思わずホッとした。その時、傍に控えていたカペラが怪訝な面持ちで話しかけてきた。

「リッド様。もしかしたら、先程の鳥人族の少女達は『強化血統』の子供達かもしれません。クリス様に確認して、念のために調査をしておくべきと存じます」

「強化血統……？　何それ？」

何やら不穏な言葉に、思わず眉間に皺を寄せる。その後、彼から簡単に『強化血統』についての説明を受けた。何でも、獣人族で開催される『獣王戦』に勝つために、より強い戦士を生み出す方法として、強い獣人族同士で子供を作り続けるという文化が昔の獣人族にはあったそうだ。

だが、そんな活動を何代も続けた結果、強化血統の子供達は虚弱体質になりやすいそうで、最近は廃れつつある文化でもあるという。しかし、今もその文化を続けている獣人族は一定数いるそうだ。そして、強化血統の影響で虚弱体質と判断された子供は『失敗作』や『期待外れ』と称され、悲惨な運命を辿ることが多いらしい。

「なるほど……」と相槌を打った。つまり、前世の記憶にある競走馬の仕組みを『人』で行っているということだろう。説明が終わると、嫌悪感を露わにする。

「最低だね。人の良し悪しは生まれや血筋、そして、才能や強さだけで決まるものじゃないよ」

その時、横で一緒に話を聞いていたディアナが同意するように頷いた。

「さようでございます。もしかしたら、アリアや彼女の妹達は、私達では想像できないような辛い目にあっていたのかも知れませんね……」

彼女の答えに頷きつつ、カペラに視線を戻した。

「わかった。カペラ、説明ありがとう。この件は、クリスにも確認をお願いするよ」

「とんでもないことでございます。少しでも、リッド様のお役に立てれば幸いです」カペラはそう言うとスッと会釈をする。彼が顔を上げると再度謝意を伝え、少し離れた場所にいるクリスに声を掛けた。彼女はすぐ気付いたようで、こちらに駆け寄ってきてくれる。

「リッド様、いかがされましたか？」

「うん、実はね……」

クリスに鳥人族の少女達と強化血統について伝え、今後の事を考えて調査をしてほしいと説明する。しかし、彼女も思うところがあったのか、険しい面持ちで畏まった。

「承知しました。実は、エマも彼女達のことで気掛かりなことがあると言っていたので、多分そのことでしょう。受け入れ作業が終わり次第、すぐに調べてみます」

なるほど、エマは獣人族だし、鳥人族の少女達を見て何か心当たりがあったのかも知れない。

「ありがとう、よろしくね。ちなみに、エマはどこにいるの？」と周りを見渡すが、エマの姿は見当たらなかった。

「あ、エマは、最後の一団でルーベンスさんと一緒にこっちに向かっているはずです」

「そっか。この場に居れば少し話を聞いてみたかったけど、それはまた今度かな」

その時、少し離れた場所からこちらに近付いてくる一団に気付いた。移送の馬車とは違うようだけど、なんだろう？　しかし、その疑問は彼等が近づくとすぐに解消する。一団を率いていた騎士が一歩前に出ると、こちらを見て表情を緩めた。

「リッド様、ライナー様の指示により受け入れ作業の支援に参りました。指示をお願いします」

「クロス……!?　ありがとう助かるよ。でも、父上は？」

そう、やって来たのはクロスが率いていた騎士達の一団だ。今回の受け入れ作業は、クロスを含めた一部の騎士は通常業務もあるので騎士が全員参加するというわけにはいかなかった。でも、指示があったということは、何かしら段取りをしてくれたのだろう。だけど、肝心の父上の姿が見当たらない。するとクロスが、楽し気な表情を浮かべた。

「リッド様、ライナー様からの伝言です。『今回の件、現場指揮はすべて任せる。しっかりやってみせろ』だそうです」

「……!? そっか、わかった。クロス、改めてよろしくね」

お礼を述べると、すぐに受け入れ作業の手伝いをお願いする。当初の打ち合わせで、騎士達の必要人員は確保していたけれど、状況的に人手があるに越したことは無い。その時、クロスが「リッド様、少しよろしいでしょうか」と近寄り耳打ちをしてきた。

「実は、心配してライナー様もこちらに来られようとしていたのですが、そうなると現場の指揮をリッド様から奪ってしまうと悩んでおられました。しかし、落雷のような音が聞こえた時に心配が限界に達したようです。その結果、私と騎士が派遣されました。リッド様は愛されておいでですね」

「あ、あはは……そうなんだ」乾いた笑い声をあげながら、父上が執務室で心配で苛立っている様子を想像して呟いた。

「父上は……案外、心配性なんだよね……」

そうこうしているうち、新たな馬車の一団がこちらに向かってくるのが見えた。改めて現場にいる皆を見渡すと、深呼吸をしてから声を張り上げる。

「さぁ、皆。次の一団が見えてきたよ。頑張っていこう！」

「おぉおお！」

そう、受け入れ作業はまだ始まったばかりだ。

◇

「……よし。後は最後の一団を待つだけだよね、クリス」

「はい、仰る通りです。ただ、最後の一団は『元気な子』が多いので、油断はされないで下さいね」

彼女がそう答えた時、ダイナスがこちらにやってきた。

「クリス殿の仰る通りです。しかし、あいつらは中々見込みがありますよ。リッド様の手に余るなら是非、私に任せて頂きたいですな」

「へぇ……ダイナス団長が欲しがるなんてよっぽどだね。今から会うのが楽しみだよ」

思わずニヤリと口元を緩めた。というのも彼の言葉通りなら、今からやってくる獣人の子供達は才能に満ちている子達ということになる。扱いは難しくても、きっと将来有望な子達だろう。でも、いくらダイナスのお願いでも任せるつもりはないけどね。

返事をすると同時に、ふと今までの受け入れ作業を思い返した。

獣人族の子供達の受け入れは、今のところ順調に進んでいる。最初の受け入れは狼人族、鳥人族の子供達との一件で少しバタついたけれど、その後は大きな問題は起きていない。中には少し暴れる子もいたけれど、ダイナス、クロス、ディアナの三人が近寄り優しく笑いかけるとたちまち大人しくなった。

カペラも彼等の真似をして不器用に笑いかけていたけれど、それはそれで子供達は何やら怯えた表情を浮かべてしまう。カペラはそのことに思いのほかショックを受けてしまい、途中で彼を皆で励ましたりもした。

ちなみに僕はというと、ずっと現場で陣頭指揮をしているからまだ宿舎には戻っていない。

宿舎においての受け入れ作業は、メイド長のマリエッタが中心となって動いてくれている。そして、その護衛をしてくれているのがネルスを筆頭とした騎士達だ。

それから受け入れ作業の合間で、騎士に護衛されたメイドのニーナ達が宿舎の状況報告も定期的にしてくれる。報告の中には、サンドラ達が宿舎に到着しており、体調の悪い狐人族の皆や狼人族のラスト、それから、アリアを含めた鳥人族の子達をすぐに診てくれたという内容もあった。

彼等の中には少し危険な状態の子もいたらしい。だけど、サンドラ達の適切な処置のおかげで、命に別条はないということだ。この報告を受けた時、あの子達が無事でどんなに安堵したか知れない。思い返している中、ふと獣人の子供達を見て感じたことを何気なく呟いた。

「……それにしても、獣人の子供達は部族ごとに姿が違うし、可愛いよね」

そうなのだ。少し不謹慎かもしれないけれど、獣人の子供達は種族で耳や尻尾の形が違うから、見ていて飽きない。

牛人族は小さいながらも頭に二本の角とお尻に尻尾が生えていたし、猿人族は人族とぱっと見は変わらないけれど、少しだけ耳が尖っていてお尻には長い尻尾もあった。

語りだすとキリがない。すると、クロスが少し意地の悪そうな表情を浮かべて口元を緩める。

「うん？　リッド様、ああいう女の子が好みなのですか？」

「へ……？」

彼の答えに思わず首を傾げていると、何やらダイナスがニヤニヤしながら会話に参加してきた。

「まぁ、世の中には『獣耳バンド』なるものもありますからな。リッド様が獣人族のお姿がお好きなら、『招福のファラ』様に『獣耳バンド』を着けてもらってはいかがですか？」

「け、獣耳バンドを……ファラに？」

この世界に『獣耳バンド』が存在していることに驚くが、不覚にもファラが『獣耳バンド』を着けた姿を想像してしまった。『招福のファラ』だから、やっぱり『猫』だろうか……と思った瞬間、ハッとして勢いよく首を横に振ってから声を荒らげる。

「そんなこと、ファラにお願いできるわけないでしょ⁉　絶対に専属護衛のアスナに怒られるよ！」

勿論、ファラにお願いするつもりは毛頭無いけれど、アスナのことをふと思い出した。ファラに『獣耳バンド』なんてお願いすればどうなるか？　きっと、アスナから失望に満ちた光のない瞳による眼差しを向けられた後、両手に持った刀で一刀両断されるだろう。いや、彼女は二刀流だから二刀両断と言った方が正しいのかな？　ともかく、そんな恐ろしい事は考えたくもない。

しかし、アスナのことを知らないダイナスは、悪ノリした様子で言葉を続けた。

「ふむ、その『アスナ』殿のことは存じ上げませんが……招福のファラ様とご一緒に『獣耳バンド』を着けてもらったら良いのではないですか？」

「は……アスナにも『獣耳バンド』を……？」

ファラと一緒にアスナにも着けてもらう？　呆気に取られるが同時に、ファラが猫ならアスナは狼だろうか？　と思い浮かべてしまう。だがその瞬間、ハッとして首を横に激しく振ってから言い放った。

「だから、そんなことできないって言っているでしょ⁉　もうこの話はおしまい！」

「はっはっは、承知しました。それにしても、リッド様は初々しくてよいですなぁ」

楽し気に笑うダイナスに怨めしい眼差しを向けるが、彼が厚顔すぎて届いている気がしない。でも、そんなダイナスの後ろから黒いオーラを伴った二人の女性が静かに忍び寄る姿が見えて「あ……」と唖然とする。

「ん？　どうされました。リッド様」ダイナスは背後に迫る存在に気付かず、いまだニヤニヤとしている。だがその時、彼の両肩に彼女達の手がそっと置かれた。その瞬間、さすがのダイナスも背後に漂う黒いオーラに気付いて顔色がサーッと真っ青になっていく。

「ダイナス団長……少し、悪ふざけが過ぎるのではないですか？　これは、ライナー様に御報告が必要ですね」

「本当です。ダイナスさん……悪ノリが過ぎます。少し幻滅しました」

勿論、ダイナスの肩にそれぞれ手を乗せたのはクリスとディアナだ。彼はハッとして二人に振り返ると、クロスを指さして弁明を始める。

「ま、待て、二人共⁉　言い始めたのはクロスだ。俺だけそんな目で見なくてもいいだろう！」

しかし、当のクロスは動揺もせずにニコリと微笑んだ。

「私は、リッド様と普通に会話していただけですよ。それを、茶化して悪ノリしたのはダイナス団長です。私は関係ありません」

「なっ⁉」

確かに先程の会話でクロスはそこまでの悪ノリはしていない……きっかけを作ったのは彼だけど。部下の思いがけない裏切りにダイナスは愕然としている。そんな彼に対して、彼女達は畳みかけた。

「団長ともあろうお方が、部下のせいにするとは情けないですね」

「ダイナスさん……ちょっとがっかりです」

「ぐっ……⁉」彼は痛い所を衝かれたらしく、苦虫を嚙み潰したような表情になっていた。そして、彼女達の口撃によって大きい体が段々と小さくなっていくような気がする。さすがに見ていて可哀想になってきたので、助け船を出すことにした。

「二人共、もうその辺で……」と言いかけた時、カペラの鋭い声が辺りに響いた。

「皆様、最後の一団が見えました。そろそろ、歓談はお控え下さい」

すると皆の顔色が一瞬で変わり、周りの空気も張り詰める。あまりの変わり様に思わず「あはは……」と苦笑してしまった。そして、空気を変えてくれたカペラに視線を向ける。

「ありがとう、カペラ。おかげで助かったよ」

「とんでもないことでございます」と謙遜して彼は一礼すると、こちらに近寄りそっと耳打ちをしてきた。

「ですが……本当に『獣耳バンド』が必要でしたらいつでもお申し付けください。すぐにご用意いたします」

「……!? だから、いらないってば！」

予想外の言葉に顔が赤く火照《ほて》るのを感じながら、声を荒らげていた。

◇

やがて、移送団の一台目の馬車が到着すると皆に聞こえるように声を発した。

「この馬車とこの後に来る最後の馬車の荷台から獣人族の子達を降ろしたら、宿舎に戻るよ。その後は、宿舎の作業を手伝うからね」

「はい、承知しました！」と皆は頷き、返事をしてくれる。

それから程なくして、到着した馬車の荷台から獣人の女性が降車すると、クリスが嬉しそうに駆け寄っていく。

「エマ、お帰りなさい。特に問題はなかった？」

「はい、クリス様。ルーベンス様含めて、騎士団の皆様がいてくれたおかげです」

エマは猫人族の獣人で、クリスにとっては家族のような従者でもある。そんな二人の様子を見ながら、近寄って声を掛けた。

「エマ、今回の事はありがとう。君とクリスのおかげで本当に助かったよ」

「リッド様。私のようなものに勿体無いお言葉、ありがとうございます」

彼女はこちらに視線を移すと、畏まり綺麗な所作でペコリと一礼する。そして、エマは顔を上げると嬉しそうに微笑んだ。その時、荷台の中から大きな声が響いた。

「エマ姉さん、到着したなら早く降ろしてくれよ。もうずっと、馬車に乗っているから体がバッキバキだって！」

「そうだぜ。早く降ろしてくれ」

「ふわぁ……なんだ、もう着いたのか……」

「馬鹿、お前は寝すぎなんだよ」

まぁ、正確には少し荒っぽい言葉とダルそうな声も混ざって聞こえてくる感じかな。確かに、他の一団より『元気』が良さそうだ。しかし、その声を聞いた途端、エマはイラッとした表情を浮かべた。思わず「え……？」と戸惑うが、彼女はニコリと目を細める。

「リッド様……少し、はしたない姿をお見せすることをお許し下さい」

「え？　う、うん。別に何も気にしないけど……」

すると、彼女は荷台の中を鋭い目つきで睨んだ。

「少し黙りなさい。これから降ろしてあげるけれど、砦の時みたいに暴れたら承知しないわよ！」

エマは普段とは全く違う表情で荒々しい言葉を吐き捨てる。その姿に呆気に取られるが、クリスがそっと耳打ちをしてきた。

「この馬車と最後の馬車に乗っているのは、各獣人族の特に厳しいスラム街で生き抜いてきた子達なんです。そのせいか気が少し荒いみたいで、他の子達も怯えてしまうのでまとめて移送することにしたんですよ」

「なるほど……確かに気が強そうな子達が多そうだね」

はてさて、どんな子達かな？　興味津々で荷台を見つめていると、最初に猫耳の少女が降りてきた。しかし、彼女の表情というか目元は長い前髪に覆われていて伺い知る事はできない。不思議な髪型に恥ずかしがり屋なのかな？　と思った時、その少女はエマに振り向きニヤリと笑う。

「エマ姉さん、さっきみたいに怒ってばかりだと……すぐに老けるぜ」

「……!?　誰が言わせていると思っているの！」

目元の見えない少女の言葉にエマが怒りを露わに声を荒らげた。うーむ。とりあえず、少女は恥ずかしがり屋ではなかったようだ。怒り心頭のエマに、クリスが苦笑いしながら声をかける。

「エマ、そんな子達の言う事を真に受けちゃダメよ。ますます調子に乗るわよ」

「あ、クリス様……すみません、その通りですね」

指摘を受けたエマは、冷静な雰囲気を取り戻したようだ。しかし、猫人族の少女はクリスに視線を向け、周りに聞こえるようにわざとらしく毒突いた。

「……なんだ、エルフのクソババアもいたのかよ」

その瞬間、どこからともなく『ブチッ』と何かが切れる音が聞こえた。そして、クリスの髪の毛が逆立って宙に舞い始めてしまう。その光景は過去に見た事があるものだった。そう、クリスが切れたのだ。

「誰がエルフのクソババアですって!?　あんた、もう一度言ったら魔法で吹っ飛ばすわよ！」

「ふん。エルフが見た目でわかるもんか!!　二十だ三十だと自称しても、百歳以上もざらだぜ？

なら、クソババアで良いじゃないか」

猫耳少女の声が辺りに響くと、荷台に居る子達の笑い声も辺りに響く。クリスはカッとなって吐き捨てた。

「この……⁉　私はまだ二十よ。ババアでも何でもないわ」

「はぁ？　俺の年齢からしたら、二十も十分にババアだぜ？　やっぱり、エルフのババアで良いじゃないか」

そうか、クリスは二十だったのか……。思いがけずに彼女の年齢を知ることになったけれど、さすがにこのままにはしておけない。怒り狂ったクリスに近寄ると、二人を仲裁するように声をかけた。

「二人共、そのぐらいにして。クリスもその子の言うことを真に受けちゃダメだよ。さっき、エマに君が言っていたことでしょ？」

「……⁉　リッド様……そ、そうですね。すみません、ついカッとなってしまいました……」

クリスは指摘を受けるとハッとして、シュンとしてしまった。同時に宙に舞っていた彼女の髪の毛も落ち着きを取り戻していく。安堵して「ふぅ……」と息を吐くと、口の悪い猫人族の少女に振り向いた。

「初めまして、僕はリッド・バルディア。君も言い過ぎだね。まるで、わざと相手を怒らせようとしているみたいだけど、どうしてかな？」

少女は問いかけには答えずに僕の顔をしばしジッと見つめたあと、ニヤリと意地の悪い笑みを浮かべ「ふん……」と鼻を鳴らした。

「お前のように、女みたいな顔をしているやつには何も言われたくないね」

その瞬間、隣にいたディアナが暗器と思われる小型のナイフを目にも止まらぬ速さで取り出して少女の鼻先に突きつけた。

「こちらのお方はバルディア領当主のご子息であり、あなた達を迎え入れた方でもあります。言葉を慎みなさい……さもないと、処分しますよ」

ディアナから発せられる殺気は本気であり、辺りが緊張感に包まれる。だけど、彼女の殺気と突きつけられたナイフに怯えもせず、少女はニヤリと口元を緩めた。

「何が『迎え入れた方』だ。こちとら、好きでこんなところにきたわけじゃない。いずれ、野垂れ死にするのが、奴隷で死ぬことに変わっただけさ。処分したいならやりなよ……メイドのおばちゃん」

ディアナは少女の言葉に眉を顰め、鬼のような形相を浮かべながらこちらを一瞥《いちべつ》する。その目は明らかに「やっていいですよね？」と言っているようだ。

さすがにそれは許可できないよ……と呆れながら首を軽く横に振り制止する。そして、少女に近寄った。

「ひょっとして、自暴自棄になっているのかな？　その気持ちはわからなくはないけれど、僕は君達が必要だからここに来てもらったんだ。君程の胆力があるなら、ここでもきっとやっていけると思うよ」

「な……!?　だ、誰が自暴自棄だ。それに、何が必要だ……そんなのお前の都合だろうが、ふざけんな！」

自暴自棄というのは図星だったのか、彼女は声を荒らげながら戸惑った面持ちを見せている。だけど、少女のことで気になることがあったのでさらに一歩近付いた。

「な、なんだよ……⁉」

近付いた意図が分からない様子の少女は、さらに困惑した表情をみせる。しかし、気にせずに右手を差し出すと、そのまま少女の前髪を持ち上げて露わになった瞳を見据えた。

思った通り彼女の目は左右で色が違う。でも、一番驚いたのは瞳の中も二色の色が混ざりあっていて、とても綺麗な色合いをしていることだった。

実はクリスやディアナと口論している時に、少女の瞳がチラッと見えたのだ。その時、少女の瞳がオッドアイであると気付いたけど、まさか瞳の中まで色が混ざっているなんて思わなかった。それにしても、少女の瞳はとても綺麗で魅力的だ。

もしかして、これのせいで奴隷商に狙われたのかな？　すると、彼女は何やら顔を赤らめて「や、やめろ⁉」と慌てた様子で後退した。

ふむ。ディアナの殺気には動じなかったのに、そんなに目を見られたのが恥ずかしかったかな。

そう思いつつ、ニコリと微笑んだ。

「ふふ。やっぱり……君は素敵な瞳をしているんだね。だけど、前髪で隠すのは勿体ないよ？」

しかし、問い掛けに対して彼女は前髪から覗いている片方の瞳でこちらをギロリと睨んだ。

「こ、この貴族のボン……うっ⁉」

「いい加減にしなさい！」

何かを言おうとした彼女だったが、後ろからエマに手刀を叩き込まれ、その場に倒れ込んでしまった。エマは倒れた少女を見下ろすと「はぁ……まったく世話が焼ける子ね」と呟く。そして、荷台から様子を窺っていた子達に向かって吐き捨てた。

「お前達、ミアみたいに気絶させられて運ばれるか、黙って付いてくるか。今すぐに、選びなさい」

荷台にいた子達は一連のやり取りに加え、エマの手刀を見て宿舎に黙って付いてくることを選んだらしく、顔を引きつらせてコクリと頷いている。

その後、荷台から降りてくる子達は少し不満げにしながらも言う事を聞いてくれた。しかし、兎耳が特徴の兎人族の少女が、こちらをなにやらジッと見つめていることに気付き視線を向ける。すると彼女は、ニヤリと笑いゆっくりと近寄ってきた。

「あたしは、兎人族のオヴェリア……です。一つ聞いていい……でしょうか？」

「いいよ。答えられることならね」

鳥人族のアリアのこともあったせいか、ディアナやカペラが警戒して彼女をギロリと睨んで威圧する。しかし、少女はその視線に怯みもせずに声を発した。

「リッド・バルディア……様。あんたは……武芸にも精通はしてんの……ですか？」

「え……？」

オヴェリアの問い掛けの意図がわからず、首を傾げるが彼女の目は真剣そのものだ。ふむ、どう答えたものかな……少し考えるとゆっくり呟いた。

「そうだなぁ。多少はできるとは思うけれど……それが、どうかしたのかな？」

「……!?　そうか……楽し……いや、どうもしない……です」

彼女は一瞬だけ嬉しそうな表情を見せると、慣れてない様子でペコリと頭を下げる。そして、オヴェリアは宿舎に向かって騎士と一緒に歩いて行った。でも、彼女が一瞬だけ見せた嬉しそうな表情にどことなく見覚えがありハッとする。

「あれは……アスナと同類の顔だ……」

獣人族には色々な子がいて面白いなぁ……。感慨に耽っていると、カペラが何かに気付いたようで声を掛けて来た。

「リッド様、最後の馬車が来たようです」

「あ、本当だね。じゃあ、気を引き締めていこうか」そう言うと、こちらに向かってくる最後の馬車を見据えた。

(あれで、最後か。さて、お次はどんな子達が来るのかな)

◇

程なくして、最後の馬車が僕達の目の前に到着した。この馬車にはルーベンスも同行しているそうで、より警戒すべき子達が乗っているということらしい。

さっきの猫人族と兎人族も中々面白い子達だったけれど、こっちにはどんな子が乗っているんだろう。馬車の荷台を興味津々で見つめていると、ダイナスが近寄ってきてニヤリと口元を緩めた。

「あの馬車に乗っている子供達は、さっきの奴ら同様に見込みのあるやつばかりですよ」

「そうなんだ。ダイナス団長が言うなら楽しみだね」

彼の言葉にますます期待して荷台を見つめると、横で見ていたディアナが険しい面持ちを見せる。

「ダイナス団長、リッド様をあまり焚きつけないで下さい。護衛をさせて頂く身として、先程からリッド様が無茶をされないか心配でございます」

彼女は注意を促しながら、視線をこちらに向けて心配そうな面持ちを浮かべる。そして、追随するようにカペラも無表情で頷いた。

「ディアナ様の言う通りです。リッド様、どうかあまり無茶をされないようご注意下さい」

「……二人共、心配してくれてありがとう。でも、そんな無茶をするつもりはないから安心して大丈夫だよ」

二人からそこまで言われるとは思わなかったけれど、彼等の表情から本気で心配してくれているのがわかる。うん、皆に心配をかけないように気を付けよう。そう思った時、荷台から見知った顔の騎士が降車してきたので駆け寄った。

「おかえり、ルーベンス!!」

「……!? リッド様!! わざわざお迎え頂きありがとうございます」

彼は驚きの表情を見せるが、すぐに満面の笑みを浮かべて一礼する。顔を上げると、彼は隣にいるディアナに視線を向けて少し顔を赤らめた。

「……ただいま、ディアナ」

「はい、おかえりなさい。ルーベンス」彼女はそう答えると、ニコリと微笑んだ。その表情は、普段の笑顔よりも柔らかい印象を受けた。うん、何やら少し甘い雰囲気が流れ始めた気がする。ちなみに、ルーベンスとディアナは幼馴染で半年程前から交際を始めた仲だ。

そういえば先日、ルーベンスのことでディアナに質問された気がする。確かルーベンスにレナルーテで渡した『浴衣《ゆかた》』のことか何かだったと思うけど。その時、甘い二人に声が掛けられた。

「ルーベンス、それにディアナ……その気持ちはわかるが仕事中だぞ」

「……⁉　も、申し訳ありません。クロス副団長」

二人はハッとして、少し慌てた様子を見せるがすぐに平静を取り戻す。そして、ルーベンスは荷台に視線を移すと中にいる騎士から獣人の子を受け取り、馬車から降ろしていく。彼が最初に下ろした獣人は少し尖った小さな耳が頭にピンと二つあり、髪の毛のような尻尾が生えている少女だ。

その特徴は先に到着した馬車に乗車していた馬人族の子と一緒であることから、種族は馬人族かな？　と思い声を掛けた。

「こんにちは。君は馬人族の女の子かな？　よろしくね」

「………？」

しかし、彼女は首を傾げてきょとんとするのみで反応がない。それから少しの間をおいて彼女はハッとした。

「……あ、すみません。なんでしたっけ？　えーと、とりあえず好きな食べ物はりんごです……。りんご、ありますか？」

「そっか、君はりんごが好きなんだね。でも、残念ながらここにはないかな……」

今の会話で、この子がなんだか凄く変わった子であることはわかった。おもむろに視線を横に移すと、両隣にいるディアナとカペラも何とも言えない表情を浮かべている。しかし、彼女はこちらの様子を気にせずにシュンとなり俯いてしまった。りんごがないことが、かなりショックだったらしい。

これはこれで面白い子だけれど、どうしよう？　その時、馬車の荷台からルーベンスによって降ろされた二人の馬人族の子が、慌てた様子で駆け寄ってきた。

「すみません。私はアリスと言います。この子はマリス、私の妹です」

アリスと名乗った女の子は、マリスの前に出ると深く頭を下げた。マリスは姉が頭を下げた姿を見てハッとすると、頭をゆっくり下げていく……本当に面白い子だな。

それから間もなく、今度は馬人族の男の子が彼女達と僕の間に割って入ると、勢いそのまま頭を地面にこすりつけた。

「俺はディオと言います、マリスは少し変わっているだけなんです。無礼があったということなら、俺が罰を受けます。どうか、アリスとマリスだけは許して下さい！」

本日二度目の土下座をされて、「あはは……」と苦笑しながら頬を掻いた。

「大丈夫だよ。別に無礼だなんて思ってないさ。それより、後が詰まっちゃうから騎士達の指示に従って移動してもらえるかな？」

「……は、はい。ありがとうございます」

アリスとディオは頷くと、マリスを連れてすぐにその場を移動する。マリスは首を傾げてきょとんとしながら二人に連れていかれるが、途中でこちらに振り返るとニコリと笑った。

「ばいばーい」

「あはは……ばいばーい」

彼女の言動にアリスとディオはギョッとして、申し訳なさそうにペコペコしている。その様子に苦笑しながら「大丈夫」という意図で手を振ると、マリスは嬉しそうに手を振ってくれる。その後、彼等はペコペコしながら騎士達に連れられて宿舎に進んで行った。

「……本当に色んな子がいるんだね。でも、あの子達もダイナス団長が見込んだ子達なんでしょ？」

近くにいたダイナスに問いかけると、彼は楽し気に答えた。

「ええ、あの子達もあんな感じですが良い原石ですよ。リッド様が必要ないのでしたら、私が立派な騎士にして見せましょう」

「だからそれは駄目だって」

そう答えると、彼は肩を竦めて残念そうな表情を浮かべながら作業に戻っていく。馬人族の彼等がどんな原石なのか非常に気になるけれど、まずは目の前の作業を進めて行くのであった。

◇

「それにしても、獣人族は本当に個性的な子が多いね」

受け入れ作業がある程度落ち着き、獣人族の子達を見た感想をおもむろに呟いた。不思議な馬人族の子の後も、最後の荷台からは様々な子達が次々と降車した。

狸人族で、美少年の三つ子の男の子。鼠人族の小気味よい三姉妹。体格が大きいのが特徴の牛人族の気弱な男の子。八重歯と尻尾、少し尖った耳をした猿人族の兄妹。皆それぞれに特徴があって、愉快な子達である。

「そのようですね。それぞれに色々と鍛えがいがありそうです……特にあの猫人族の『ミア』でしたか……彼女はしっかりと教育せねばなりませんねぇ」

「ディアナ様の仰る通りです。ですが、私達で作り上げた『教育課程』で、獣人族は皆しっかりと教育いたします故、ご安心ください」

答えてくれたのは両隣に控えていたディアナとカペラだ。ディアナには少し黒いオーラを感じるけど、カペラは淡々と怖いことを言っている気がする。

ディアナは猫人族の少女に言われた『メイドのおばちゃん』を根に持っているのかもしれない。

「あはは……優しくしてあげてね」

二人は意味深な感じで目を細めて会釈する。その時、荷台から獣人族の子を降ろす作業をしていたルーベンスの声が辺りに響く。

「この子達で最後です」

「わかった」

彼の声に合わせて、馬車の荷台にゆっくりと近寄っていく。すると、今までは騎士に抱えられて降車する子が大半だったが、最後の子達は一人ずつ自身の足で、のっしりと降りてくる。予想外の光景に少し驚いた。

「あの子達、大きいね。牛人族の子達と同等か、それ以上な感じだね」

「彼等は、熊人族でございます。体格は牛人族と同等。戦闘力に関しては、獣人族の中では上位に入る種族と聞き及んでおります」カペラはそう言うと会釈する。

「そうなんだね。説明ありがとう」

お礼を伝えて荷台に視線を戻すと、少しオドオドした子が降りてきた。体格は良いけど、顔は年相応な感じかな？　すると、ルーベンスの声が響く。

「この子で最後です」

おぉ、これでようやく受け入れ作業の第一段階が終了する。そして、その最後の子が荷台から、ずっしりと降車する。

大きいなぁ……それが彼に抱いた最初の感想だった。熊人族や牛人族の子達は各々体格が良かったけれど、最後に降り立った熊人族の子は体格だけじゃなく、体も鍛えられているような印象を受ける。荷台から降りた彼は、辺りをゆっくりと見渡しているようだ。

そんな彼と目が合ったので、ニコリと微笑むと彼は目を凝らすようにこちらを見つめる。やがて、ゆっくりとこちらに向かって歩き出した。同時にカペラとディアナがスッと前に出る。

二人の前に彼がやって来ると、改めてその体格の良さに驚かされた。その身長は、恐らく小柄な大人をすでに超えている。僕よりもかなり大きくて、流石にカペラやディアナよりは身長が低いけれど、肩幅など体格のせいか印象的にはあんまり変わらない感じも受けた。

二人の前で立ち止まった彼は、見定めるように真っすぐにこちらを見つめた。

「……あんたが、俺達を買ったのか」

「うん、そうだね」

彼の声は見た目通りというか、重く低い。中々に魅力的な声と言っていいかもしれない。前世の記憶にもある、イケボというやつだろうか。

「言葉遣いに気を付けなさい。この方は、バルディア家のご子息、リッド・バルディア様です」

言葉遣いを指摘された彼は、ディアナを一瞥して会釈する。

「……すまない。あまり畏まった言葉は得意じゃないんだ。あんたの事はなんて呼んだらいい？若……主……ご主人様……若旦那とかでいいのか？」

顔を上げた彼はそう言うと、視線をこちらに向けた。粗はあるけれど、彼なりに丁寧な言葉遣いを意識しているのだろう。他の子とは少し育ちが違うのかもしれない。

「若旦那とかご主人様は嫌だから、リッドでいいよ」

「そうか、リッド……様。これで良いか？」

彼は頷き答えると、ディアナに視線を移した。彼女は意外そうに「ほう……」と相槌を打つ。今までの獣人族の子達からすれば、受け答えがしっかりしているからだろう。

「まぁ、良いでしょう。現段階では及第点です」

「及第点か……今後も善処する。ところでリッド様、言える立場ではないかも知れんがお願いをしてもいいだろうか」

こちらに向ける彼の眼差しから真剣であることが窺えたが、『お願い』という言葉にディアナが眉を顰める。カペラは無表情だけど、あんまり良く思ってはいない感じかな。しかし、そんな二人の様子を察しつつもコクリと頷いた。

「いいよ。ただ、君のお願いを叶えてあげられるかはわからない。それでも良ければ話は聞くよ」

「十分だ。俺以外の熊人族のやつらは気が弱いところはあるが、良い奴らなんだ。だから、あいつらに手荒な真似はしないでほしい。もし、あいつらに罰が必要な時は、すべて俺が代わりに受けたい……これが、俺の願いだ」

予想外の言葉に呆気に取られた。勿論、罰とか手荒な真似をするつもりは一切ない。でも、彼等からすれば、今後どのような仕打ちをされるかは想像もつかない状況だ。そんな中でする最初のお願いが、『仲間の身代わりとなる』とは胆力というか、根性が据わっていると言うべきか。何にしても中々できることではないだろう。

彼の瞳を再び覗くが、嘘偽りは感じない。ただ真っすぐにこちらの目を真剣に見つめている。やがて、少し考える素振りを見せてから頷いた。

「わかった、検討するよ。でも、罰とか手荒な真似はするつもりはないから、そこは安心してほしいかな。後、君の名前を教えてもらってもいい？」

「そうか、まだ名乗ってなかったな。すまない。俺の名前はカルアだ。リッド様……あんた、良い人みたいだな」

「え……？」と僕は目を丸くする。まさか、奴隷としてやってきた獣人族の子にそんなことを言われるなんて思いもしなかったからだ。

その後、彼は会釈してから騎士に引きつれられて宿舎に向かう。これで、獣人族の受け入れはすべて終わった。周りを見渡してみても、先程までの慌ただしさが消えている。それから程なくして、ディアナが不満顔で額に手を添えながら俯いた。

「はぁ……しょうがないのでしょうが、獣人族の子達の礼儀は全然なっておりません。バルディア家に仕える者としてあのままではいけませんね。マリエッタ様にもお願いして礼儀作法の教育を見直す必要がありそうです」

「あはは……お手柔らかにね」

少し怒気が籠もった彼女の言葉に苦笑しながら答えた。作業中にクリスやエマから聞いたけど、獣人族の子達の大半は親がおらずスラムのようなところで暮らしていたらしい。そこでの暮らしは窃盗や強盗は日常茶飯事。当然、そんな場所だから人の命も軽い。そんな場所に住んでいた子供達は後腐れもないから、奴隷売買の標的になりやすいそうだ。

おそらく今回やってきた皆も、似たような状況にいたのだろう。そんなことを考えていると、豪快な声で「リッド様！」と呼ばれた。視線を移すと、爽やかにこちらに向かって来るスキンヘッドの大男、ダイナスが目に入る。よく見ると、彼の傍らにはルーベンスもいるようだ。

「獣人族の受け渡し作業完了いたしました。これより、騎士団はこの現場の片づけと宿舎に移動してあちらを支援する班に分かれて動こうと思いますが良いでしょうか？」

「うん、お願い。僕はこの後、宿舎に向かうから後をよろしくね」

答えて頷いた時、ふと彼の隣にいるルーベンスと目が合うと同時にある事を思いつき、ニヤリと口元を緩めた。そして、ディアナに振り向くとニコリと微笑む。

「あ、ディアナ。カペラと先に宿舎に戻るから、ルーベンスと少し話してから来なよ。色々話したいこともあるだろうからさ」

「……!? コホン。リッド様、お言葉はありがたいですが、今は護衛中です。従いまして、お気遣いは不要です。そうですよね、ルーベンス？」

彼女は少しの怒気を言葉に滲ませると、ルーベンスに突き放すような冷たい眼差しを送る。

「う、うん、そうだな。リッド様、お気遣いありがとうございます。しかし、ディアナの言う通り今は仕事中ですから、大丈夫です」

「そう……？ なら、いいけど」

二人に対して首を傾げながら肩を竦めた後、今度こそ宿舎に向かって足を進めた。

リッド管轄の宿舎にて

「それで、これはどういう状況かな？」

宿舎に戻って来ると、なんと出入口の玄関前に手足をロープで縛られて身動きがとれないようにされた獣人族の少女達が集められていた。そこには、オッドアイでディアナを『メイドのおばちゃん』呼ばわりした猫人族の少女。他にも兎人族のオヴェリアと名乗った少女もいる。彼女達を一瞥すると、オッドアイの少女はそっぽを向いて、オヴェリアは俯いた。

「ふん……」

「……嫌いなんだ……濡れるのは」

二人の言動にディアナは眉を顰めるが、少女達の側にいたネルスが苦笑しながらこちらの問いかけに答えた。

「いやぁ、彼女達は中々に元気過ぎましてね。メイド達の手に余るみたいです」

「どういうこと？」

ネルスは少し呆れた面持ちで、状況の説明を始める。宿舎の最初の受け入れ作業は、獣人族の子達に湯浴みさせることだった。これに関しては、段取り確認の時に全員から指摘された点でもある。まず、彼らが止む無く、そして確実に不衛生であることはクリスやエマ、ダイナスなど様々な人達の共通認識だった。スラム街に住んでいた可能性の高い子供達だから、当然と言えば当然だ。

しかし、それ故に彼等の髪にはシラミもいるだろうし、体の垢も凄いわけだ。そんな状態の彼等が宿舎の中を移動したり、各部屋のベッドで寝てはその後の清掃が大変なことになってしまう。そこで、クッキーが掘り当ててくれた『温泉』と『天然石鹸ムクロジの実』の出番というわけだ。

彼らが到着した後は、まず温泉で体と髪を隅々まで綺麗にする。でも、獣人族の子供達は『温泉』というものを知らなかったらしい。さらに、彼等にとっては『濡れる』ということは体が冷え、風邪などの病に直結する。生活の中で医者や栄養のある食事をとれない子供達にとっては、水に濡れることは忌むべきことで、受け入れ難かったらしい。その結果、メイド達がお風呂に入れようとしたら激しく抵抗したそうだ。

一応、彼等の自尊心も鑑みて湯浴みは同性で対応するよう事前に決めていた。その為、男の子は暴れても騎士達が見張る形で問題はなかったが、一部の少女達はそうはいかなかったようだ。だけど、湯浴みさせないと宿舎内には置いておけない。その為、暴れないように手足を縛って入口に集められたということだ。

ちなみに、宿舎の周りは騎士達に囲まれているから、仮に温泉から逃げてもすぐに捕まえられるようにしている。説明を一通り聞き終えると、少女達には失礼ながら、「あっはははは！」と声を出して笑ってしまった。

「はぁ……可笑《おか》しい。なるほどねぇ、それは気付かなかったよ。ディアナ、悪いけど、この子達の湯浴みを手伝ってあげて」

「承知しました。では……まず小生意気な『野良猫』から綺麗にいたしましょう」彼女はそう言うと、ニヤリと口元を緩めてオッドアイの少女を見下ろした。やっぱり、『おばちゃん』呼ばわりされた事を根に持っているみたいだ。しかし、彼女の視線に戦《おのの》きはしたが、オッドアイの少女も負けん気で声を荒らげた。

「だ、誰が、『野良猫』だ。この、クソババア。俺にはミアって名前があんだよ！」

「ほう。威勢の良い減らず口ですね。ですが……」

少女の暴言にディアナは冷静に答えた……途中まで。彼女はどこからともなく、暗器の短剣を取り出すと右手で逆手に持った。そして、素手の左手でミアの喉元を押さえて、その場に押し倒す。手足を縛られているミアは為すすべもない。それは一瞬の動きであり、その場に居た皆は呆気に取られる。だが、一番驚愕したのは押し倒された本人のミアだろう。彼女は押し倒された勢いで地面に軽く頭をぶつけたらしく呻き声を上げた。

「ぐぁ……⁉　な、なに…すん……だ……」

ミアは一瞬の事で何が起きたか分からなかったらしい。しかし、ディアナの雰囲気がガラッと変わったことで、少女の表情は瞬時に凍てついた。

ディアナは仰向けに倒したミアに馬乗りになりながら、彼女の喉元を左手で押さえている。そして、掲げている右手には逆手で握られたナイフが光っていた。

何よりも恐ろしいのは、ディアナが凄まじい殺気を放ち、無表情で冷酷に見下ろしているその瞳だろう。その表情は荷台で一悶着あった時と比べても遥かに無慈悲だ。あれを間近で直視するミアは、相当な恐怖を味わっているのではないだろうか。恐れ戦くミアに、彼女は冷徹に言い放つ。

「何か勘違いしているようですから、この機会に教えてあげましょう。貴女達のその減らず口は、そこにおられるリッド様がお許しになっているから、大目に見ているのです。ですが、先程から貴女達の無礼は目に余ります。リッド様、この『野良猫』に躾をしてもよろしいでしょうか？」

「いいけど……程々にね」そう答えると同時に周りがざわついた。ミアも予想外の言葉だったのか、「な⁉」と目を丸くしている。

だけど、ディアナの言う事にも一理ある。威勢が良いのは悪くないと思う。でも、それが行き過ぎてメイドの皆に迷惑をかけたのは頂けない。それにこの場にいる少女達は、獣人族の中でも負けん気が強い子達だろう。一度、恐ろしいディアナを知ってもらうほうが言うことを聞いてくれるかもしれない。やがてディアナは不敵に笑い、右手のナイフをミアの顔目掛けて勢いよく、容赦なく、振り降ろした。

「やめ……うわぁあああああ⁉」

恐怖に染まった悲鳴が辺りに響き渡るが、ディアナの短剣はミアの瞳の前で止まっていた。しかし、ディアナの殺気はミアを射貫いており、先程の一問着とは違って彼女は悔しそうな表情を浮かべて泣きそうになっている。

もしかすると、あの時は長い移送の中でミアなりの覚悟を決めていたのかもしれない。でも、これから過ごす事になる宿舎や温泉とかを目の当たりにして、心境に何か変化が起きたかな。そんなことを考えていると、ディアナがミアの耳元に顔を近づけた。

「怖いでしょう……悔しいでしょう……どんなに意地を張ろうと、虚勢を張ろうと、心の弱さは守れないのです。貴女が前髪で隠す、その瞳のように……」

「……⁉　ふぐ……ぐぅ……」

ディアナはそう囁くと、ミアの目を隠している前髪を手で触る。そして、前髪の半分を短剣で切り取りその場に捨てた。

「鬱陶しい前髪は半分だけ切りました。リッド様が『素敵な瞳を隠す必要はない』と仰ったのです。自信を持ってその目を見せなさい。残りの前髪は情けです」

「ぐっ……この……」ミアは片方の隙間から覗く二色が混ざった瞳に涙を浮かべ、ディアナを怨めしそうにジロリと睨みつけている。うーむ、中々の負けん気と根性だ。しかし、その眼差しに気付いたディアナは眉間に皺を寄せつつ、またスーッと冷たく突き放すように彼女を見据えた。

「なんですかその目は……残りの前髪も切ってほしいようですね？」

「……⁉　う……わ、悪かった……口の利き方には気を……つける」

彼女には敵わないと悟ったのか、ミアは借りて来た猫のようにおとなしくなってしまう。その姿に満足したのか、ディアナは悠然と立ち上がると周りにいる他の獣人族の少女達を一瞥する。

「ふぅ……貴女達もわかりましたね？　では、ミアでしたか。行きますよ。リッド様、私はご指示に従いミアを湯浴みさせて参ります」

「うん。わかった。優しくしてあげてね」

ディアナは答えを聞くと一礼してから、ミアの手を縛っているロープを雑に掴み引きずりながら宿舎の中にある温泉に向かって進んで行く。

「……⁉　ちょ、ちょっと待て⁉　俺は歩けるぞ、そんな引きずっていくなよ！　痛い、いたた！　尻尾が擦れる！　おい、てか、なんだよ、その馬鹿力⁉」

「はぁ……本当にニャンニャンと五月蠅《うるさ》い、子猫ですねぇ。さっさと行きますよ」

「うんぎゃあああ⁉　尻尾が擦れるから、だから引っ張るなぁあぁぁ………！」

ディアナが宿舎の中に入っていくと、ミアの悲痛な叫びが宿舎内に轟く。そして、ミアは強制的に連れて行かれてしまった。一連のやり取りと引きずられるミアの姿を目の当たりにしたせいか、他の獣人族の少女達は顔を引きつらせている。「ゴホン」と咳払いをして注目を集めると、少女達にニコリと微笑んだ。

「えーと、他にあんな感じで運ばれたい子はいるかな？」

少女達は問いかけに首を勢いよく横に振っている。うん、ディアナの抑止力は抜群に効いたみたい。だけど、まだ数人は鋭い目でこちらを睨んでいる。その中の一人、ミアと同じ猫人族の少女が口を開いた。

「おい……湯浴みさせて何させるつもりだよ」

悪態を吐《っ》く少女に対して、控えていたカペラが無表情で前に出ようとしたので制止する。彼が本気になると、おそらくディアナ以上の威圧感を出す気がしたからだ。

「そうだね。湯浴みした後は、綺麗な服に着替えてもらう。それから、健康状態の確認を行って、問題が無ければ温かい食事を用意しているよ。だから、早くしないと食べ損なっちゃうかもね」

『温かい食事』という言葉で、少女達の顔が色めき立った。悪態を吐いた猫人族の少女も例に及ばず目を輝かせている。

「温かい食事……飯がもらえるのか⁉」

「うん。結構な量を用意しているから皆食べられると思うけどね」

「それならそうと先に言えよ！　湯浴みでも何でも早くしてくれ」

その後、少女達はディアナの抑止力と温かい食事という言葉で大人しくなり、メイド達の言うことに素直に従ってくれたようだ。

色んな種族の少女達が連れて行かれる中、二人の兎人族の少女がこちらを見つめていた。一人はオヴェリアだけど、もう一人はわからない。その時、オヴェリアは目を輝かせながら「なぁ」と声をかけてきた。

「さっきのメイドみたいにあんた……いや、えーと、リッド様も強いのか？」

するとオヴェリアの隣にいる兎人族の少女が呆れ顔で注意を促した。

「また始まった……やめなよ、オヴェリア。ミアみたいに引きずられたいの」

「いいじゃねぇか、アルマ。聞くだけだから、問題ねぇよ。なぁ、それより、どうなんだ」

どうやら彼女は『アルマ』というらしい。二人の様子から察するに以前からの知り合いなのだろう。それにしてもどう答えたものかなと、少し思案してから呟いた。

「僕は、ディアナにはまだ勝てたことは無いね。でも、日々勝てるように彼女とも訓練しているよ」

「……⁉　あは、そいつは良いね。楽しみにしておくよ、リッド様」

オヴェリアは満足したようにニヤリと笑い、アルマはその姿にため息を吐いた。それから程なくして、宿舎の前に集められていた少女達は、オヴェリアやアルマを含めメイドに連れられて全員湯浴みをするべく温泉に移動した。

「……それにしても、まさか湯浴みを嫌がられるなんて思ってなかったよ」

「ここに来た子供達は、ほとんどが孤児でスラムなどから来たと思われます故、今後も様々な問題が発生したりマナー教育なども必要になったりすると存じます」カペラが無表情で淡々と答えてくれた。

「うん、そうだね。でも、それも覚悟の上さ。母上の病を治すため、バルディア領の発展のため、避けては通れない道でもあるからね」

そう、すべては覚悟の上でしていることだ。だから、彼女達の悪態や起こす問題も想定内だし、気にもしていない。まぁ、あの口の悪さと面白さは想像以上だったけどね。

その時、今回の獣人族達の中でも特に重要となる子供達のことを思い出して、まず彼らがいる場所に向かう事にした。

「さて、まず狐人族と鳥人族の子達が運ばれた医務室の様子を見に行こうか」

「承知しました」

頷くカペラと共に医務室に向かうべく宿舎の中に入ると、メイド達の戦場とも言える非常に慌ただしい光景が広がっていた。メイド長のマリエッタや副メイド長のフラウまでも真剣な面持ちで、指示を出して走り回っているようだ。

「皆のおかげで何とかなっているけれど、これだけの大人数の受け入れはやっぱり大変だね」

「はい。しかし、受け入れが順調なのも、すべては事前の打ち合わせのおかげです。ここまで順調な事自体、素晴らしいことだと存じます」

宿舎の中の状況を見渡して感嘆しながら呟くと、カペラが畏まり答えてくれた。確かに彼の言う通り受け入れに関しては、メイド長や執事のガルン、クリスやダイナス、父上など色んな人の意見を取り入れている。そのおかげで、受け入れ作業は比較的順調と言っていいだろう。何にしても、上手く事が進んで良かった。

今までの調整作業を思い出しながら感慨に耽っていた時、「すっげぇぇえええ、この水あったけぇ!!」と少女の大声が宿舎に響いた。

「おお、それになんだこの泡……うわぁあああ⁉　目が、目がぁああああ！」

「オヴェリア！　あなたは大人しくする事ができないのですか⁉」

声は温泉の女湯から轟いているらしく、ディアナとメイド達が獣人族の少女達の湯浴みで悪戦苦闘しているようだ。その声を隣で一緒に聞いたカペラが、「ゴホン」と咳払いをしてから呟いた。

「まぁ、予想外の反応も想定内と存じます」

「あはは……そうだね。ディアナには悪いけれど、彼女達は少しお任せしようかな」

苦笑しながらそう答えつつ、心の中で（頑張ってね。ディアナ）と呟いて医務室に向かった。

◇

医務室の前に辿り着くと、念のためにノックをするが返事はない。ゆっくりとドアを開けて中を覗くと、ここもまたメイド達が忙しく動き回っていた。鳥人族の女の子達はベッドに横たわり、寝ているようだ。

体調の悪い子が多いと聞いていた狐人族の子達は、メイド達に介抱されながら食事を取っている。ちなみに、医務室で子供達が取っている食事は『お粥』だ。

様子を見ながら、医務室の中に入ると女性が一人こちらに気付いてやってきた。

「サンドラ、お疲れ様。今日はありがとう」

「いえいえ、こんな面……いえ、素晴らしい試みに関われる機会は中々ありません。それに、少しでもお力になれればと存じます」

「いま、絶対『こんな面白い』と言おうとしたよね？　まぁ、いいけどさ。それより、皆の体調や健康状態を教えてもらってもいいかな」

彼女は指摘に少しバツが悪そうに苦笑するが、すぐにその表情を切り替えた。

「畏まりました。ですが、子供達の健康状態については私より詳しい者からご説明させて頂いてもよろしいでしょうか？」

「サンドラより詳しい人がいるの？」

「はい。私の専門はあくまで魔法関係です。人体における健康状態についてはより詳しい医者がおりますので、そちらからご説明させて下さい」

当初は首を傾げたが、彼女の説明で納得した。確かに、魔力に関わる部分が大きい『魔力枯渇症』などであれば、サンドラの得意分野にも入るのだろう。でも、単純な健康状態となるとさすがに医療の分野だから、人体に詳しい医者が適任ということだ。

「うん、わかった。その人は今ここにいるんだよね？」

「はい、勿論です。では、呼んできますね」サンドラはそう言って頷くと、こちらに背を向けて大きな声で叫んだ。

「ビジーカ……ビジーカ・ブックデン。リッド様に御挨拶と、状況の説明をお願いします！」

すると、医務室の奥で獣人族の子供達を診ている医師がこちらをチラリと一瞥するが、すぐに目の前の子に視線を戻してしまう。その様子を見てサンドラは、視線をこちらに戻した。

「あはは……。すみません、ああいう人なんです。大丈夫、今診ている子の治療が一段落したらすぐに来ますから、少しお待ちいただいてもよろしいですか」

「うん、大丈夫だよ。それに、忙しい所にお邪魔したのは僕だしね」

気にしていないことを伝えると、サンドラはホッとして胸を撫で下ろした。傍に控えるカペラも特に何も言わず、無表情のままだ。

それから間もなく、診察していた子供が落ち着いたらしく『ビジーカ・ブックデン』がこちらに向かってくるが、何やら怒っているらしくサンドラをジロリと睨みつける。

「おい、サンドラ。患者が寝ている医務室で、でっかい声を出すな。ようやく一息ついて眠り込んだ子もいるんだぞ」

「あ、はい。ごめんなさい、ビジーカさん」彼女はビジーカのとげとげしい剣幕に押されて、素直に謝った。サンドラの普段とは違う様子にも驚くが、それ以上にビジーカの姿は間近で見ると印象的だ。

彼は小柄であり、身長にすると一五〇㎝も無いのではないだろうか。体の線も細いのでより小さく見える。そんな彼が頭につけている……いや被っているという表現が合っているかもしれないけれど、額帯鏡《がくたいきょう》がともかくデカい。いや、正確には額帯鏡自体は普通の大きさなんだけど、頭に被っている額帯鏡が付いた医療器具の一種なのだろうか？　それがともかくデカいのだ。

しかも、それには子供が喜びそうな玩具が付いていたり、ぶら下がったりしている。彼の体格と頭に被っている医療器具の大きさが、あまりに不釣り合いで独特の雰囲気を醸し出していた。失礼ながら、間近でビジーカの姿を凝視しているとこちらの視線に気付いたようで彼は苦笑する。

「はは。恥ずかしながら、これは私が子供を診る時に必ずつけている独自の医療器具なんです。喉や鼻を診る時に子供が嫌がる事が多いんですよ。どうしたら良いかと考えた結果、これに至りました。これをつけていると、子供達が自ら口を開けてぼんやりしてくれるので治療しやすいんです」

「そ、そうなんだ。それは良い考えだね」

いや、それはそうだろう……という突っ込みを我慢して咳払いをした。

「改めまして、リッド・バルディアです。よろしくお願いします」

「失礼しました。ビジーカ・ブックデンです。サンドラに呼ばれて参りました。それにしても、好きなように研究費を使って良いとは、いやはやリッド様は豪気な方ですな」

何やら恐ろしい言葉を聞いた気がして、ジロリとサンドラを睨んだ。しかし、彼女はそっぽを向いて視線を逸らしてしまった。これは、後でたっぷりと話を聞く必要がありそうだ。

「ご安心下さい。サンドラの言葉を真に受けてはおりませんよ。リッド様の母上や、その他新しい治療方法などの研究費が必要な時だけ申請いたします」

「そうなの、それなら安心……なのかな？　あ、でもビジーカも母上の治療に協力してくれているんだね」

ビジーカの答えに首を捻りながら頷いて、そのまま視線をサンドラに向ける。すると、彼女は逸らしていた顔をこちらに向けて決まりが悪そうな表情を浮かべた。

「は、はい。魔力枯渇症についての治療は私がしていますが、それ以外の部分はビジーカさんに以前から相談していたんです。今は通常の治療も併行していますから、とても参考になっていますよ」

彼女の話を聞くと、ビジーカの手を取った。

「知らずに申し訳ありません。ビジーカ。母上の件、これからもよろしくお願いします」

「ええ、お任せください。といっても、魔力枯渇症は私の専門外ですから、サンドラの補助しかできませんがね。しかしそれでも精一杯やらせて頂きます」

彼はそう言うと、僕の手を力強く握り返してくれた。頭に被っている医療器具の威圧感が凄いけれど、サンドラが頼るほどだからとても良い人なのだろう。その時、後ろに控えていたカペラがそっと呟いた。

「リッド様、そろそろ本題に進んだほうがよろしいかと存じます」

「あ、そうだね。それでビジーカ、運ばれた獣人族の子供達の健康状態を聞いてもいいかな」

「畏まりました。では、こちらにどうぞ」

彼はニヤリと笑い、医務室の中にある簡易的なソファーと机の場所に移動してから説明を始めた。

狐人族の子供達は、おそらく貧困が原因と思われる栄養失調が多かれ少なかれ見られるそうだ。そのため、簡単な風邪でも重症化しやすい状況らしい。

「狐人族の子達がリッド様に拾われたのは、幸運だったかも知れません。通常、奴隷落ちした者達にここまでの待遇をすることはまず無いでしょう。可哀想な話、ここに来なければ亡くなった者も大勢いたでしょうな」

ビジーカは獣人族の子供達の状況を淡々と語っている。奴隷として売られた子供達、という時点で想像できていた事ではあるけれど、改めて聞かされると胸に刺さるものを感じた。どのような経緯にしろ、皆はここにやってきたのだからできる限りのことをしてあげたい。

「そうか……でも、ビジーカの治療で皆助かるんだよね？　いや、必ず助けてほしい。皆はこれからのバルディア領に必要な人材なんだ」

「勿論です。その為に私はここに来たのです。必ず、子供達皆を元気にしてみせますよ。まぁ、流石に治療にかかる時間は個人差があると思いますがね」

「ありがとう、ビジーカ。改めて子供達の治療をお願いね」

　お礼を伝えると、彼はニコリと頷いた。

「畏まりました。しかし、なんですな。奴隷の子供達にここまでするとは……私も変わっていると良く言われますが、リッド様はサンドラの言う通り随分と『型破りなお方』ですな。失礼ながら、親近感を覚えます」

　ビジーカの言葉にピクリと反応しながら、（サンドラめ、余計なことを……）と心の中で悪態を吐く。親近感を覚える、と言われたことは嬉しい。ただ、目の前にいるビジーカの姿を見ると、何とも言えない気分になってしまう。

「あはは……まぁ、褒め言葉として受け取っておくよ。あ、それと鳥人族の女の子達はどうだった？　受け入れの時に大分混乱していたから、気になってはいたんだけど」

　苦笑しながら問いかけると、ビジーカの表情が初めて少し険しくなった。何やら話して良いか悩んでいるようにも見える。それを察したのかサンドラが声を掛けた。

「ビジーカさん、リッド様なら大丈夫です。すべて、お伝え願います」

「うむ。では、今回の受け入れにおいて、鳥人族の姉妹達と狼人族の男の子が問題となりましょう。まず、リッド様からご質問のあった鳥人族についてご説明いたします」

「うん、わかった」頷くと、ビジーカはゆっくりと話し始めた。

まず、鳥人族の少女達は沢山の姉妹がいてそのうちの十六人がやってきたらしい。アリアが意識を取り戻した時、ビジーカが尋ねたところ『父親』は同じだが『母親』は違うという。つまり、異母姉妹であるということだ。ビジーカは説明しながら顔を顰めた。

「強化血統については聞いた事はありましたが、実際にこの目で見たのは初めてです。彼女達の容姿が異母姉妹にも関わらず似ているということは、おそらく母親達も強化血統の血筋なのでしょう」

「ここにいる鳥人族の十六人は皆姉妹。そして父親は同じだけど母親は違う……より強い子供を求めた結果なんだろうけれど、聞いていてあまり気分の良い話じゃないね」

説明を聞いて思わず嫌悪感を覚えた。獣人族が強化血統を求める意図と方向性は理解できるが、だからといって認めて良いことではない。

それに母親が大量にいるのは、貴族や王族が国の繋がりや後継者の為に抱えるような『側室』などの考えと同じではないだろう。強化血統を用いて、強い子供が生まれる可能性を上げる為に数を増やす……言ってしまえば『量産する為の手段』ということだ。

それなのに、この子達は売られてここにいる。子供の、いや人の命をなんだと思っているのだろうか。憤りを感じていると、ビジーカがゆっくりと頷いた。

「そうですな。おそらくこの子達は、強化血統において親達から『失敗作』とみなされて、口減らしで奴隷に売られたというところでしょう。ですが、見る限りは他の子供達と変わりありません。まずはしっかりと栄養を摂って、体力を付ければ問題はないと存じます」

「うん、わかった。彼女達を必ず守るって約束したんだ。大変だと思うけど、彼女達にできる限り寄り添ってあげてほしい」

そう言って、ビジーカにアリアと交わした約束を伝えた。すると、彼はニコリと微笑んだ。

「承知しました。彼女達が、大空を自由に飛べるように尽力いたします」

「ありがとう。よろしくね」

謝意を伝えると、彼は少し照れたような表情を浮かべた。しかし、ビジーカはハッとしてすぐに真剣な表情に戻る。

「では、リッド様、最後に狼人族の少年についてなのですが、こちらについてはサンドラからお伝えさせて頂くべきかと存じます」

「え、なんで？」

予想外の答えに首を傾げると、ビジーカが席を立ってサンドラと場所を入れ替わる。そして、彼女は今まで見せたことの無い真剣な表情を浮かべた。

「リッド様、狼人族の少年はナナリー様と同じ『魔力枯渇症』と思われます」

「え……？」

サンドラから告げられた病名に驚きを隠せず、呆気に取られてしまう。まさか、母上と同じ『魔力枯渇症』を患った子供がいるとは想像していなかったからだ。

「本当に……魔力枯渇症なの？」

「はい。狼人族の少年、名前は確か『ラスト』ですね。彼は、ナナリー様と同じく魔力枯渇症である可能性が非常に高いです。魔力枯渇症は珍しくはありますが種族に関係なく、誰がいつ発症してもおかしくはありません。リッド様……処方はいかがしましょう」

「いかがしましょうって……そんなの……」

その時、サンドラとビジーカの表情が重々しくなり、とある問題を思い出してハッとする。治療薬の原料となる『ルーテ草』の在庫が少なくなっているのだ。今は、母上の治療だけなのでまだ大丈夫だけど、狼人族の少年であるラストにも使用すればそれだけ無くなるのも早くなる。

そのため、サンドラ達は『処方』について尋ねたのだろう。勿論、救う、救わないで言えば『救う』だ。しかし、母上の治療を考えると、言葉を発するのに思わず二の足を踏んでしまう。

でもその時、ふと母上の顔が脳裏に浮かんだ。このことを母上が知ったらどう思うだろうか。きっと、母上は……。そして、意を決すると二人に向かってニコリと微笑んだ。

「そんなの、決まっているよ。母上と同じ薬を処方してあげて」

「……!?　リッド様、本当によろしいのですか」

声を発したのはビジーカだ。彼は信じられないといった様子で目を丸くしている。

「うん。母上も、きっと同じことを言うと思うんだ。それに、狼人族の姉弟にも約束したしね。あ、でも、折角だから病名を伝えて治験にも協力してもらおうよ」

処方について明言すると、ビジーカは何やら今度は感嘆した様子で唖然としている。そのやり取りを横で見ていたサンドラは、実に楽しそうに笑っている。それから間もなく、ビジーカがハッとした。

「なんと……珍しくサンドラの言う通り、リッド様は本当に型破りで豪気なお方ですな」

「……珍しくは余計です。でも、バルディア領に来て良かったでしょ。ビジーカさん」

「うむ……」

二人は楽しそうに会話をしており、おかげで本題が先に進みそうにない。そのため、わざとらしく咳払いをしてから少しだけ冷やかな視線を二人に向けた。

「さて……狼人族の子の治療方針も決まったことだし、そろそろ彼らの所に案内してもらってもいいかな」

「は、はい。承知しました」

ビジーカとサンドラは少し怯えた表情を見せるが、すぐに狼人族の姉弟が居るところに案内してくれた。ちなみに、宿舎の医務室は結構広く作られており、奥には個室も何部屋か用意されている。狼人族の男の子は『魔力枯渇症』ということで、個室にサンドラが運び込んで診断をしていたそうだ。説明を聞きながら足を進めると、間もなく彼らの居る部屋の前に着いた。

一応、ドアをノックして「お休み中にごめんね。失礼するよ」と声を掛けて部屋に入る。

「……!?　リッド様！」

そこには、馬車の時に顔を合わせた狼人族の少女がベッドに寝ている弟に寄り添っていた。彼女は僕に気付くとすぐに駆け寄ってきて、頭をペコリと下げる。そして、顔を上げた彼女の目には涙が浮かんでいた。

「リッド様……私達のような者にここまでの対応をして頂き、本当にありがとうございます。この御恩は、弟のラストの分を含めて、私ことシェリルが一生を以てお返しさせて頂きます」

シェリルは自身の胸の中央を服の上から片手で力強く掴みながら僕を見つめて明言するが、すぐにハッとして涙を服の袖で拭った。突然すぎる彼女の言動に、苦笑しながら優しく話しかける。

「あはは……ありがとう。気持ちはありがたく受け取っておくよ。でも、君達にはこれから辛いかもしれないけど、大切な話をしないといけないんだ。ラスト君にも聞こえるようにベッドの側で話をしても大丈夫かな」

「は、はい。大丈夫です」

そう言って頷く彼女だけれど、その表情から少し戸惑いを感じる。それと同時に、シェリルの姿にふと視線が移った。

彼女は、馬車で初めて会った時よりも白い髪、狼耳、尻尾がフワッとしている。おそらく湯浴みで汚れが落ちた結果だろう。その姿はとても可憐で凛としており、今更だけどかなりの美少女だ。

すると、こちらの視線に気づいたらしく、シェリルは困惑した表情を見せる。

「あ、あの、どうかされましたか」

「あ、ごめんね。シェリルがあんまり可愛くて綺麗だからさ。つい見惚れちゃってね」

「え……!?」と何やら彼女は急に顔を赤らめてしまう。

その様子に首を傾げるが、すぐに気を引き締める。そして本題を二人に伝えるため、ラストの顔が見えて会話しやすいベッドの横に移動すると、彼に優しく声を掛けた。

「寝ているところ、ごめんね。ラスト、体調はどう」

「はい。来たときよりも大分良いと思います。リッド様、何も持っていない俺なんかの為に……ここまでして頂いてありがとうございます。必ず、御恩をお返しいたします」

ラストは、シェリルの弟だ。彼はきついだろうに、答えながら無理やりに体を起こそうとしている。でも、シェリルと同じ赤い瞳からはとても強い意思を感じた。

なお彼の容姿は、姉のシェリルと同じ白い肌に、白い髪と頭には狼耳もある。尻尾もあるだろうけど、掛け布団に隠れてここからは見えない。

体を必死に起こそうとする彼を、姉のシェリルは静かに見守っているようだ。だけど、それを制止する。

「無理に起きなくて大丈夫だよ。それよりも、辛いかもしれないけど大切な話が君達にあるんだ。『魔力枯渇症』という病気を君達は知っているかな」

シェリルとラストはお互いの顔を見合わせた後、揃って首を軽く横に振った。

「すみません。私もラストもそういったことは、あまり知識がなくて……でも、それがラストの病気なんですか」

「うん。そうだね。知識についてはこれから学んでくれればいいから気にしないで。それよりも、この『魔力枯渇症』というのが厄介なやつでね……」

姉弟は病名が判明したことで、どことなく『病気が治るかも知れない』という期待に満ちた目をしている。でも、その淡い期待はこれから打ち砕くことになるだろう。

丁寧に、優しく、でも厳しい現実を二人に説明していく。魔力枯渇症は不治の病であり、治療方法は確立されておらず、確実に死に至る病であること。そして、ラストを診察した結果、十中八九で魔力枯渇症だと伝えた。

先程まで期待に満ちた目をしていた二人は、一転して目の光が失われ絶望の表情を浮かべている。

そんな中、シェリルが重々しく口を開く。

「そんな……本当に治療方法はないんですか……」

「残念だけど……まだ治療方法は存在しないんだ」

その言葉に、シェリルの表情がさらに暗く沈んでいく。しかし、ラストは辛いだろうにニコリと笑みを浮かべた。

「リッド様、ありがとうございます。自分の病気がわかっただけでも、良かったと……思い……ます」

そう言うと、彼は両手を拳にして体を小さく震わせた。同時にラストの目から涙が止めどなく溢れ出て、必死に服の袖で拭いながら感情を吐露していく。

「なんと…なく、わかっては……いたんです。この病気は、何か普通じゃないって……毎日、体の中から何かが……抜け落ちていくんです。それと合わせて…力が入らなくなって……でも、きっとなんとかなるって……そう……思って……でも、俺……」

嗚咽が激しくなり、彼はそれ以上の言葉を出せなくなっていた。その様子を横で見ていたシェリルは、目に涙を浮かべながら力強い眼差しを僕に向ける。

「リッド様、ここまでして頂いたのに、厚かましいことを承知でお願いいたします。どうか、何か方法を探して頂けないでしょうか。弟を助ける為なら、私は……私の人生すべてを……」

彼女が言葉を発する前に、右手で彼女の口を塞ぎ遮って優しく笑いかけた。

「そこまで。シェリル、君は初めて会った時から自分を安売りしすぎだよ。もっと、自分を大切にしてあげて。それに、魔力枯渇症は治療方法がまだないのは事実だけど、研究はされていて、完治は無理でも延命はできる」

「……⁉　どういうことでしょうか……」

いち早く反応したのはラストだ。彼の目には小さな光が宿った気がする。でも、二人には悪いけれど、これ以上先の話をするには釘を刺しておかないといけない。シェリルの口を塞いでいた手を下ろすと、笑顔から一転して真剣な眼差しを向ける。そして、重々しく二人に問いかけた。

「……此処からの話は、絶対に誰にも言わないと約束できないと話せない。それこそ、君達が本当に自分の命を僕に預ける程の覚悟が無ければね。でも、僕の話を聞く覚悟があれば……ラスト、君を救う事に全力を懸けると、改めて約束するよ。どうする、話を聞く覚悟はあるかな？」

姉弟は顔を見合わせると力強く頷き、ラストが声を発した。

「あります。奴隷としてやって来たこの地で、俺の病名がわかったのもきっと何かのめぐり合わせでしょう。それに……どの道、此処に来られなければきっと……」

ラストが決意を述べたのを見届けると、シェリルが片膝をついて真っすぐに僕を見つめた。

「私は、もうリッド様に一生を捧げるとお誓いしました。それに、先程のお言葉を返すようですが、私は自身を安売りなどしておりません。リッド様の『徳』に感服した故、私の意思です。改めてお願いいたします。どうか、弟を救う方法をお聞かせください……！」

二人の答えに悠然と頷いてみせたが、二人が想像以上に畏まった態度をみせたので（これは、少し煽り過ぎたかな……？）と内心で少し反省していた。

勿論、彼等に伝えたことに嘘偽りはない。でも、彼らがここまで従順たる姿勢を見せるとは思わなかったのだ。それにしても、二人は他の子供達と比べて、言葉遣いや態度がしっかりしている気がする。狼人族の子供達は皆こんな感じなのかな。

そう思いながら、彼らに新たな説明を始めた。まず、二人には僕の身内に、『魔力枯渇症』を患い、闘病中の人が居ることを打ち明ける。その身内を救うため、魔力枯渇症の治療について研究を始めたこと。さらに、治療方法を探す過程で『魔力回復薬』の開発に成功したことも告げる。

これは完治できずとも、現状では唯一の対処療法であり治療方法の確立まで時間を稼ぐことが可能だ。しかし、『魔力回復薬』は様々な国が作ろうとしている薬でもあるため、もし公表すれば原料の高騰、奪い合いは目に見えている。

そのため、身内の治療方法が確立するまで内密にしているというわけだ。勿論、治療薬が完成して身内の回復に目途が付いた時点で世間に公表するつもりであることも話した。

二人は、僕の身内に魔力枯渇症の患者がいること。加えて研究を自主的に行っている事実にかなり驚いたらしく、目を丸くしている。

「さて、ここまで話せば大体わかると思うけど、何か質問はあるかな」

「……ありません。しかし、リッド様は、私達に何をお求めになるのでしょうか」

「姉さんの言う通りです。俺なんか、魔力枯渇症を患っていますからできることは限られていますし……とても、お役に立てるとは……」

そう呟くと、二人は自信なさげに俯いてしまった。しかし、すかさず僕は首を横に振る。

「とんでもない。ラスト、君には魔力枯渇症の治験に参加してもらいたいんだ。勿論、治験と言っても研究になるから見方によっては人体実験と言えるかもしれない。辛く、苦しいことも多いと思う。それでもやってくれるかい？」

問い掛ける自分を卑怯だと思う。二人の立場を考えれば、『命令』をすれば従わざるを得ない。でも、あえて決断を委ね、誘導することで命令ではなく『二人の意思』となる。そうなれば辛いことでも、自ら進んで協力してくれるようになるだろう。やがて、ラストはコクリと頷いた。

「俺、やります。少しでもリッド様のお役に立てるのであれば……姉さん同様、この身を捧げます」

「ありがとう、ラスト。その言葉、本当に感謝するよ」

微笑みながら答えると、次はシェリルに視線を移す。

「シェリル、君にしてほしいことは二つあるんだ」

「はい。私にできることであれば、なんなりとお申し付けください」

「そう言ってくれると心強いよ。一つ目は、此処に来た獣人族の皆の様子を毎日、僕に教えてほしい。僕達には話せないこともあるだろうからね。二つ目は、君達に教える事に積極的に取り組んでほしい。どんなに厳しく、辛くても、君が前向きに取り組むことで皆を引っ張ってほしいんだ。きっと君の想像以上に辛いかもしれないけど、約束出来るかな？」

「問題ありません。必ず、リッド様のご期待に応えて見せます」

そう答えてくれる彼女の瞳には、とても力強い光が宿っていた。これでこの二人はバルディア家に誠心誠意仕えてくれることだろう。そう思い、僕はニコリと二人に微笑みかけるのであった。

◇

狼人族のシェリルとラストに決意を述べてもらった後、改めてサンドラとビジーカを紹介した。その際、ラストが二人と握手した時、何やら彼の耳が『ぞわっ』と逆立ったように見えたのは気のせいだろう。紹介が終わると、シェリルがおずおずと尋ねてきた。

「リッド様。私は、この後はどうすれば良いのでしょうか」

「そうだね。今はとりあえず、ラストと二人で長旅の疲れを取ってくれれば大丈夫だよ。ちなみに食堂にはもう行った？」

「いえ、私は湯浴みをした後にすぐに弟に会いたいと言ったので……」

その時、彼女から「グゥ」と可愛らしいお腹の音が響いた。その音に首を傾げるが、シェリルは顔が真っ赤に染まり、恥ずかしそうに俯いてしまう。すると、慌てた様子のラストが声を発した。

「あの！　リッド様、俺ずっと腹が減っていたのですみません」

「そっか、ラストのお腹の音だったんだね。君は、皆と同じ食事は難しいかもしれないから、ビジーカとサンドラが特別な食事を用意してくれると思うよ」

「え……？」と呟く彼の顔から色が消えていく。あの二人が特別な食事を用意する……想像するだけで恐ろしいけれど、母上の回復と医療技術発展のためだ。ラスト、君の選んだ道は想像以上に過酷だよ。

「ふふ、だって言ったでしょ。その身を捧げて、僕の期待に応えてくれるってね。本当に期待しているから、頑張ってね」

「……は、はい」

彼は何かを悟ったようで、どんよりと項垂れてしまう。しかし、そんな彼とは裏腹に嬉々とした表情を浮かべる二人が近くにいた。

「なるほど。確かに……食事療法は良い方法かもしれませんな」

「薬の原料の味は『独特』過ぎますからねぇ。調理しても効果が出るのか、試してみる価値はあります。ラスト君は素晴らしいじっ……ではなく、協力者ですね」

実験体と言おうとしたな。ラストの耳の毛が逆立ってフルフルと何やら可愛らしく震えている気がするが、あえて気付かないようにして視線をシェリルに向けた。

「それで、シェリルはどうする？　ここで、ラストと一緒の物を食べても良いけど、お勧めは食堂かな。皆の感想も聞いてみてほしいからね」

「うぅ……わ、私はラストと……」

彼女が躊躇《ためら》いながら何かを言おうとしたその時、ビジーカがどこからともなく魔力回復薬の原料である『月光草』を取り出してラストに手渡した。

「これを食べて見てくれ」

「こ、これをこのままで……ですか」

目の前の光景に何やら既視感を覚えた。それもそのはず、魔力回復薬を開発するため、以前に僕が行ったことだ。サンドラをチラリと一瞥すると笑いを堪えているようにも見える。

さて、どうしたものか。と思ったその矢先、ラストが決意の表情を浮かべて口に月光草を放り込んだ。そして、口の中でモゴモゴと噛み潰すとみるみる真っ青になり絶望の表情を浮かべた。うん、美味しくないんだよね。

「う、うう、お⁉ ううぉお⁉」

「む、水か。ほれ」

彼が何を言うのか予想していたように、ビジーカが水を差し出す。ラストはその水を一気に飲み干すと、まさに『良薬は口に苦し』という言葉を体現する。

「な、生で食べるのはえぐみが強すぎてきついです……おかわりは少し時間を置いてほしいです」

「ほうほう。以前、サンドラがしたという実験結果と一緒の感想だな」

『サンドラがしたという実験結果』という言葉に、微笑みながら鋭い目で彼女をギロリと睨んだ。

だが、サンドラはそっぽを向いてわざとらしく口笛を吹き始める。ちなみに、シェリルはラストの様子にドン引きしているようだ。でも、彼女の性格では彼と一緒に食べると言いかねない。

「シェリル、ラストが食べた『草』は到底食事とは言えないものだよ。彼にはちゃんとした食事を出すから、君は食堂に行って美味しいものを食べてきて。これは命令だよ。わかった？」

「う……で、ですが……」彼女は申し訳なさそうにラストに視線を向けるが、彼は苦笑しながら答えた。

「俺は大丈夫だから行ってきなよ。姉さん、俺より食べるんだからさ」

「……!? ラ、ラスト、リッド様の前で余計なことを言うな！」

ラストの言葉にシェリルは、怒りながらまた顔を赤くしている。何故、彼女が怒っているのかわからずに首を傾げた。

「余計も何も……沢山食べられる女の子は素敵だと思うよ」

「はう……」

何やら今度は恥ずかしそうに俯いてしまった。シェリルって感情豊かだな。

「それよりも、ほら。食堂でご飯食べておいで。場所がわからなかったらメイドに尋ねればいいからね」

「わ、わかりました。では、お言葉に甘えて失礼いたします。ラスト、また来るからな」

「うん、姉さん。また後でね」

彼女は後ろ髪を引かれる表情を見せながら退室する。その後、ラストについてはビジーカに任せて僕達も個室を後にした。その時、ビジーカが何やら不敵な笑みを浮かべていた気がするが、あの笑みはなんだったのだろうか？　僕が抱いた疑問を察したのか、サンドラが小声で耳打ちしてきた。

「ビジーカさんは、患者が重病であればあるほど笑顔になるんです。逆に大した病気じゃないと、機嫌が悪くなるんですよ。本人は気付いていませんけどね」

「そ、それはまた、個性的だね」そう答えながら個室を出ると、医務室内に突然女の子の声が轟いた。

「お兄ちゃん、みぃーつけた!!」

突然、鳥人族の少女が大きな声を医務室に轟かせた。彼女は嬉々とした表情で、勢いよくこちらに向かって飛んでくる。そのまま抱きついてきたことに少し驚くが、すぐに馬車の荷台で魔法を放った女の子だとわかった。

抱きつかれた時の衝撃が意外に強くて、思わず後ろに倒れそうになるけど、カペラがそっと支えてくれた。

「ありがとう、カペラ」

「いえ、問題ありません」

「えへへ、やっぱり優しい瞳をしたお兄ちゃんだぁ」

鳥人族の少女は、抱きつきながら胸に顔をスリスリとしてくる。鳥人族のはずなのに、ちょっと猫っぽい。彼女の両肩に手を添えて少し離すと、メルを叱るように優しく諭す。

「えっと、確かアリアだったね。医務室……というか建物の中で飛んじゃ駄目だよ」

「えぇぇ……それじゃあつまんないよ」

アリアはそう言うと、そっぽを向いて口を尖らせた。メルを彷彿とさせる彼女の言動に、思わず微笑する。

「ふふ、でも、他の人にも迷惑がかかるからね。それに、アリアには妹達がいるんでしょ?　皆がお姉ちゃんの真似したら、僕達はアリアを怒らないといけなくなっちゃうよ」

「えぇ!?　じゃあ、お兄ちゃんも怒るの……?」

「そうだね。アリアが言うことを聞いてくれないなら、怒らないといけないかも知れないね」

優しく答えると、彼女は口を尖らせながらシュンとする。それから少しの間を置いて、少し怯えたようにこちらを見つめた。

「お兄ちゃんも……他の人もやっぱり怒ったら私達に酷いことするの？」

「え？　そんなことは絶対にしないよ。君の言う『酷いこと』についてはまた今度聞かせてほしいけど、少なからずここでは悪いことをしたら言葉で叱るぐらいだと思うよ」そう言うと、彼女の顔がパァッと明るくなり可愛らしく微笑んだ。

「そうなんだ……ふふ、わかった。じゃあ、お兄ちゃんの言うこと聞くから頭撫でて！」

「う、うん。わかった」

少し戸惑いつつも言う通りに頭をメルにするように優しく撫でると、アリアは嬉しそうに顔を綻ばせた。

「お兄ちゃん、本当に優しいんだね。えへへ、皆が起きたら教えてあげようっと」

「あ、そうだ。君と妹達のことも今度、教えてもらっても良いかな？」

「うん。妹達が目を覚ましたら、お兄ちゃんに紹介するね」

彼女の答えに、ニコリと頷いた。

「ありがとう。アリアの妹達とも話せるのを楽しみにしているね。ところで、ご飯は食べた？」

「ううん。皆、起きた時に私がいないと不安になると思うの。だから、皆が起きるまでは私はここにいるつもり」

彼女は首を小さく横に振り、妹達を想う強い意思を目に宿してからそう答えた。アリアは、明るく無邪気な表情をしていたけれど、妹達のことになると一転して顔つきが少し真面目なものに変わる。その時、『パチッ』と静電気が弾けるような音が聞こえた気がした。

「ん……今、何か聞こえなかった？」

「いえ、私は特には聞こえませんでしたが……」

「私も、特に何も聞こえませんでしたよ」

傍に居たカペラとサンドラに尋ねてみるが、二人共きょとんとしている。どうやら二人は何も聞こえなかったらしい。気のせいか……と思い、アリアに視線を戻すと彼女は何やら満面の笑みを浮かべていた。

「えへへ、やっぱり思った通りお兄ちゃんは、私達と一緒なんだね」アリアはそう言うと、僕に顔を近づけてそっと耳打ちをする。

「……その音の秘密も今度教えてあげるね」

「う、うん。わかった。楽しみにしておくよ」

少し戸惑いながら頷くと、彼女はまた嬉しそうに笑みを溢した。しかし、音の秘密とはなんだろうか？　彼女の笑みを見ながら首を傾げるのであった。

◇

その後、アリアの食事を医務室に用意してあげてほしいと医務室にいるメイドにお願いした。彼女の様子を見る限りもう大丈夫とは思う。しかし、彼女が馬車の荷台で錯乱状態となり、雷の属性魔法を発動した経緯を考えると、妹達にもその危険性がある。

万が一に備えて僕や騎士がいるよりも、彼女達の姉である『アリア』が居た方が安心するだろう。それに彼女もお腹は減っていたらしく、『ここに、持ってきてもらえるの⁉』と喜んでいた。

するとその時、ビジーカが楽しそうに個室から出てきた。その様子から察するに、どうやらラストを堪能したようだ。ビジーカとサンドラにベッドで休んでいる皆を改めてお願いすると、医務室を後にした。部屋を出ると、カペラが無表情のまま神妙な雰囲気を醸し出す。

「……リッド様、僭越ながら申し上げます。『魔力枯渇症』の件は本当によろしいのですか？　お気持ちはわかりますが、ライナー様に御相談してからでも良かったと存じます」

「うん、そうだね。でもね、目の前の救える命を見捨てたら母上はきっと怒ると思う。あと、そんな判断をさせてしまったと感じて悲しむと思うんだ。それにね……大切な人が苦しんで弱っていく姿を、何もできずに目の当たりにするのは辛いんだよ？」

彼の言うことはわかるし、間違ったことは言っていない。本来であれば母上の治療に関わる問題は、独断で決めて良いことではないからだ。父上に相談してから決めるのが筋だろう。

しかし、どんな運命の悪戯にせよ、此処に来てくれた以上、できる限りのことを彼らにしてあげたい。やがてカペラは、畏まり一礼する。

「承知しました。リッド様の決意を考えず、差し出がましいことを申しました」

僕は首を横に振るとニコリと微笑んだ。

「カペラの言っている事も正しいから、そんなに頭を下げないで。それに、何も考えていないわけじゃないよ。まぁ、エレン達には少し無理してもらうことになるかもしれないけどね……」

その時、食堂のある方角からディアナとおぼしき声が聞こえ、何事かと足早に向かう。食堂に辿り着くと、そこにはミアやオヴェリアといった獣人族の少女達が集められていた。湯浴みは無事に終わったらしく、服装も着替えておりパッと見でもわかるぐらいに髪や獣耳も綺麗になっている。だけど、その代わりに少女達の口周りと手は見るからに食べ物で汚れていた。そして、そんな彼女達を見ながらディアナが額に手を添え、呆れ顔で首を横に振っている。

「貴女達……なんですか、その食べ方は……」

「……なんですかって、食べ物なんて口に入れりゃいいだけだろ？」

ミアを始めとして少女達は、何故注意されたかわからずに首を傾げている。どうやら彼女達は、あまりスプーンやフォーク、それにお箸などは使い慣れていないみたい。その結果、ディアナに注意されるまで手で食べていたようだ。

「はぁ……ある程度予想はしていましたが、想像以上ですね」

「なんだよそれ……」

ディアナの言動に、ミアが先程より大分丸い悪態を吐いている。その時、ミアの近くに居たオヴェリアがこちらに気付き大声で叫んだ。

「リッド様、ここの飯はうめぇな！　温泉も案外良かったぜ。あれか、あんたの奴隷はこんな飯もいつも食えるのか」

「……!?　オヴェリア、口の利き方に気を付けなさいと言ったばかりでしょう！　それに、食べながら大声を出すのは厳禁です」

オヴェリアはディアナに注意されると「へーいへい……」と悪びれない。少女達とディアナを含むメイド達のやり取りは、見ていて中々に面白くもある。ディアナ達の負担は凄そうだけどね。しかし、少女達の手や顔が食べ物で汚れている様子に思わず笑いがこみ上げてきた。

「あはは。まぁ、その辺はこれから学んでもらったらいいんじゃない？　あと、オヴェリアの言う通り衣食住は提供するよ。ただし、協力してくれたら……だけどね」

「協力……命令すれば良いだけじゃねえか。あたし達はあんたの奴隷なんだろ？　なんでそんな、まどろっこしい言い方するんだよ」

答えがあまり気に入らなかったのか、オヴェリアが凄んでこちらをジロリと睨む。ディアナが笑みを浮かべて怒っているが、彼女を制止して質問に答えた。

「確かにね。でも、僕が求めているのは命令されて動くただの奴隷じゃない。自ら進んで協力してくれる獣人族の皆だからね」

「あたし達が自ら進んで協力……だって？」オヴェリアと少女達はきょとんとするが、突然どっと大笑いを始める。メイド達は驚き、ディアナは怒り心頭で「貴女達、いい加減に……」と声を発しようとするが再び彼女を制止した。ある程度、笑い終えるとオヴェリアが凄んでこちらを見据える。

「あはは……はぁ……、リッド様、あんた本当に面白い人だな。私達、獣人族が自ら進んで協力する『相手』がどんな存在なのかも知らねえくせに……その言葉、忘れんなよ」

「そうだね。君達が自ら進んで協力する『相手』がどんな人物像なのか……是非、後で教えてね」

そう答えた時、ふと彼女の近くに居たミアと目が合った。彼女の前髪半分はディアナによって切られており、片目だけ露わになっている。やっぱり二色が混ざりあった瞳は、とても綺麗だと思う。しかし、ミアはどことなく嫌そうな表情を浮かべている。ニコリと微笑むと、彼女は口を尖らせそっぽを向いてしまった。やっぱり、獣人族の子達は面白いな。

「ところで、ディアナ。獣人族の食事はこの子達で終わりかな?」

「はい。メイド達にも確認したところ、この子達が最後になるそうです。他の子達は、当初の段取り通り、『大会議室』に集められております」

大会議室は宿舎の中にあり、かなりの人数を収容できる部屋となっている。将来的には文字通りの使い方をする予定だ。

「わかった。じゃあ、僕は先に大会議室に行くから、彼女達をお願いね」

「承知しました」彼女の返事を聞くと、食堂を後にしてそのまま大会議室に移動する。その途中、カペラが珍しく怒気を発しながら話しかけてきた。

「リッド様。流石に彼らには、いずれ立場をわからせる必要があると存じます。今のままでは増長するかと……」

「うん。それも何とかしないといけないね。でも、彼女達はカペラやディアナに対応してもらっても、性根は変わらないと思うんだよなぁ」

彼が危惧していることは理解しているけれど、先程のオヴェリアが発した言葉『獣人族が自ら進んで協力する相手』というのが獣人族の子供達を本当の意味で導く存在になるはずだ。さて、どうしたものかな。

やがて大会議室に辿り着くと、すでに大勢の獣人族の皆が集められて床に座っていた。その中には、シェリルの姿もある。湯浴みのおかげか、子供達は初めて出会った時よりも綺麗だし、獣耳や尻尾が心なしかふんわりしている。あと、表情も少し明るくなっているみたいだ。宿舎の待遇を見て、想像していたよりもずっと良い環境で安心したのだろう。

大会議室には、メイド達の他にクリスとエマ。それにダイナスやクロス、ルーベンスといった騎士達も揃っている。全体を見回すと、小学校の体育館で先生たちに引率される生徒達を彷彿とさせる光景だ。

それから間もなく、会議室の奥側で皆が見渡せる正面に移動する。そこにはすでに、クリスやダイナス達がいて、獣人族の皆に大人しくするように指示を出していた。

「クリス、皆、お待たせ。遅くなってごめんね」

「いえいえ、大体集まりましたから問題ないですよ。あとは、あの問題児達だけですね……」

彼女はそう答えながら、額に手を添えて頭が痛いような仕草をする。しかし、その姿を横で見ていたダイナスが楽しそうに白い歯を見せる。

「いやいや、あれぐらい元気な方が鍛えがいもありますよ。リッド様、彼らが手に余る時は私が面倒をみますので、是非お譲り下さい」

「譲るも何も、物じゃないんだから……それに何度も駄目だって言っているでしょ」

談笑していると、ディアナがクリスの言う問題児の一団を引き連れて大会議室に入室してきた。大会議室の広さや内装を見たミアやオヴェリアの一団は陽気な様子を見せるが、その度にディアナに怒られている。その様子はさながら、ディアナが引率の先生のようだ。獣人族の子供達は彼女の言うことに従い、その場で腰を下ろして体操座りを行う。そして、ディアナがこちらにやって来るが、さすがに少し疲れた表情を浮かべていた。

「ふぅ……リッド様、お待たせしました。彼女達には近いうちにお灸を据えないとダメですね。ミアは少し丸くなりましたが、それ以外の子達はまだまだです……」

「あはは、みたいだね。対応してくれてありがとう、ディアナ」

お礼を伝えると、彼女は畏まり一礼する。すると、横からダイナスが話しかけてきた。

「リッド様、全員揃ったようです。そろそろ始めますか」

「うん。そうだね、お願いできるかな」

そう言って頷くと、ダイナスは大きな咳払いをしてから号令を発した。

「騎士団、正面に整列！」

彼の声が轟くと、大会議室の壁側に待機していた騎士達が「はい！」と返事をして正面に綺麗に直立不動の姿勢で整列する。そして、ダイナスが「休め！」とまた声を響かせた。その指示に対して騎士達は「は！」と返事をすると、直立不動から左足を横に出して足を広げ、後ろで手を組む姿勢となる。

さながら軍隊のようであり、大会議室の雰囲気はガラッと変わり緊張感と威圧感に包まれた。騎士達に指示を出すダイナスには、普段見せるおどけた様子はない。彼は整列した騎士達の中心に悠々と移動すると、獣人族の子供達に向かって声を轟かせた。

「ここは、マグノリア帝国におけるバルディア領である。諸君は知っての通り、バルストにて我々によって保護された子供達である。そして、今後はこの地の領民となってもらう。只今よりそのことについて、バルディア領、領主ライナー・バルディア様のご子息、リッド・バルディア様からお言葉を頂く。リッド様、お願いします」

ダイナスの言葉に獣人族の皆は驚いた表情を見せ、少し萎縮している子もいるようだ。そんな中、少し緊張しながらダイナスの横に並び立つ。彼は視線をこちらに向けると、ニヤリと口元を緩め、ウィンクをしてみせた。『場は作りましたよ』と言わんばかりである。思わず噴き出すと、『やれやれ』と首を横に軽く振った。でも、おかげで緊張が少しほぐれたかな。それから程なくして、獣人族の皆を見渡した。

「改めて、リッド・バルディアです。皆さん、バルディア領へようこそ」

少し威圧的に言うと、あえてニコリと微笑んでから話を再開する。

「さて、各々に様々な事情があったと思うけれど、君達は奴隷として獣人国ズベーラから、バルストに売りに出された。そして、僕が買い、保護したというわけだね。勿論、意味もなく保護したわけじゃない。君達には、バルディア領の発展に貢献してほしいと思っているんだ」

大体の子供達は、話の意図がわからずきょとんとして首を傾げている。でも、中には思案顔を浮かべたり、こちらを睨む子もいて反応は様々だ。そんな彼らに淡々と説明を続けていく。

この場にいる皆に対して、衣食住の用意と様々な教育を施す。それにより、獣人族の皆が得た『力』を使いバルディア領の発展に貢献してもらうという方針と仕組みを簡単に伝えた。

「……とまぁ、こんな感じかな。今日、体験してもらった『湯浴み』や『食事』、それから、この後に案内する皆の部屋も気に入ってくれると思うよ」

説明が終わると、獣人の一人がスッと手を挙げた。

「質問かな？　君は……念のため、種族と名前を言ってもらっていいかな？」

「……熊人族のカルアだ。一つ聞きたい、『保護』とはどういう意味だ。我々は奴隷ではないのか？」

「良い質問だね。カルア」

今後、彼等に『奴隷』という言葉は使えない。何故なら、帝国において奴隷は禁止されているからだ。ならば表面上はどうするのか？　それは『保護』である。

バルディア家はバルストにおいて、獣人族の子供達が大量に奴隷売買される情報を得たため、『保護』という名目でバルストの法律に則り彼等を購入。その後、奴隷として故郷から追放された子供達を国に帰すわけにもいかず、止む無くバルディア領で受け入れる。

また、保護した子供達には奴隷解放に使用した資金を領内で働いて返してもらう。そのための教育施設がここなのだ。

「……つまり、君達はバルディア領において正確には奴隷ではないんだ。ただし、君達を奴隷から解放するために使った資金は、こちらが提示する方法で働いて返してもらうよ。それが結果として、バルディア領の発展にも繋がるからね」

「それで『保護』というわけか……しかし、『ものは言いよう』とはよく言ったものだ。あんた、良い人だけど、考えることは悪どいな」

カルアは呆れ顔を浮かべている。どうやら彼は、こちらの言わんとしていることを粗方理解してくれたらしい。すると、また別の獣人が手を挙げた。

「君も質問かな、種族と名前を言ってね」

「兎人族のアルマです。その借金を貴方に返し終えたら、私達はどうなるんですか？」

「勿論、晴れて自由の身となるかな。ただ、この施設で教える事は外部には出せない。だから、領内から出て行くことは難しいけどね。その時は、この施設から出て領内のどこかに住んでもらっても良いよ。もっとも、この施設より良い暮らしができるか現状わからないけどね」

『自由の身になれる』その言葉が思いがけないものだったのか、アルマの表情に困惑が見て取れる。良い機会だから、少し釘も刺しておくかな。あえて険しい眼差しを彼等に向ける。

「……君達はどのような過程であれ、バルストで『奴隷』になったのは事実だ。その時点で、君達の人生は一度終わったんだよ。だけど、幸いなことに君達はもう一度、人として生きる機会に恵まれたんだ。その意味をしっかり考えてほしい」

そう言うと、大会議室に静寂が訪れた。しかし、そんな中で手を挙げる者が現れる。

「兎人族のオヴェリアですが、リッド様、いいですか？」

「良いよ。じゃあ、君で最後にしようか」

彼女はその場に立つと、僕を鋭い目でギロリと睨む。

「説明はわかった。ところで、さっき食堂であたし達に聞いたよな？　獣人族が自ら進んで協力する者についてだ」

何かするつもりかな？　まぁ、誘いに乗るのも一興かもしれない。そう思い、彼女の問いかけにあえて頷いた。

「……そうだね。是非、教えてほしいと思っているよ」

オヴェリアは不敵にニヤリと笑った。

「いいぜ、教えてやるよ。御託はいい、あんた自身の『力』をあたし達に示してみろよ。そこに並ぶ、騎士やメイド達の力じゃねぇ。リッド様自身の力だ。力なき者に獣人は従わない……なぁ皆、そうだろう？」

彼女が獣人の皆に声をかけ扇動すると、ディアナに問題児と称された子達が一斉に声を上げる。それに続くように他の子達も反応して声を上げ始めた。ダイナス達やディアナが止めようとするが、首を横に振って制止する。そして、扇動者であるオヴェリアに視線を向けた。

「わかった。それなら、僕が君達に『力』を示せば協力してくれるんだね？」

「ああ、獣人に……いや、兎人族のオヴェリアに二言はない。あんたがあたしよりも強ければ、あたしはリッド様に生涯忠誠を誓ってやるぜ。なぁ、ミアもそうだろ」

「な、なんで、俺に振るんだよ。まぁ、でもそうだな。俺達に勝てるなら忠誠を誓ってやってもいいんじゃないか？　あの貴族のボンボンが勝てるわけがないけどな」

オヴェリアとミアの言葉に少し驚いた。ディアナに問題児と称される子達の中心は、オヴェリアとミアだ。きっとそれだけの実力もあるのだろう。そんな彼女達が認めるとなれば、問題児達を含めて獣人の子達はある程度落ち着くはずだ。

もしかして、オヴェリアはそれも見越して挑発しているのだろうか？　だとすれば、中々に頭が切れる感じがする。するとその時、横に居たダイナスが僕に耳打ちをしてきた。

「リッド様、ディアナを中心にそろそろ我慢の限界が近づいています」

「へ……？」

ダイナスの指摘に驚いて周りを見渡すと、ディアナ、カペラ、ルーベンス、クリスは勿論、騎士達やメイド達も表面上笑みは浮かべているが、獣人の子達の振る舞いに怒り心頭の様子で震えているようだ。これは、危険だ……そう思い咳払いをする。

「わかった。なら、全員参加の模擬戦として『鉢巻戦《はちまきせん》』をしてみようか」

「は、『鉢巻戦』だと……なんだそれ？」

『鉢巻戦』という言葉に、オヴェリアやミアを含み子供達はきょとんと首を傾げている。なお『鉢巻戦』とは、クロスに教えてもらった訓練の一つであり、ルールは簡単。単純に額にしている鉢巻を獲った者が勝ちとなる模擬戦だ。いくら獣人とはいえ、戦いが得意な子ばかりじゃないだろう。そんな子でも、鉢巻を狙うだけならできるはずだ。それに見方を変えれば、こちらも鉢巻を獲るだけで彼等に勝つことが可能となる。

「……と、こんな感じかな。まとめると、武器は使用禁止。鉢巻を獲られたら負け。魔法は使用可能。それに、鉢巻を獲るための攻撃であれば、ある程度は許容するよ。あと、そうだな……折角だから、僕の鉢巻を獲った子の要望をできる範囲で聞いてあげようかな」

説明を終えると、獣人の子達は様々な反応をしているが『要望を聞く』という言葉で色めきたった。同時に、オヴェリアが口元を緩めてニヤッと白い歯をみせる。

「リッド様……その言葉を忘れるんじゃねえぜ。それと、模擬戦の当たり方はどうすんだ？　各部族から代表を出すのか、順番に各部族と総当たりにするのか」

「ん？　そんなまどろっこしいことしないよ。さっき言ったでしょ。『全員参加の模擬戦』だってさ。君達、全員を一度に、僕一人で相手してあげるって言っているんだよ」

「な、なんだと⁉」

意外な答えだったのか、彼女は何やら驚愕した様子を見せる。先程、色めきたっていた獣人の子達も驚いている者が多いようだ。どよめきが起きる中、シェリルが挙手をしてその場で立ち上がる。

「私は……狼人族のシェリルです。リッド様、失礼ながら申し上げます。それはいくら何でも、私達を見くびり過ぎではありませんか？　私達は、子供とは言え獣人です。人族の子供とは違います」

彼女は、おそらく心配から言葉を選んで言ってくれているのだろう。でも、見くびっているわけじゃない。ここに居る子達の魔力はすでに『魔力測定』を行い、大体の魔力量を把握している。その上で、ここにいる皆には勝てる算段は付いているというわけだ。故に、ニヤリと不敵に笑った。

「ご忠告ありがとう。でも、さっきオヴェリアが言ったでしょ？　僕が勝てば彼女は『生涯忠誠を誓う』ってさ。だから、僕もそれ相応の覚悟を示すだけだよ。兎人族の君に二言はないんでしょ、オヴェリア？」

シェリルに答えつつ、視線をオヴェリアに向けて挑発するように問いかける。

「……⁉ ふふ、あははは！　その通りだ。その意気こそ、獣人を導く存在に求められるものだぜ」

「決まりだね。じゃあ、鉢巻戦は会場の準備に加えて、君達も体調を万全にしてほしいから三日後に開催しよう。ただ、その間も君達には、宿舎での生活規則と食事のマナーはメイド達から学んでもらうよ。ここでの生活には最低限必要になることだからね」

こうして、獣人達の皆と三日後に『鉢巻戦』が開催されることになり、大会議室内において獣人族の子供達による歓声が轟いた。騎士達が制止して、室内に落ち着きが戻ると「ふぅ……」と息を吐く。

「さて、僕からの話は以上だね。後はメイド長からここでの暮らしについて説明があるから、ちゃんと聞いて守るようにすること。もし、守らずにメイドの皆に迷惑を掛けたら……ご飯抜きです」

獣人の子達はよっぽどここでの食事を気に入ってくれたのか、『ご飯抜き』という言葉を聞いた瞬間、今日一番のどよめきが起きる。

様々な表情を見せてくれる皆に苦笑しながら、メイド長のマリエッタに宿舎での生活規則について説明をお願いした。彼女は一礼すると、正面に立ち宿舎での過ごし方について語り始める。

「私は、メイド長のマリエッタだ。今からリッド様に代わり宿舎での生活について説明する。ちなみに、私はリッド様のように甘くないぞ。暴言を吐こうものなら、即飯抜きだ。心して聞くように」

彼女は、ぱっと見は小柄だけれど眼つきは鋭く独特な迫力がある。『即飯抜き』という言葉は相当強力だったらしく、子供達は説明を大人しく聞いているようだ。メイド長のマリエッタは副メイド長のフラウ、宿舎の管理をしていくレオナ、マーシオ、そして、宿舎管理を行う二人の補佐をするニーナを紹介していく。

彼女達は獣人の子達を湯浴みさせたりもしていたので、特に怯えた様子もなく礼儀正しく自己紹介を子供達にしている。彼女達が説明する姿を横目で見ながら、ディアナやカペラが立つ場所に戻ると、呆れ顔で迎えてくれた。すると、代表するようにディアナが話しかけてきた。

「リッド様、あの子達に立場を認めさせる為とはいえ、お遊びが過ぎます」

「あはは、ごめんね。でも、彼らは今まで『弱肉強食』の世界に居たから、多分この形が一番わかりやすいと思うんだ。それに……彼女達から言質《げんち》も取れたしね」

そう答えて『彼女達』、オヴェリアやミア達を一瞥した。彼女達も視線に気付いたらしく、そっぽを向いたり、楽しそうにニヤニヤしたりしている。しかし、良く周りを見渡すと彼女達だけではなく、特に魔力数値の高いと思われる子供達の眼差しが僕に向けられていた。

「ふふ、思った以上に色んな子が興味を持ってくれているみたいだね」

ワクワクしながら呟くと、ディアナ、カペラ、クリス、エマ達は呆れ顔を浮かべてため息を吐いた。

なお、宿舎での生活規則は結構しっかり作ったので、獣人の皆は慣れるまで大変かもしれない。

ちなみにこんな感じだ。

生活規則

①起床
②清掃
③運動
④朝御飯
⑤授業
⑥昼御飯
⑦授業
⑧清掃
⑨運動
⑩晩御飯
⑪自由時間
⑫お風呂
⑬就寝
……以上。

言ってしまえば学生寮みたいなイメージだろうか？　授業に関しては魔法からマナーまで様々な事を学んでもらう予定だ。マリエッタの話が終わったので、補足説明のため挙手をしてから声を発した。

「いま、メイド達から説明のあった授業を本格的にしていくのは『鉢巻戦』の後になるけど、明日から、様々なマナーに関しての授業だけはすぐに始めるからそのつもりでいてね」

発言を聞いた子供達は、明らかに嫌そうな表情を浮かべている。まぁ、彼等からすれば今まで無縁のものだから、嫌がるのも無理はないだろう。程なくして、マリエッタが咳払いを行い注目を集める。

「では、説明は以上で終わりだ。これから、君達が過ごすお部屋に案内する。男子は二階、女子は三階だ。部族ごとに案内していくから、私達が声をかけるまで大人しくしているように」

彼女がそう言うと、副メイド長のフラウを始めとしたメイド達が獣人の子達の部屋への案内を開始する。その様子を確かめてから、宿舎の執務室にディアナ達と移動した。

◇

宿舎の執務室に辿り着き、クリスとエマの二人にソファーに座るように促す。そして、彼女達と正面になるようにソファーに腰を下ろした。

「いやぁ、とりあえず一通りの作業が無事に終わったね」

「そうですね。作業は無事に終わりましたけど……リッド様、本当に『鉢巻戦』をするおつもりなんですか？　彼らは見た目以上に強いと思いますよ」

「クリス様の言う通りです。獣人の子供は人族の子供より、ただでさえ身体能力が高いんです。その上、弱肉強食を信条とする世界で生き抜いてきた子達は、リッド様の想像以上の強さを秘めているはずです。僭越ながら、あまり油断すると痛い目を見るかと存じます」

クリスが心配そうに答え、それに続いてエマが補足するように追随する。

「二人とも、心配してくれてありがとう。でも、彼等に本当の意味で協力してもらうためには……多分、避けては通れない道だよ。大丈夫、僕も意外と強いからね。でしょ、二人共」

そう言ってディアナとカペラに目を向けると、二人は顔を見合わせてから軽く首を横に振った。

「リッド様の実力は確かです。ですが、獣人の子供達が侮れないのも確かです。油断は禁物でしょう」

「カペラさんの仰る通りですし、勝負は時の運もございます。獣人族の子達を全員一度に相手にするとなれば、何が起きるかわかりません」

「あら……二人共、思いのほか心配しているんだね」

訓練を通じて実力を知っている二人なら、前向きに捉えてくれると思ったけど違ったみたい。ひょっとして、先走り過ぎたかな？　その時、執務室のドアがノックされる。返事をするとダイナスを筆頭にクロスとルーベンスが入室してきた。

「リッド様、子供達を一度に全員相手にするとは実に豪気な事を考えますな。それでこそ、ライナー様のご子息です。試合当日の審判は私達三名ほか、騎士達にお任せ下さい」

「あ、うん。お願いしていいかな。ちなみに、ダイナス達は今回の『鉢巻戦』についてどう思う？」

ダイナスはきょとんとするが、すぐに豪快に笑い始めた。

「先程言った通り、豪気で大変結構でございます。彼らは、言葉で伝えても納得できない部分も多いでしょう。遅かれ早かれ、このような機会は必要だったのです。私は大いに賛成です。クロス、お前はどうだ」

「僭越ながら、私も賛成です。彼らも此処の待遇が素晴らしいことはわかっているでしょう。ですが、それでも奴隷となってしまったこと。そして、新たな道を進むことに納得できる理由を欲していると思います。その中で、リッド様が彼等の土俵に立ち、胸を貸すことは良い機会になると存じます。あと、私がお教えした『鉢巻戦』を採用して頂き光栄でした」

クロスがそう言ってルーベンスに視線を向けると、彼も畏まった様子で発言する。

「私も、ダイナス団長とクロス副団長と同意見です。彼らにとって奴隷落ちとは国や家族、あるいは仲間に裏切られたということだと言っても良いでしょう。そのやり場のない気持ちをリッド様が受け止め、断ち切ることができれば彼等は素晴らしい力を発揮してくれるはずです」

「……わかった。三人共、ありがとう。じゃあ……改めて当日の審判はよろしくね」

意見を聞いたおかげで、覚悟も改めて決まった。三人の言う通り、子供達にやりきれない思いがあるなら、できる限り受け止めてみよう。勿論、負けるつもりもないけどね。

「リッド様、改めて受け入れ作業が終わった事をご報告いたします。騎士団は、宿舎を見張る者を残して解散いたしますがよろしいでしょうか？」ダイナスが畏まった表情で尋ねてきた。

「そうだね、指示が遅くなってごめん。ダイナス団長、クロス副団長、それにルーベンス。改めて、今回の件は本当に対応ありがとう」

「とんでもないことでございます。私どもはバルディア騎士団に属する者ですから、当然のことです。では、騎士団は解散いたします。後、私はライナー様に報告がありますゆえ、これにて失礼致します」

ダイナスは礼儀正しく一礼してから退室する。クロスとルーベンスも彼を追随するが、ルーベンスは出ていく時に何やらディアナを一瞥した。その視線は、誰が見ても『また、後で』である。

しかし彼女はその視線に対して、俯いて『やれやれ』と首を横に振っている。ダイナス達が出て行くと、エマが意味深な視線をディアナに向けた。

「ディアナ様はルーベンス様とお付き合いされているんですよね。ご結婚はされないんですか？」

「ちょっと、エマ⁉」

エマの発言に思わずクリスが血相を変えるが、ディアナは息を吐いて呟いた。

「ふぅ。今の所、まだ考えてはおりません。私とルーベンスは、リッド様に近い位置を任されておりますから……」

「そうなんですね。ちなみに、カペラ様はどうなんですか？」

「エマ⁉　いいかげんに……」

意外にエマはこの手の話が好きらしく、ニンマリ顔でカペラにも尋ねる。クリスが止めようとするが、その前に問われた本人が平然と答えた。

「私は、昔気になる幼馴染と同僚がおりましたね。しかし、二人共結婚して今では子供もおります」

カペラは無表情で淡々と気にも留めない様子で話すが、周りは思いもよらない発言で目を丸くする。しかし、気になっていた幼馴染が居たと以前聞いていたけれど『同僚』の話は聞いた事が無い。

「あれ？　以前、幼馴染だけって言ってなかった？」

「良く覚えていらっしゃいましたね。確かに、幼馴染のことはお伝えしましたが、同僚のことはお話ししておりませんでした。ですが、流石にこれ以上は恥ずかしいので、この話は終わりにしましょう」

彼はそう言うと、口を閉ざしてしまう。その後、ディアナ達三人からカペラは色々聞かれるも、お茶を濁し続け一貫して答えなかった。

◇

宿舎の執務室でクリス達と簡単な打ち合わせも終わり、彼女達がゆっくりと立ち上がる。

「では、リッド様。そろそろ私達もお暇します」

「わかった。クリス、エマ、今回の件は本当にありがとう」

二人がソファーから立ち上がるのに合わせて腰を上げると、手を差し出しながらお礼を伝える。

クリスは、微笑みながらその手を力強く握り返してくれた。

「とんでもないことでございます。正直、私達だけではこれだけの動きはできませんでした。バルディア家のお力があればこそです。また、何かあればいつでも仰ってください」

「クリス様の仰る通りです。彼らがバルストで奴隷とならずに済んだのは、リッド様のおかげです。子供達に代わりお礼申し上げます」

エマも嬉しそうに差し出した手を力強く握ると頭を深く下げて一礼する。

「そんなに頭を下げる必要はないよ、エマ。それに、彼らが此処にきて本当に良かったと思えるかは、これからの僕次第だしね」

顔を上げた彼女はきょとんとするが、すぐに顔を綻ばせた。

「ふふ、そうですか。リッド様は本当に優しいお方ですね。きっと子供達は、すぐにリッド様との巡り合わせを感謝すると思います」

「そうかな？　でも、そうなるように色々頑張ってみるよ」

大会議室においては、あえて少し厳しい言葉を使った。国や家族から奴隷として国外に売られた子供達の心情を考えると様々な思いがあるだろう。そして、その思いにもできる限り報いてあげたい。

答えを聞いたエマとクリスは嬉しそうに微笑むと会釈した後、退室しようとする。しかしその時、クリスが何かを思い出したように振り返る。

「リッド様。その、三日後にされる『鉢巻戦』ですが、私も見に来て良いでしょうか？　やっぱり少し心配です」

「うん、わかった。心配してくれてありがとう。じゃあ、クリス宛に招待状を送るようにするよ。良ければ、エマも見に来るかい？」

「はい。是非、お願いしたいです」

クリスとエマの鉢巻戦観戦を快諾すると、二人は嬉しそうに「では、失礼します」と部屋を後にする。二人が部屋を去ってから、深呼吸をしながらソファーに再び腰を下ろした。

「ふぅー……、これでようやく一段落着いたかな」

「そうですね。ですが、リッド様。ライナー様に『鉢巻戦』の件はお伝えしてご説明しなければなりませんよ？」ディアナが釘を刺すように反応する。

「う……そうか、まだそれがあったね……」

思わず眉を顰めた。魔力枯渇症の薬処方の件、『鉢巻戦』開催の件、少し独断専行が過ぎたかもしれない。でも、父上からは好きにやってみろと言われていたから、多分大丈夫……なはずだ。とはいえ、やっぱり少し気が重い。

「父上……怒るかな……」

「それは、ライナー様のみが知ることでございます」

ポツリと呟くと、カペラが淡々と答えてくれた。しかし、今はその淡々とした言葉がどこか心に刺さり、ため息を吐いて項垂れる。

その時、執務室のドアがノックされたので顔を上げて返事をした。それから間もなく、ドアが静かに開かれてメイド長のマリエッタを筆頭に、副メイド長や他の皆が「失礼します」と入室する。やがてメイド達が横一列に揃うと、代表してマリエッタが一歩前に出て会釈した。

「リッド様、子供達を全員部屋に案内しました。各階には数人のメイド、騎士が常駐しておりますので後は大丈夫かと存じます」

「そっか、今日は対応ありがとうね、マリエッタ。それに、他の皆もありがとう」

お礼を述べて微笑むと、皆は少し照れた様子を見せつつも嬉しそうに頷いた。しかし、ふと気になることが思い浮かんでマリエッタに問い掛ける。

「そういえば、子供達は部屋を気に入ってくれた？」

「はい。それはもう大喜びでございました。ただ……」

「ただ……どうしたの？」

彼女は眉間に皺を寄せている。大喜びしてくれたのに、何か問題が起きたのだろうか？　彼等が過ごす部屋は四人部屋となっており、二段ベッドが二台備えてある。他にも勉強用の机や衣類を入れる棚、小さいがクローゼットも用意しており、かなり良い環境を用意したつもりなんだけどな。

程なくして、マリエッタは「はぁ……」とため息を吐いた。

「大喜びしたまでは良かったのですが、あちこちの部屋で二段ベッドの上の段の取り合いが起きまして……騎士達にも対応してもらって何とかなりましたが、思いのほか大変でした」

「へ……？」

思わずきょとんとした後、声にして大いに笑った。確かに、二段ベッドにおいて上の段を取りたくなるのは、なんとなくわかる気がする。でも古今東西、前世の記憶を含めても、子供達がすることは変わらないんだなと、微笑ましくなった瞬間だった。

◇

「では、私達が明日から彼らの生活規則、一般マナーなどを予定通り教育すれば良いのですね」

「うん。マリエッタ達には苦労かけるけどお願いね」

子供達の様子を聞いた後、そのままマリエッタ達と簡単な確認をしていた。明日から、獣人の子供達は宿舎の生活規則をもとに生活を行うことになる。魔法や武術を中心とした学業は『鉢巻戦』の後になるけれど、食堂での食事姿を見る限り『マナー』だけは明日からでも始めた方が良い。これは僕を含め、メイドや騎士達の総意でもあった。

やがて確認も終わり、マリエッタ達が一礼して退室したので、ソファーの背もたれに背中を預けて天を仰いだ。

「よし……父上に報告に行こう。あ、それとカペラは僕がいない間、事前の打ち合わせ通り宿舎の執務室で待機してもらっても大丈夫かな？」

「はい、承知しております。子供達の様子をみながら、問題が起きた際は私で対処しておきますのでご安心下さい」

「うん、悪いけどお願いね」

一応何かの問題が起きた時のために、責任者は常駐しておく必要がまだあるだろう。カペラには僕が宿舎不在となる時間帯に、宿舎の執務室に留まってもらい雑務の対応をしてもらう段取りを整えていた。

「じゃあ、屋敷に戻る前に医務室に寄って行こうか。大会議室に来ていなかった、アリア達と狐人族の事も気になるしね」

「承知しました」

ディアナが会釈して答えてくれたので、ソファーから立ち上がり医務室に移動する。カペラは執務室から会釈して見送ってくれた。

ちなみに、執務室から医務室は近くて歩いてすぐだ。そして、医務室に入るとすぐに鳥人族のアリアが駆け寄って来た。

僕は屋敷に一旦戻ってまた明日来ることを伝えるが、アリアは「えぇ～、お兄ちゃんと一緒に寝たかったのに……」と口を尖らせてしまう。本当に言動がメルとよく似ているなぁ……と思いながら謝ると同時に、明日また会いに来る約束をして許してもらった。

アリアとの会話が終わると、狐人族の少女がおずおずと畏まった様子で話しかけてきた。

「あの、すみません。リッド様……少し、よろしいでしょうか」

「うん。あれ、君は……馬車で会った子だよね？」

「はい……私は、狐人族のノワールと申します。この度は、手厚い対応をして頂きありがとうございます。狐人族を代表して御礼申し上げます。本当にありがとうございました」

彼女の声は少し小さいが、丁寧に凛とした言動を見せている。今の口上から、他の子とはまた何か違う雰囲気を感じたが、それはまだ聞く時ではないだろう。それよりも、体調を万全にしてもらうのが先決だ。

「ふふ、ご丁寧にありがとう。でも、そんなに畏まらないで大丈夫だよ。それに、当然の事だしね」

そう答えると、ノワールは少し安堵したようにホッとした面持ちを見せる。そんな彼女とアリアに話を続けた。

「あ、そうそう。明日にはノワールとアリアと同じ部族の子達も目を覚ますと思うんだ。そしたら、大会議室でした話を君達にも伝えるね」

「うん、妹達が起きたらその事も話しておくね」

「畏まりました。狐人族の皆にも説明しておきます」

アリアは屈託のない笑みで、ノワールは少し畏まった面持ちで頷く。

「じゃあ、皆の目が覚めたらよろしくって伝えておいてね」

二人にそう告げた後、同室内にいるサンドラとビジーカの許に移動する。そして、寝ている子供達のことをお願いすると医務室を後にした。ちなみに、狼人族のラストはサンドラとビジーカに色々と試されたらしく、グッタリしていたのは言うまでもない。

◇

「リッド様!!」

医務室を出ると、急に声を掛けられ振り向くとそこにいたのはシェリルだった。彼女はこちらに近寄ると、何やら申し訳なさそうな表情を浮かべる。

「大会議室では失礼なことを言いまして申し訳ありませんでした」

彼女は言葉を発すると同時に頭を深々と下げたので、慌てて頭を上げてもらった。

「そんなに気にしなくて大丈夫だよ。あの時は、心配してくれたんでしょ? シェリルの気持ちは凄く嬉しかったよ、ありがとう。でも、君の力も知りたいから、『鉢巻戦』は本気で挑んできてね」

「……! 畏まりました。僭越ながら、狼人族のお力を少しでもリッド様にお見せできるよう心掛けます」

「うん、楽しみにしているね。でも、僕は狼人族の力じゃなくて、『シェリルの力』を見せてほしいかな」

「あ……は、はい、畏まりました!」

シェリルは先程よりも嬉しそうに笑う。そして、ペコリと一礼すると医務室に入って行った。おそらく、ラストの様子を見に行ったのだろう。

彼女に小さく手を振りながら別れの挨拶をした後、ふとディアナが『ジトッ』とした視線を僕に向けていることに気が付いた。

「ん……どうかした？」

「いえ……何でもございません。それよりも、お屋敷に急ぎましょう」

「あ、うん。そうだね。じゃあ、行こうか」

彼女の様子から察するに、大したことではなかったのだろう。ディアナの言う通り、屋敷に足を進めていく。宿舎と屋敷は歩いても移動できる距離だけれど、少し離れているので馬車を使用するのが無難だ。用意されていた馬車に乗り込み屋敷に向かっている途中、ディアナがふと少し険しい表情を浮かべた。

「リッド様、誰にでも優しいのは素敵です。しかし、あまり距離が近いと相手を勘違いさせますよ？」

「……何のこと？」

言葉の意図がよくわからず聞き返すと、ディアナは呆れ顔で「はぁ、もう良いです」と呟き、額に手を添え首を横に振り始めた。何故に……？

屋敷に戻ったリッド

「おかえりなさいませ、リッド様」

「ガルン、ただいま」

屋敷に帰ってくると、にこやかに微笑んだ執事のガルンが出迎えてくれた。彼は父上の仕事の手伝いに加えて、屋敷の管理も任されている。多分、この屋敷内における役職としては一番高い位置になるのかな？　ディアナもガルンに対しては畏まり会釈している。

「ところで、ガルン。父上に話したいことがあるんだけど、今大丈夫かな？」

「ライナー様はいま、ダイナス様とお話をされております故、終わり次第が良いかと存じます。良ければ、リッド様のお部屋にお知らせに参りましょうか？」

ダイナス団長も父上に報告しにいくって言っていたからその件だろう。彼の提案に頷いた。

「ありがとう。それなら先に母上のところに行こうと思うから、そっちに知らせに来てくれるかな」

「畏まりました。それと、メルディ様からリッド様がお戻りになったら教えてほしいと言われております。如何《いかが》しましょう」

「メルが？　わかった。でも、母上と父上の部屋に行った後が良いかな。父上は……少し時間がかかるかも知れないからね」

父上から今回の件を任せるとは言われていたけれど、報告しないといけないことが結構多い。後、怒られそうなこともある。考えると今から少し気が重くなり、小さなため息を吐いた。すると、ガルンが苦笑しながら会釈する。

「畏まりました。メルディ様には、そのようにお伝えいたします。後、ライナー様はリッド様をご心配されていたようで、仕事があまり進んでいないご様子でございました」

「え、そうなの？」

少し驚きながら答えると、ガルンはコクリと頷いた。

「はい。それ故、あまり深く考えず思っていることをお伝え頂くのがよろしいかと存じます」

「ふふ、そうだね……そうするよ。ありがとう、ガルン。じゃあ、僕は母上の部屋に行くから、父上とダイナスの打ち合わせが終わったら教えてね」

「畏まりました」ガルンは、笑顔を崩さず丁寧に会釈する。彼との会話が終わると、その場を後にして母上の部屋に向かった。

◇

母上の部屋に辿り着いたけれど、何故かいつも不思議な緊張感があるんだよね。深呼吸をしてから、ドアをノックした。

「母上、よろしいでしょうか？」

「リッド!?　帰ってきたのですね。どうぞ、入りなさい」

「失礼します」と言って入室すると、母上は嬉しそうに目を細める。それに応えるように微笑んでから、母上が寝ているベッドに歩み寄り、近くの椅子に腰かけた。

「ふふ、今日は獣人の子供達を受け入れたと聞いています。きっと色んな子がいたのでしょう。リッド、お話を聞かせてもらえますか」

「はい、母上。それはもう、色んな子がおりました」

それから母上に、馬車での受け入れ作業から子供達がどんな姿だったのか、身振り手振りを使い説明した。母上はその話を、とても楽しそうに聞いてくれている。でも、母上が喜んで話を聞いてくれるほど、急にどうしようもない不安が襲ってきた。そして、ふいに問い掛けてしまう。

「……ところで、母上、体調は如何でしょうか」

「体調ですか？　皆が良くしてくれますし、お薬のおかげで大分良いですよ」

母上は少しきょとんとするが、すぐに優しく微笑んで答えてくれる。それでも、身の内にある不安に押し潰されそうになり、言葉を続けた。

「そうですか、それは良かったです……母上は、病との闘いで不安に駆られることはありませんか？」

「リッド……？」

やがて、母上は僕の頬に右手を添えると、曇りの無い瞳で真っすぐに僕の目を見つめた。それから程なくして、フッと表情を崩すと側にいるディアナとメイド達に視線を向ける。

「貴女達、少しリッドと二人で話すから席を外して下さい」

「承知しました」

ディアナ達は会釈して、静かに部屋を退室する。部屋に静寂が訪れると、母上は優しく微笑んだ。

「リッド、何を怖がっているのです。話してご覧なさい」

母上の一言がきっかけとなり、気付けば目から涙が溢れ出て止まらなくなってしまった。そして、嗚咽を漏らしながら必死に言葉を発する。

「母上……すみません。僕は……自分のしたことは正しいと……そして、何とかできるとも思っています。でも、それなのに……急に不安が襲ってきて……こ、こんなつもりでは……無かったんです」

「そう……でも、それは当然のことです。私もいつもこの病との闘いは不安でたまりません。ですが、私を信じて、大切に愛してくれる人達がいます。リッド、忘れないで下さい。貴方は一人ではないのよ。何があったのか、聞かせてくれますね?」

「は、はい……」頷くと、嗚咽を落ち着かせながらおもむろに説明を始めた。

獣人族の子供達の中に、母上と同じ魔力枯渇症を患った男の子がおり、彼には姉がいること。その姉から弟を助けてほしいと懇願され、その男の子を救うと決意したが、それは母上と同じ薬を処方することでもあるということ。

「……実は魔力枯渇症の原料となる薬草の在庫が少なくなってきています。どうにかできる算段はあるのですが、それでも母上と話していたら急に不安になってしまい……すみません。本当にこんなことを話すつもりではなかったんです」

溢れ出る涙を必死に服の袖で拭う。母上はそんな僕を慈愛の籠もった瞳で見つめながら、優しく言った。

「顔を上げなさい、リッド・バルディア。目の前にある命を救うことに、理由なんて必要ありません」

「え……?」と呆気に取られるが、母上は優しく言葉を続ける。

「それに、目の前にある命をあえて救わないのであれば、それは奪うこととなんら変わらないと私は思います。狼人族の子は、必死に死の恐怖と戦っていたなか、貴方という一筋の光が現れたのです。それに、いつか言いましたね、『命を無闇に奪ってはならない』と……覚えていますか?」

母上の問い掛けに考え込むように俯いて記憶を掘り返していく。すると、前世の記憶を取り戻す前の映像が瞼の裏に蘇り、ゆっくりと顔を上げた。

「覚えて……います。確か蝶々を捕まえて母上に見せた時のことですよね」

「そうです。狼人族の男の子に限らず、獣人の子供達はあの時の蝶々と一緒です。彼等の運命を握り、導く存在となる貴方が命を粗末にするようなことはしてはなりません。リッドが今すべきことは、不安に打ち勝ち前を見て胸を張ることとです」

「はい……」溢れ出る涙を拭いながら頷くと、母上はそっと抱擁して耳元で優しく囁いた。

「魔力枯渇症は恐ろしい病です。それは、患っている私が一番、身に染みています。でも、大丈夫……私は貴方を信じています。もし、貴方が自分を信じられなくても、私がリッドを信じます。だから、子を信じる母を信じなさい。忘れないでリッド・バルディア、貴方は私の誇りなのですよ」

「はい、母上。ありがとう……ございます……」

そのまま、母上の腕の中でしばらくすすり泣いてしまう。でもその間、母上は抱擁を解かず、慈愛に満ちた眼差しでずっと見守ってくれていた。

◇

「母上……ありがとうございました」しばらくすすり泣いていたけれど、気持ちが落ち着いてくると母上の腕の中から抜け出した。急に気恥ずかしくなり顔の火照りを自覚する……きっと耳まで真っ赤だろう。だけど、母上はそんな僕の姿を見て嬉しそうに微笑んでいる。

「ふふ、いいんですよ。どんなに強がっても、貴方はまだ子供なんです。いつでも、私達に弱音を吐いてよいのですから、抱え込む必要はありません。良いですね？」

「はい、その時はまたご相談いたします」

母上の腕の中で気持ちを吐露したら、身の内にあった不安は不思議と消えていた。それに言われた通り、僕にできることは前を見て胸を張り進むことだけだ。ならば子供達を導き、母上を救い、必ずバルディア領を守れるようになるしかない。決意を新たにしたその時、部屋のドアがノックされガルンの声が響く。

「リッド様、ライナー様がお呼びでございます」

「わかった。すぐに行くよ」少し大きめの声で答えると、母上に振り返る。

「母上、では行ってきます」

「はい、行ってらっしゃい。それと……父上にも貴方の気持ちを素直に話しなさい。貴方は、少し抱え込み過ぎるところがありますからね」

「わかりました、そうしてみます。あ、それから、いずれ獣人の子供達もご紹介しますね。本当に面白い子が多いですから、母上も気に入ってくれると思います」

「ふふ、わかりました。その時を楽しみにしていますね」

微笑む母上にニコリと頷くと部屋を退室する。そして、部屋の外で待っていたガルン、ディアナと共に父上がいる執務室に向かった。

◇

「父上、よろしいでしょうか？」

「うむ、入れ」

返事を確認すると丁寧にドアを開け、ガルンやディアナと一緒に執務室へ入室した。父上は執務机で事務作業をしていたようだが、その手を止める。そして、僕達を見回してからガルンに視線を向けた。

「ガルン、紅茶を頼む。リッド、お前はどうする？」

「はい、僕も頂きます」

「承知しました。では、ご準備して参ります」

ガルンは一礼すると執務室を後にする。彼が部屋から出て行くと父上は机から立ち上がり、いつものソファーに座るように促した。コクリと頷き、父上と机を挟んだ対面上のソファーに腰を下ろす。今日の父上は、いつもより厳格な面持ちで『領主』という感じだ。

「受け入れ作業は、順調に進んだとダイナスから聞いている。だが、確認の意味でお前の口からも話を聞きたい。報告してもらおう」

「畏まりました。では……」

その後、馬車での荷受けから大会議室までに起きた出来事を順番に報告した。鳥人族の『強化血統』や兎人族や猫人族達の『悪態』など包み隠さず話していく。しかし、『鉢巻戦』についても伝えると父上は眉間に皺を寄せた。

「ダイナスからの報告とも大差はないな。しかし、『鉢巻戦』とやらをする必要は本当にあるのか？　立場をわからせる為に、わざわざお前が出るまでもないだろう」

「お言葉を返すようですが、私が出ることに意味があるのです」

「ほう。ならば、説明してもらおうか」

眉間の皺を緩めた父上は、代わりに鋭い眼光を光らせた。その様子から察するに、試されているのだろう。負けるものかと、その鋭い眼光を真っ向から見据えた。

「獣人の子供達も、自分達が恵まれていることにはすでに気付いているでしょう。ですが、それでも『獣人』であることの『誇り』が彼らの中には必ずあります。私が彼等の誇りを満足させるに値する存在であることを示した時、あの子達は本当の意味でバルディアに仕えてくれると存じます」

「……彼らの誇りはそんなに大切なものか？」

「父上もわかっておられるのでしょう？　自身の誇りを汚す相手に、誰が心を許しましょう。人は皆、己の誇りを重んじる相手に畏敬の念を抱くものと存じます。それ故に、あえてあの子達の土俵で挑戦を受け、その思いに応えるつもりです。無論、負けるつもりはありません」

父上は黙ったまま、こちらを真っすぐ射貫くように見つめている。その眼光に怯まず、力強く見つめ返す。そして、少し静寂が流れるとガルンの声が部屋に響いた。

「ライナー様、リッド様、紅茶をご用意しました」

「うむ……」

「ありがとう、ガルン」

紅茶の入ったティーカップが机の上に置かれると、父上は紅茶に手を伸ばし一口飲んでから重い声を部屋に響かせた。

「そこまで言うのであれば、よかろう。ならばお前は、バルディアの名を継ぐ者として毅然と迎え撃て。『鉢巻戦』が彼らの挑戦というのであれば、容赦はするな。それから……負けることは許されんぞ」

「……はい、承知しました」

あまりの威圧感に息を呑んで頷くと、父上は表情を緩める。そして、今度は呆れ顔でため息を吐いた。

「全く、ダイナスからは聞いていたが、『鉢巻戦』とは相変わらず型破りなことを考える。他に、報告はあるのか？」

「あ、はい、あります。実は、狼人族の子供に母上と同じ『魔力枯渇症』を患った子がいました」

『魔力枯渇症を患った子』と聞いた途端、父上の顔が今までで一番と言えるほど険しくなった。

「それで……どうしたのだ」

「当然、母上と同じ治療を施すよう指示を出しました。勿論、それだけではなく『治験』にも積極的に協力してもらうつもりです。母上には、すでに了承も頂いておりますのでご安心下さい」

「……」

あえてニコリと微笑み伝えたが、父上は眉間の皺を片手で揉みながら天を仰ぐ。少しの間を置いて、父上は僕をギロリと睨む。

「リッド……お前の気持ちはわからんでもない。だが、薬の原料となる薬草の問題は解決しておらん。それはお前が一番知っているだろう？　治験への協力を必須にしたとしても、判断としては適切とはいえん。結果的にナナリーとその子供が共倒れになる可能性もあるのだぞ」

「わかっています。ですが、目の前にある命を救うことに理由は必要ありません。それに、狐人族が思った以上の人数で来てくれたことで、早期に解決できる道筋もみえたと存じます。あと、獣人の子を助けないという判断をしたことを母上が知れば……思い悩み悲しむと考えました」

父上は再び眉間に皺を寄せて俯くが、やがて首を横に振った。

「ふぅ……早期に解決できる道筋がみえた、と言ったな。ならばそれを、最優先で進めろ」

「承知しました」と頷くが、父上は厳格で険しい表情を浮かべたまま言葉を続ける。

「リッド、お前は『バルディアを継ぐ者』だ。いずれ、『命の天秤』を扱う時が来るだろう。その時に、今回のような判断はできん。お前は賢い……この言葉の意味はわかるな」

『命の天秤』……それは、人の命と結果のどちらかを選ばないといけない様々な状況を指しているのだろう。バルディア領は辺境であり、隣国と国境の領地だ。将来的に隣国のどこかと戦争にならないとは絶対には言えない。

こちらにその気が無くても、突然武器を持つ相手が現れることもある。その時、僕は国と家族を守るために戦うだろう。それが貴族として生まれた者の責務でもあるからだ。

「はい。その時は……決断します。ですが、それでも可能な限りのことはしたいと思います」

「わかった……今は、これ以上言わん。だが、今回の件は『救うという決断』をした以上は半端なことは許さんぞ」

父上から刺された鋭い釘にコクリと頷いた。勿論、中途半端な気持ちではない。これは僕が見据える将来の始まりに過ぎないからね。

その後も父上との話し合いは続き、やがて必要な報告は終わった。それと同時に紅茶も空になり、ソファーからゆっくり立ち上がった。

「報告は以上になりますので、今日はこれにて失礼しようと思います」

「うむ……リッド、そのなんだ……」そう呟く父上は何だか少し決まりが悪そうだ。その意図がわからず首を傾げていると、父上はわざとらしく「ゴホン」と咳払いをした。

「あー……、困ったことがあれば、相談しろ。それだけだ」

「は、はい、父上。ご心配おかけして申し訳ありません。ありがとうございます」

その場でペコリと一礼をして顔を上げると、父上は表情を隠すように紅茶を口にしていた。さっきの決まりの悪い顔は照れか、恥ずかしさから来るものだったのだろう。そんな父上の言動に微笑しながら執務室を後にした。

「リッド様、よろしいでしょうか？」

執務室を出ると、追いかけるように声を掛けられ振り向いた。

◇

「あれ、ガルンどうしたの？」

「メルディ様に、リッド様のお部屋に行くようお伝えして問題ないでしょうか？」

そうだ、メルが話したいと言っていたんだっけ。多分、獣人の子供達のことが気になっているのだろう。メルも獣人の子供達には興味津々で、受け入れ作業にも立ち会いたいと言っていた。でも、さすがに危険が伴う可能性もあり断っている。その結果、メルはそっぽを向いて頬を膨らませてしまったのだ。その後、宥めるのが大変だったのは言うまでもない。ふと、当時のことを思い出しながら頷いた。

「……そうだったね。うん、大丈夫だよ」

「承知しました、メルディ様もお喜びになると思います」

彼は嬉しそうにニコリと微笑んだ。すると、やり取りを見ていたディアナが咳払いをする。

「それでしたら、私がメルディ様を呼んで参ります。ガルン様は、ライナー様の補助があると思いますので……」

「わかった。じゃあその時、メルに遅くなってごめんとも伝えておいてもらえるかな」

「承知しました」

ディアナはそう言うと会釈してその場を後にする。ガルンは一礼すると、そのまま執務室に戻っていった。

皆と別れて一人になると、「ふむ……」と呟き『ある事』を思案しながら自室に戻る。そして、部屋に備え付けられている鏡の前に立って色んな表情を浮かべてみた。

「うーん、やっぱり、もう少し怖い感じを出せた方がいいと思うんだよね……」

良く皆から『可愛い顔で素敵です』と言われる。勿論、言われないより言われるほうが嬉しい。それに、母上と似ているという意味でもあるみたいだから、悪い気は全くしないんだけどね。

だけど、ディアナから『誰にでも優しくて素敵だけど、相手を勘違いさせることもある』と指摘を受けてしまった。その上、猫人族のミアからも初対面で『女みたいな顔』とも言われている。

それならば、今度行う『鉢巻戦』の時だけでも『畏怖される存在』を演じたほうが良いかもしれない、と思ったわけだ。鏡を見ながら色んな顔をしていくうちに、あることに気付く。

「うーん、少し怖い顔をすると、目力は父上に似ている気がするんだよね。この顔で、後は怖い雰囲気を纏えばいけるかな?」

その時、ある閃きが生まれた。前世の記憶にある色んなアニメ、映画、ゲームなどに出てくる『悪役』を模倣すれば良いのではないだろうか？　きっと、メモリーにお願いすれば映像を含めて色々と勉強できるはずだ。

「メモリー……メモリー、聞こえてるかな？」

「聞こえているよ。それから、君が考えていることはわかっているけど……そこまで、気にしなくてもいいんじゃないの？」

彼の声には少し呆れたような感情が宿っているようだ。とはいえ、『鉢巻戦』において父上からも『毅然と迎え撃ち、容赦はするな』と言われている。従って、その態度を周りに見せつける必要もあるだろう。そして、やると決めたら徹底するべきだ。

「ありがとう。でも、『鉢巻戦』においては獣人の子供達と父上に『毅然とした態度』を見せる必要があると思うんだよね」

「うーん。リッドの言う『毅然とした態度』と、皆が思っているそれはちょっと違う気がするけどねぇ。ま、面白そうだし手伝うよ。じゃあ、君の前世の記憶にある色んな作品から悪役を調べてみるね」

「うん。悪いけど、よろしくね」

彼との会話が終わると、再度鏡の前でにらめっこを始める。そして、記憶にある悪役のセリフを呟いてみた。

「……僕の魔力量は五三万です」

「なにいってるの？　にいさま」

「うわぁあああああああああああ⁉」

突然の呼びかけに驚愕のあまり、大声を出しながら鏡の前から飛び退いた。そして声のした方向に振り返ると、そこにはきょとんとしたメルに加え、クッキーとビスケットもいる。それと……何かを必死に堪えているダナエとディアナが立っていた。

「び、びっくりした……メル、部屋に入る前にはノックをしなきゃダメでしょ⁉」

「えぇ⁉　したけど、へんじがないからふたりにもかくにんしてはいったんだよ」

メルに言われて、ディアナ達に視線を向けると二人と二匹は示し合わせたように首を縦に振っている。まさか、さっきの姿を見られたのだろうか？　恐る恐るメルに尋ねた。

「あの……ちなみにさっきの見てたのかな？」

「うん。にいさま、『まりょくりょうはごじゅうさんまんです』ってなんのこと？」

「……⁉」恥ずかしさのあまり、顔が火照り耳まで真っ赤になったことを自覚したのは言うまでもない。その後、メルとディアナ、ダナエに事の次第を恥ずかしながら説明することになった。

すると、メルは目を輝かせて「おもしろそう！　にいさま、わたしもてつだうね」とノリノリだ。しかし、ダナエは相変わらず必死に何かを堪えているみたいで、クッキーとビスケットは欠伸《あくび》をしながらその場で寝転んでいる。ディアナに至っては何やら呆れているようだ。

「はぁ……お伝えしたかった意味が違いますが……まぁ、良いでしょう」

「ん、ディアナ……何か言った？」

彼女が何か小声で呟いたようだが、うまく聞き取れなかった。気になったので尋ねてみるが、彼女は小さく首を横に振ってからニコリと微笑んだ。

「いえ、何でもございません。それよりも今後のことを考え、獣人の子供達に畏怖の念を抱かせるようなお姿を示すのはありかもしれませんね」

「あ、やっぱり、ディアナもそう思う？　普段だと洒落にならないからさ、『鉢巻戦』の時だけな

ら僕も皆も笑い話で済むと思うんだよね」

とはいえ、ディアナの瞳には何やら怪しい光が灯っているような気もしないでもないけど……。

その時、メルが首を傾げて尋ねてきた。

「ねぇねぇ、にいさま、いふのねんって……なぁに？」

「え？　えっとね、畏怖の念っていうのは『おそれおののく』ってことなんだけど、わかりやすく言えば、怒って怖い顔をした父上には皆が恐ろしくて震える……みたいな感じかな」

「……ブハッ⁉」

説明が何かのツボに入ったのか、何かを堪えていたダナエが突然に噴き出した。そして、ディアナも背中を見せて肩を小刻みに震わせている。例えが正しいとは思わないけれど……君達、失礼じゃないかな？　すると、メルがパァッと明るい表情を浮かべた。

「つまり、にいさまがちちうえのように、こわいかおをみんなにみせておこればいいってこと？」

「う、うん。そんな感じかな。でも、本当に怒るわけじゃないからね。絵本を読んだりするときみたいに『演技』する感じかな」

「そっかぁ……」とメルは可愛らしく思案顔を浮かべて何かを考え始める。そして間もなく、何やら閃いたようでパッと顔を上げた。

「えんぎなら、ダナエがすっごいじょうずだよ。えほんでわるいひとがでてきたとき、すっごくこわいもん」

「え、そうなの？」

その一言で皆の視線がダナエに集まった。彼女は突然の指名に驚いたらしく顔の前で手をバタバタしている。

「と、とんでもないことでございます！　えーと、弟妹達と良くごっこ遊びをしていたので、その延長で……」

「へぇ、ダナエには弟妹がいるんだね。じゃあ、折角だからダナエの演技を見せてもらっても良いかな？」

「えぇぇぇぇぇ⁉」彼女は悲鳴のような声を上げる。

しかし、この場にいる皆の目に宿った興味には勝てないと悟ったのか、観念したように俯くと「一回だけですよ……」と呟き演技を披露してくれることになった。早速、ダナエに演技してほしいイメージとセリフを伝える。

「えぇ、なんですかそれ、意味不明ですよ……」

「いいから、いいから。お願い」

「はぁ……もう、本当に一回だけですよ？」彼女はやれやれと小さく首を振ると、深呼吸をして集中する。そして、人を見下すような冷たく高圧的な悪人顔を浮かべ、鋭い眼光を光らせながら吐き捨てるように呟いた。

「ふん……魔力量たったの五……ゴミめ……」

「おぉ、うまい!!　ダナエ、凄く上手だよ!!」思っていた以上に役に入ったダナエの姿に、思わず感嘆の声を上げた。

「確かに……言っている事は意味不明ですが、演技としては素晴らしいと思います」

「ね、ね。ディアナ、にいさま。ダナエじょうずでしょ！」

ダナエの新しい一面に感激して、ここにいる数名で拍手喝采を送った。すると、彼女も満更ではないようで照れながらも嬉し恥ずかしそうに頬を掻いている。

「そ、そんなに褒められるほどのことでは……」

「ね、ダナエ。また別の演技をお願いしても良い？」

「え、またですか⁉　ま、まぁ、別にいいですけど……」

その後、しばらくダナエの一人芝居、名目『悪役劇場』を堪能する。そして『鉢巻戦』に向けて、ダナエによる悪役演技指導を受けることが決まったのであった。

狐人族と鳥人族の子供達

獣人の子供達を受け入れた翌日。僕は宿舎の執務室で書類作業を早く終わらせるべく、カペラとディアナに手伝ってもらっていた。此処で行っている書類作業はクリスティ商会との取引、新屋敷建造、そしてこの宿舎に関わるものがほとんどだ。

一番多いのはクリスティ商会関係の書類だけどね。手に持っていた書類に目を通し終えると、体を伸ばしながら呟いた。

「うー……ん。よし、これで今日の書類作業は終わりだね」

「リッド様、お疲れ様です」ディアナはそう言うと、紅茶のお代わりを丁寧に置いてくれた。

「ありがとう」

「いえ、とんでもないことでございます」

お礼を伝え紅茶を口にしていると、カペラがやってきて会釈する。

「リッド様、ビジーカ様から症状の軽かった狐人族と鳥人族の子供達が目を覚ましたと連絡がきております。彼等への『鉢巻戦』についてのご説明は如何しましょう？」

「わかった。僕から説明するから、子供達を『会議室』に呼んできてもらってもいいかな？」

「承知しました」

彼は畏まり頷くと、そのまま執務室を後にした。ちなみに、宿舎には『会議室』と『大会議室』がある。会議室は少人数での打ち合わせに使用、大会議室は大人数の時に使用する感じだ。その後も仕事を続けながら紅茶を口にしていると、ディアナから「リッド様」と声を掛けられた。

「うん？」と手元の書類から視線をディアナに移すと、彼女はおもむろに話し始める。

「恐れながらナナリー様の件は本当に大丈夫なのでしょうか。狐人族が重要ということであれば、私が強制的に協力させる準備がございます」

するとと、ディアナはどこからともなく大量の暗器を見せてくれる。しかし、あまりに予想外の言動で思わず飲んでいる紅茶で「ゴホゴホッ⁉」と咽せて咳き込んでしまう。

「だ、大丈夫だよ。でも、その気持ちはとても嬉しいよ。ありがとう」

「いえ……ナナリー様は、バルディア家の光と存じます。私にできることがあれば、何なりといたしますので、気軽に必要なことを命じてください」

ディアナはそう言うと、綺麗な所作で一礼する。狼人族のラストに母上と同じ魔力枯渇症の薬を処方することを決めた時、彼女は傍にいなかった。もしかしたら、そのことを気にしているのかもしれない。

「ありがとう、ディアナ。必要な時はお願いするね」

「はい、何なりとお申し付けください」

ニコリと微笑みお礼を伝えると、再び紅茶に口を付けた。丁度その時、執務室のドアがノックされる。返事をすると、「会議室に鳥人族と狐人族を集めました」とカペラの声が聞こえてきた。

「わかった。すぐに行くよ」

大きめの声でそう答えると、急いで書類を片付け会議室に向かった。

◇

「皆、待たせてごめんね」

「遅いよ、お兄ちゃん。皆待っていたんだよ」

会議室に入ると、鳥人族のアリアが顔を少し膨らませて駆け寄ってきた。そんな彼女に対して、ニコリと優しく微笑んだ。

「ごめんね、少し仕事が立て込んでいたんだよ」

「ふーん、そうなんだね。あ、それよりも、私の妹達を紹介するね」

「うん、ありがとう」

アリアは表情をコロコロと変えながら、会議室にいる彼女の姉妹達に視線を向ける。その視線を追うように、立ち並ぶ鳥人族の少女達の姿を見るが少し驚いた。

「……凄いね。皆、アリアとよく似ているよ」

「えへへ、でしょ？」

そう、目の前に並ぶアリアの姉妹である少女達は、多少の身長差や顔立ちの違いはあるが、皆そっくりだ。医務室で寝込んでいる時から思っていたけれど、こうしてみると本当によく似ている。

彼女達は向けられている視線に気付いたらしく、おずおずとこちらに頭を下げた。すると、傍に控えていたディアナが咳払いをする。

「アリア……と申しましたね。貴女はリッド様に少し近過ぎますよ。皆と一緒にあちらで、お話を聞いてください」

「えぇぇ⁉　何このお……むぅ⁉」

アリアが頬を膨らませつつ、恐ろしい言葉を発しようとした気配を感じたから、咄嗟に彼女の口を塞いだ。いきなりのことで、アリアは目を丸くして『ぱちぱち』と瞬きをしている。

「えーと、彼女はね、ディアナって言うんだ。アリア、君達の新しいお姉さんなんだよ」

「え、そうなの？　この人も私達を捨てたり、意地悪したりしない？」

アリアは突然のことに驚いた様子を見せるが、その瞳には期待の色が見て取れる。彼女は鳥人族の長女として気を張っているけれど、本当はとても心寂しい女の子だ。そんなアリアには、きっとディアナのような女性が助けになるはずだ。

「うん、彼女はとっても強くて優しい人だよ。絶対に君達を捨てたり、意地悪したりなんてしないさ。ね、そうでしょ、ディアナ？」

「え？　ええ、勿論そんなことは絶対にいたしませんが……」

ディアナが頷くと、アリアは目を輝かせて彼女に飛び付いた。

「やったぁ！　ディアナお姉ちゃん、私、アリアって言うの。よろしくね」

突然のことに、ディアナは何が何だかという様子で困惑しているようだ。だけど、アリアの嬉しそうな表情に加え、彼女の妹達からも何やら期待に満ちた視線を向けられていることに気付いたディアナは、観念したように呟いた。

「はぁ……アリアですね、わかりました。ですが、私を姉と慕う以上は、きちんとした礼儀作法を学んでいただきますよ」

「うん。私、ずっとお姉ちゃんも欲しかったの。よろしくね、ディアナお姉ちゃん」

おそらく、今のアリアにディアナの言葉は聞こえていないだろう。でも、その笑顔は本当に嬉しそうだ。ディアナもそれはわかっているのだろう。首を小さく横に振り、抱きついているアリアの頭を優しく撫でている。しかし、ギロリと鋭い視線をこちらに向けた。

「リッド様、この件は後でちゃんと説明して頂きますからね」

「うん……ちゃんと、説明します」彼女に気圧されていると、カペラがそっと耳打ちをしてきた。

「リッド様、そろそろ本題に進むべきかと」

「そ、そうだね」

彼の言葉に頷いている間に、ディアナは抱きついているアリアを撫でながら彼女の妹達のところにゆっくりと歩いて行った。アリアの妹達は興味津々らしく目を輝かせているようだ。

そんな彼女達の様子を微笑ましく思いながら、この場を見渡せる正面に移動する。そして、鳥人族と狐人族の皆を一瞥すると、咳払いをして注目を集めた。

「改めて『リッド・バルディア』です。ようこそ、バルディア領へ。ここにいる皆は昨日、医務室に居たから、大会議室で他の子達にした話をできていないよね。だから、今から説明させてもらうよ」

その後、この場にいる皆に昨日と同じ説明を行った。皆の状況、立場、求めていること。そして、『鉢巻戦』についても告げる。

「……とまぁ、こんなところかな。何か質問があれば聞くし、ここで言いにくいことならメイドに相談してもらえれば後でも聞くよ」

そう投げかけると、アリアが挙手と同時に立ち上がり元気よく発言した。

「お兄ちゃん、そんなことしなくても私達はお兄ちゃんについていくよ。ね、皆？」

彼女はそう言うと、妹達に振り返った。すると、少女達は姉であるアリアの言葉に従うように頷いている。妹達の意思を確認すると、アリアはこちらに振り返るが何故か悲しそうに俯いた。

「それに私達は、お兄ちゃんやお姉ちゃん以外、誰も必要としてくれないもん」

「アリア……そんなことはないさ。君達はとても素晴らしい力を持っているから、是非力を貸してほしい。それに、『鉢巻戦』は皆の力を僕に見せる機会と思ってくれればいいよ。そうだな、アリア達からすれば一種の遊びと思ってくれていいかもね。勿論、どうしても参加したくない子がいたら辞退してくれてもいいよ」

すると、アリア達の表情がパァッと嬉しそうに明るくなった。彼女達は、必要とされないことに凄く怯えている気がする。だから『力を貸してほしい』と明言したことで、浮き足立っている感じなのかもしれない。

「わかった、お兄ちゃん。じゃあ、後は皆ともう一度話してみるね」

「うん、お願い。でも、無理はしないでいいからね」

「はーい」

アリアは明るく返事をすると、その場に座る。それから間もなく、今度は狐人族の少女が挙手をして立ち上がった。

「君は……確か、狐人族のノワールだったね?」

「は、はい。覚えて頂き光栄です。それで……あの、私達、狐人族は此処に置いて頂きたいというのが、皆の総意なのですが……」

彼女の答えに、少し驚いた。彼等の状況から察するに、そういったこともあるかも知れないとは思っていたけれど、こんなに早く総意が出るなんて思わなかったからだ。

「なるほど……それについては、もう少し詳しく教えてほしいね。悪いけど、代表の子を決めて執務室に来てくれるかな?」

「はい、わかりました」ノワールは返事をした後、ペコリと頭を下げた。

狐人族の皆が、すでに『此処にいたい』という意思を持ってくれているのはかなりありがたい。彼等には早急にお願いしたいことがあったからだ。

それにしても蓋を開けてみれば、鳥人族と狐人族は此処に残りたいという状況か。それならここでの話は一旦切り上げて、執務室で詳細を聞いた方がいいかもしれないな。

「じゃあ、話は以上になります。あと、さっきも言ったけど『鉢巻戦』が終わるまではここでの生活に慣れてもらうことを優先しているから、メイド達の言うことを聞きつつ、のんびりしてくれていて良いからね」

「は、はい。ありがとうございます」

鳥人族と狐人族の皆は恐る恐るそう言って頷いた。彼等は皆様々な表情を浮かべているが、ホッとして安堵しているような印象が強い。その時、アリアがこちらに駆け寄ってきた。

「お兄ちゃん、後で私も執務室に行っていい？　昨日、少し話していたことを教えてあげたいの」

「昨日の……？」

アリアに言われて、昨日のことを思い出してハッとした。そうだ、確か鳥人族のことに加えて何やら『音の秘密』も教えてくれると言っていた気がする。

「わかった。なら、狐人族の子達との話が終わったら聞かせてもらっても良いかな？」

「うん。じゃあ、お兄ちゃん、また後でね」

その後、アリアとノワール達はメイド達に連れられて会議室を後にする。その様子を見届けた後、僕達は執務室に向かった。

◇

「ふぅ、これで全部族の子達に説明は終わったね。後は『鉢巻戦』に向けての会場準備もしないとね」

「会場準備……ですか？　それは、今から業者に頼んでも時間的に厳しいかと存じますが……」

会議室から執務室に戻って間もなく、椅子に座りながら呟いた言葉に答えてくれたのはカペラだ。

彼の言う通り普通に業者に頼んでもまず不可能だろう。でも、僕には『魔法』がある。

炭窯《すみがま》を造る時に使用した土の属性魔法を応用すれば、簡単な会場ぐらいの準備はすぐにできると思うんだよね。そう思いながら、意味深長に口元を緩めた。

「ふふ、そうだね。業者に頼んだら無理だろうね」

「また何かお考えのようですが、あまり無茶をするとまた皆様に叱られますよ？」

「そんな無茶はしないさ。でも、『見せる』ことも時には重要だと思うんだよね」

カペラと話していると、ディアナが紅茶をすっと机の上に置いてくれた。お礼を言おうと彼女に視線を移すが、何やらとても冷たい視線を感じて思わずたじろいだ。

「あ、あれ、何か怒ってる？」

「当然です。何故、私をアリア達の『姉』になる存在だとお伝えになったのですか？」

「あはは……ごめん。説明するね……」

その後、昨日行ったアリアとのやり取り。その他、アリア達姉妹の可能性と考えていることをディアナに伝えた。

最初に出会った時、それから医務室での様子から察するに、彼女達は異常なまでに『酷い仕打ち』や『必要とされない』ということに怯えている。そんなアリア達に必要なのは、心に寄り添う『家族』のような存在だろう。

他の子供達にも言えることかも知れない。だけど、アリア達から感じるその傾向はかなり強いと感じた。勿論、彼女達には可能な限り寄り添うつもりだけど、僕一人だけじゃ限界もある。

そこで、ディアナを巻き込んだわけなんだけど……あの時、アリアの気配を察知して勢いでやってしまった部分もあるから、少し急すぎたことは否めない。

「……というわけなんだ。勿論、唐突な紹介になったことはごめんね。でも、アリア達にはディアナみたいな芯の強い人が必要だと思うんだ。勿論、僕も彼女達に可能な限り、寄り添うから協力してほしい」

ディアナは説明が終わると、呆れ顔でため息を吐いた。

「……畏まりました。流石の私でも困惑いたしますので次からは、事前に教えて頂ければ幸いでございます」

「うん、ごめんね。あと、今は彼女達のことを考えて、僕のことは好きに呼ばせてあげてね」

アリアは、僕のことを『お兄ちゃん』と呼んで慕ってくれている。いずれは、指摘しないといけないんだろうけど、今は彼女達の心を落ち着かせることを第一に考えてあげたい。しかし、ディアナは眉間に皺を寄せた。

「リッド様の優しさとお気持ちはわかります。しかし、大変僭越ながら彼女達には過ぎた甘えとなりましょう。それに、公の場においては他の者の手前、如何かと存じます。せめて、アリア達とリッド様だけの場でのみにするべきでしょう。それに……自身の立場が明確になることで強くなれることもございます」

彼女からの指摘に思案顔を浮かべて「ふむ……」と唸った。他のみんなや立場を考えれば、公の場においてアリア達から『お兄ちゃん』と呼ばれるのは体面上あまり良くないと言える。そう考えると、控えてもらう必要があるのは確かだ。それならディアナの言う通り、最初から仲間内だけの場においてのみ許容するべきだろう。

「わかった。じゃあ、アリア達にもそのことは来てもらった時に伝えよう」

「承知しました。立場を超え、差し出がましいことを申しましたことをお許しください」

ペコリと一礼する彼女に頭を上げてもらうと、軽く首を横に振った。

「そんなに気にしないで大丈夫だよ。ディアナにはいつも助けられているから、本当にありがとう」

「とんでもないことでございます。お役に立てれば光栄です」

ディアナとの会話が終わると、カペラが興味深げに尋ねてきた。

「リッド様、ディアナ様にも話されていた『彼女達の可能性』については以前からお考えになっていたのですか？　もし、実現出来れば素晴らしいお考えと思いますが……少々、末恐ろしくもあります」

「まぁ、そうだね。鳥人族の子達がどれぐらい来るかはわからなかったから、皆には言ってなかったし。アリア達が頑張ってくれればきっとうまくいくと思うんだ。改めてディアナも彼女達を支えてあげてほしい」

アリア達の可能性、それは『制空権』を得られることに他ならない。つまり、彼女達が自由に大空を羽ばたけるようになることは、ルディア領の発展にも繋がっているということだ。カペラの質問に答えてから、ディアナに期待の眼差しを向けた。すると、彼女は不敵に笑う。

「はい、リッド様のお考えの素晴らしさはすでに把握しております。必ず、バルディアに仇なす者に裁きの鉄槌を与える……さしずめ『天空の守護者』という存在に育て、鍛えあげて見せましょう」

「い、いや、別にそこまでは求めてないよ……そもそも、彼女達の力も未知数だしさ。まぁ、『鉢巻戦』でその点は確かめたい部分ではあるけどね」

実は『鉢巻戦』をわざわざ開催する理由の一つに、各獣人の子供達の力を見定める意味がある。そのため、今回開催をしなかったとしてもいずれは『鉢巻戦』をする予定ではあったのだ。挑発してきた『オヴェリア』にも何か意図はあったと思うけどね。

何にしても予定の前倒しができて、一部の獣人の子が『忠誠を誓う』というのであればオイしい話でもあったわけだ。するとその時、執務室のドアがノックされる。

「リッド様、狐人族を代表してノワールとラガードの二名がご面会を希望しております。如何いたしましょう」そう言ったのはメイドのニーナだ。

「わかった。二人を通して」

狐人族のノワールは何度か会っているけど、ラガードは知らない名前だ。さて、代表者としてどんな子が来たのかな？　そう思っていると、程なくしてニーナの声が再び聞こえた。

「リッド様、狐人族のノワールとラガードをお連れしました。よろしいでしょうか」

「うん、どうぞ」

返事をすると、執務室のドアが開かれておずおずと狐人族の少女と少年が入室する。少女がノワール、少年がラガードだろう。メイドのニーナは、執務室には入らずにドアの前で丁寧に一礼するとドアを閉める。二人は、僕、ディアナ、カペラの三人からの視線で少しばかり緊張しているようだ。そんな二人の緊張を解くように、ニコリと微笑みかける。

「二人共、いらっしゃい。さて、そちらのソファーにどうぞ」

「は、はい……」

狐人族の二人は促されるままにソファーに腰を下ろした。しかし、あまり座り慣れていないらしく、おっかなびっくりしている。何より微笑ましいのは、尻尾をお尻に敷かないように気を付けている点だろう。彼らが腰を下ろしたことを確認すると、机を挟んで正面のソファーに腰かけ視線をゆっくり二人に向けた。

「さて、ノワール。君は何度か会っているけど、ラガードはこうして直接話すのは初めてだよね」

「お、俺はノワールが心配で……付き添いで来ました」

心配という言葉に小首を傾げるが、彼の目には強い敵意を感じる。はて、何か彼にしただろうか？

不思議に思っていると、ラガードの背後に気配を殺して影が静かに忍び寄る。そして、彼の喉元に手を添えながら耳元で警告した。

ないのですか？」

「冗談でも、我が主にそのような敵意を向けるべきではありませんね。あなたは立場がわかってい

「な……か、体が……!?」

ラガードはカペラの声に驚き、振り返ろうとするが体がうまく動かないようだ。おそらく、闇の属性魔法か何かだろう。どうやら彼はこの場で邪魔になる存在だと思われてしまったらしい。

まぁ、そんなあからさまに敵意を剥き出しにするとそうなるよね。ノワールは一瞬の出来事に驚きの表情を浮かべた。

「も、申し訳ありません！　ラガードは決して、リッド様や皆様に敵対しようなんて思っておりません。私も付いて来なくていいと言ったんですが、どうしてもと聞かなかったもので、お許し下さい」彼女が慌てて頭を下げようとしたから、ニコリと笑いかけて制止する。

「気にしないで大丈夫だよ。それよりも、ラガード……僕は君に何かしたかな？　特に覚えはないんだけれど、何かあるなら聞かせてほしいな」

「お、お前達は、ノワールをどうするつもりなんだ!?　何かしたら、ゆ、許さない……!!」

ラガードはこちらを力の限り睨みつけている。背後にカペラがいるというのに、中々に胆力があるようだ。それにしても、どうするも何もないんだけどなぁ。『やれやれ』と首を横に振った。

「どうするも、こうするも……何もしないよ。君達に会議室で話したことがすべてさ。だから、彼女の話を聞くために、君達をここに入れたんでしょ？」

「ほ、本当に何もしないのか……？」

「はぁ……そもそも、こうして君が僕と話せていることが何もしない証拠でしょ。僕が本気なら、君の口はもう永遠に閉ざされているんだよ？」

呆れ顔で諭すように告げると、彼はハッとして悔しそうな表情を浮かべる。そう、カペラが本気ならすでに彼はこの世にいない。一連のやり取りを隣で見ていた、ノワールは沈痛な様子で呟いた。

「本当に申し訳ありません。ラガードは、故郷に居た時から私を守ってくれていたんです。本当に、悪気はないんです。どうか、お許しください」

彼女はそう言うと頭を下げるが、今度はあえて止めない。ラガードは相変わらず悔しそうに手を拳にしているが、ディアナが冷たく指摘する。

「ラガードでしたか……貴方の為に、ノワールは頭を下げているのですよ。それなのに、貴方はまだ自身が行った非礼に気付かないのですか？」

「グッ……!?　も、申し訳ありませんでした。非礼をお許しください」

言葉の意味をすぐに理解したらしい彼は、悔しそうに頭を下げる。ラガードなりに、ノワールを守ろうと必死なのだろう。でも、やり方が良くない。この場の力関係を考えれば、悪手でしかない。程なくして、二人に顔を上げてもらう。そして、諭すようにラガードに厳しく告げた。

「ラガード、君の言わんとしていること、心配はもっともだと思う。でも、相手の立場や場所、状況を考えないと大変なことになる。気を付けないと彼女を守るどころか、危うくすることだってあるんだよ？　そのことを今後はもう少し考えた方がいいね」

「う……わかりました。気を付け……ます」

すんなり受け止めているわけではなさそうだけど、今はこれで良いだろう。カペラに目で合図すると、彼は頷きスッとラガードの背後から一歩後ずさった。

背後から相当の殺意か何かを浴びていたのか、カペラが離れるとラガードの強張った表情が少し解け、空気を貪るように息をし始めた。そんな彼の様子を一瞥した後、ノワールに向けて口火を切った。

「さて、ノワール。さっき会議室で話していた狐人族の『総意』について聞かせてもらえるかい？」

「はい……承知しました。あの、その前に失礼ですが、リッド様は狐人族が治める領地の状況について何か聞き及んでおりますでしょうか？」

彼女の問いかけで、「ふむ……」と今まで聞いた情報を思い出してみる。しかし、わかっているのは狐人族の子供達が一番多く奴隷として売りに出されていたこと。そして、販売の元締め的なことをしていたということぐらいだ。

「いや、正直、あんまり知らないね。でも、その『領地の状況』が君達の総意に関わっているんだね？」そう訊ねると、ノワールは表情が暗くなった。

「はい……仰る通りです。今の狐人族は貧富の差が激しくて、首都の『フォルネウ』に暮らす者以外は生きるだけで精一杯の状況なんです。だから、私達は口減らしで売られました。それに、もし……国に戻っても恐らく帰れる場所はなく、悲惨な未来しかありません」

「……そうか。それで、皆は此処に置いてほしいという意見が総意となったんだね？」

ノワールが黙って頷くと、ラガードも悔しそうに俯いた。やはり総意とは言え、内心では彼等にも色々な思いはありそうだ。程なくしてノワールが顔を上げた。

「それで……『鉢巻戦』について私達は如何《どう》すれば良いでしょうか？　もし、今後のことやリッド様の非礼に繋がるのであれば、狐人族は辞退しようとも考えております」

「え、そうなの？　でも、それは逆に困るかな。実は、『鉢巻戦』は君達の力が見たいという僕の思いもあるからさ。良ければ、今後のことや非礼とかを考えずに参加してほしいな。それに、ラガード。君は僕に思うところがあるんだろ？　なら、その時に挑戦してくれればいいよ」

そう言って挑発的な視線をラガードに向けると、彼は恐る恐る呟いた。

「……あとで、非礼だとか言わないよな」

「勿論、そんなことは言わないさ。それに、僕の鉢巻を獲れれば可能な限り要望を叶えるというのも本当だからね」

「わかった。俺は、『鉢巻戦』であんたに挑戦させてもらう」

彼の言葉が執務室に響くと、ディアナは呆れ顔を浮かべてため息を吐いた。カペラは相変わらずの無表情だ。

ノワールは少し心配そうにラガードを見つめているが、彼女も意を決したようにこちらに視線を移した。

「畏まりました。狐人族のお力を示すことがリッド様のご希望であれば、可能な限り皆で参加できるようにいたします」

「うん、お願い。あ、でも、体調が悪い子は無理しないでいいからね」

「はい、皆にもそう伝えます」

「よろしくね。それと、君達には今後バルディア領において『製作』や『製炭』作業をお願いしたいんだ。その関係で、君達には改めて紹介したい人がいるからそのことも皆に伝えておいてほしい」

「わ、わかりました。説明しておきます」

その後、ノワールとラガードは執務室を後にする。二人が部屋を出ていく時、ディアナがラガードの背中をジッと見ていたことに気付いた。

「……ディアナ、どうしたの？」

「あの、ラガードという少年には少しやり過ぎたかもしれません。彼がリッド様に抱いていた敵意は、少し意味が違っていたようです」

彼女の呟きにカペラも頷いた。

「確かに、あれは恋する男の子でございました。何にせよ、リッド様に敵意を向けたのは事実ですから、やり過ぎたということはないでしょう。彼にとっては良い経験です。それに、私の殺意を浴びながらも、必死に彼女を守ろうとした意思は見込みがありますよ」

「あ……そういうことね」

身に覚えのない敵意をラガードに向けられた理由に合点がいった。しかし、それだと彼は『鉢巻戦』において『恋敵』として僕を狙ってくるということだろうか。まぁ、それならそれで面白そうだし、わざわざ訂正しなくても良いか……と思うのであった。

『鉢巻戦』会場設営

狐人族の二人との話が終わった後、僕はディアナと一緒に宿舎の敷地横の空き地に訪れていた。鳥人族のアリア達がすぐ来ると思ったが、マナー講習が始まったそうなので先に『鉢巻戦』の舞台と会場を作ろうというわけだ。なお、カペラは執務室で待機をしてもらっている。

「さて、この辺で良いかな」

「何をされるおつもりでしょうか？　あまり無茶をされると、また騒ぎになります」

「大丈夫、大丈夫。まぁ、見ていてよ……」

そう言ってその場にしゃがみ、両手を合わせて魔力を圧縮して、ある程度の魔法核とイメージを練り上げてから、両手を地面に付ける。そして、（大地想見）と心の中で魔法を詠唱した。すると、大地に魔力が吸い込まれていく感覚に襲われる。同時に、地面が轟音を立てながらうねり、うごめき始めた。まさに大地が生きているようである。

「な、な……」ディアナから何やら驚きとたじろいでいる様子の声が聞こえるが、魔法に集中しているから彼女の表情は窺えない。

轟音はやがて収まり、僕とディアナの目の前には円形状の大きな武舞台が出来上がる。また、武舞台の周辺には少し高いところから全体が見渡せるように観覧席や観客席も用意した。そして、円形武舞台の端には空堀を造っており、東西南北に橋が架かっている。

「よし、後は空堀に水を入れないとね」

再度、両手を合わせて魔法を圧縮して、手の中に魔法核を作り出してから心の中で魔法を（水槍・放流）と詠唱する。それと同時に、大量の水が魔力で生成されて轟音と共に空堀に水が溜まっていき、あっという間に空堀は『水堀』となった。

『鉢巻戦』とはいえ、逃げ回るばかりの結果ではつまらない。水に落ちたら場外というルールもあった方が面白いだろう。地面に落ちたりすると危ないから、水が緩衝材になるはずだ。騎士達に端に待機してもらい、水堀に落ちた子はすぐに拾い上げるようにお願いしておけば良いだろう。

「ふぅ……思ったより、魔力を消費したけどこんなものかな。どう、ディアナ？　結構いい感じの武舞台でしょ」

目を細めながら白い歯を見せ、遊び半分にドヤ顔をディアナに披露する。しかし、彼女は額に手を添えて俯き首を横に振った。

「はぁ……これは、確かに素晴らしいですが……また、怒られますよ」

「え……そ、そうかな？　で、でも、バルディア領で魔法を習った子達は、これぐらいは使いこなせるようになる予定だからさ。それも彼らのやる気に繋がると思うんだよね」

魔法は正しい修練を行い、ちゃんとした教育を受ければ誰でもこの程度は使用できる可能性は十分にある。でも、肝心の教育機関はまだ存在していないから、今回の試みはその先駆けであり、試金石と言って良いだろう。しかし、ディアナの顔は晴れなかった。

◇

その後、魔法で造った武舞台、観客席の細かい部分をディアナと一緒に確認しつつ仕上げをしていた。現状はあくまで魔法で大雑把に造ったに過ぎない。あちこち見て回ると結構、デコボコがあったりするから確認が必要というわけだ。後で念のため騎士の皆にも再確認してもらえば問題ないだろう。やがて一通りの確認が終わると、背伸びをしながら両腕を空に向かって伸ばした。

「うーん……これで、ほぼ完成かな」

「お疲れ様でございます。しかし、これだけの舞台をこんな短い時間でお造りになるとは、リッド様の魔法はやはり素晴らしいと存じます」

「あはは、ありがとう。でも、魔法は誰でも使えるから素晴らしくて珍しいのは『今だけ』だよ」

僕だけが魔法を扱えても、領地を発展させることはできない。人が一人でやれることには限界があるし、魔力だって無尽蔵ではないからだ。それに領主の長子である僕が、雑用であちこち行くわけにもいかない。僕には、僕のすべきこともある。

だから信頼できる子達を育てようと思ったわけだ。その時、ふとディアナに提案したあることを思い出した。

「あ、そうだ。ずっと言おうと思っていたんだけどさ。今回の件が落ち着いたら、ディアナも一緒に僕と魔法を勉強してみない？」

「私も……ですか？」彼女はきょとんと不思議そうに呟いた。

「うん。これから獣人族の子供達が魔法をどんどん使えるようになると思うからね。ディアナも魔法を使う幅は広げておくべきだと思うんだ」

ディアナと行う訓練の中で感じていたことがある。それは、彼女は魔法がうまく使えればもっと強くなれるということだ。中々に忙しくて伝える機会が無かったけど、良い機会だから子供達に魔法を教える時に彼女にも基礎を学んでもらおう。ディアナならすぐにコツを呑み込んでくれるはずだ。彼女は思案顔で俯くが間もなく顔を上げ、ゆっくり頷いた。

「そう……ですね。魔法はあまり得意ではありませんが、リッド様の従者としては、再度学ぶべきかもしれません」

「うん、決まりだね。『鉢巻戦』が終わってから一緒に勉強しよう。ちなみに、ディアナって属性素質は何をもっているんだっけ？」

「私ですか？　把握しているのは『火』だけですね。後は使えた記憶はありません」

「なるほど。じゃあ、まずはそこから調べてみないとね……ふふ、楽しみだね」

あくまで予想だけど、属性素質が一つということはあまり無いと思う。気付いていないだけで、火の属性素質以外も彼女は何か持っているはずだ。それを理解して使いこなせば、彼女はさらなる高みを目指すことができるだろう。

ちなみに、後からディアナに教えてもらったけれど、この時の僕は不気味な笑みを浮かべて怪しかったそうだ。

鳥人族の姉妹

会場設営が終わる頃、現場にメイドのニーナがやってきたけれど、彼女は突然現れた会場に「なにこれ……」と驚愕し茫然と立ち尽くしていた。

「ニーナ。どうかした？」話しかけると彼女はハッとして、アリア達が執務室にやってきたことを報告してくれた。

「あの……ところでこの施設はリッド様がお造りになったのでしょうか？」

「え、うん。まぁ、魔法で急ごしらえで造ったから見栄えはあんまりよくないけどね。それじゃあ、執務室に戻ろうか」

作業も一段落していたので、そのまま宿舎の執務室に向かった。しかしその道中において、何故かニーナから羨望のような眼差しを受けているのを背後に感じて終始少し落ち着かなかったのは胸に秘めておこう。

◇

「ごめんね。お待たせ」

執務室に入ると、アリアによく似た少女が二人いて、仲良さげに三人でソファーに並んで座っている。なお、アリアは座ったままこちらに振り向くと頬を膨らませた。

「ぶぅ～。お兄ちゃんとお姉ちゃん、来るのおっそ～い」

「アリア姉さん、その言い方は失礼だよ」

「……うん。失礼」

しかし、そんなアリアを諫めたのは彼女より少し落ち着いた雰囲気をしている妹達だ。二人に諫められたアリアは愕然としている。

「えぇ～、裏切りものだぁ……」

彼女達の横に佇むカペラは、その様子を無表情で見つめている。いや、興味深そうに見ている気がしないでもない。執務室に一緒に戻って来たディアナは、彼女達のやり取りに小さくため息を吐いている。アリア達とカペラやディアナの温度差に、思わず苦笑しながら彼女達に歩み寄る。

「ふふ、遅くなってごめんね。『鉢巻戦』の会場を設営していてね。良ければ、君達二人の名前を教えてもらってもいいかな？」

彼女達の机を挟んで正面にあるソファーに腰を下ろすと優しく問いかけた。すると、二人の少女がその場に立ち上がる。

「私は、アリア姉さんから数えて十二女のシリアです」

「……私は、アリア姉から数えて四女のエリア……です」

わかっていたことだけど、改めて姉妹であることに少し驚いた。しかし、アリア、エリア、シリアか。何か名前に意味があるのだろうか。

「シリアとエリアだね、名前を教えてくれてありがとう。どうぞ、座って。でも、お姉さんのアリアと名前が良く似ているけど、ひょっとして何か意味があったりするのかな？」

しかし、質問は答えづらいものだったらしく、二人は腰を下ろした後に顔を見合わせるとバツの悪そうな面持ちを浮かべる。

「それは……」

「……アリア姉、言っていい……の？」

シリアは俯いて口を閉ざすが、エリアは姉であるアリアに視線を移す。アリアは優し気に微笑むとゆっくり頷いた。

「うん……お兄ちゃんとお姉ちゃんは優しいから大丈夫」

アリアはそう言って二人に力強い眼差しを送る。そして、彼女はこちらに振り向き呟いた。

「お兄ちゃん、私達は故郷で『リア姉妹』って呼ばれていたの」

「リア姉妹……か。わかった。少し話が長くなりそうだね。ディアナ、紅茶をお願い。それから、彼女達にお菓子を用意してあげて」

「承知しました」ディアナは会釈すると紅茶の準備に取り掛かる。

アリア達は『お菓子』という言葉に目を輝かせ、先程の緊張した面持ちは一瞬で緩んでいた。彼女達の様子に微笑むと、カペラに視線を移す。

「それから、カペラ。ビジーカとサンドラのどちらかを呼んできてほしい」

「畏まりました。サンドラ様は、お屋敷に居るかと存じますのでビジーカ様を呼んで参ります」

「わかった、お願いね」そう答えると、彼は会釈して執務室を後にする。

ビジーカを呼んだのは、『リア姉妹』という言葉から、『強化血統』に関わる話だと感じたからだ。もし、そうなら今後における彼女達の体調管理に繋がる有力な情報となるだろう。しかし何故、彼女達は三人で執務室にやってきたのだろうか。

「それにしても、今日はアリアだけで来るのかなと思っていたんだ。エリアとシリアの二人は、どうして来てくれたんだい？」

エリアとシリアはきょとんとするが、すぐに姉であるアリアにジトッとした眼差しを送る。その視線に、アリアは何やらたじろいだ。

「な、なに？　二人してお姉ちゃんにそんな目を向けて……」

「アリア姉さんは、時折暴走しますから」

「……うん、暴走する」

妹二人の言葉にアリアは顔を真っ赤にして「二人してひどい!!」と怒りだした。その様子はとても微笑ましい。でも、初めてアリアと出会った時は確かに『暴走』していたな。

「あはは、つまり、お姉さんのことが心配だったんだね。君の妹達は、お姉さんであるアリアのことを大切に思ってくれているんだよ」

「え!?　あ、うん……そ、そうだね。えへへ」

彼女はハッとすると、嬉しそうに照れ笑いを浮かべた。エリアとシリアの二人も気恥ずかしそうに頬を掻いている。その時、ディアナが丁寧に声を発した。

「リッド様、紅茶とお菓子をお持ちいたしました」

「うん。ディアナ、ありがとう」

彼女は慣れた手つきで僕に紅茶、アリア達にお菓子を差し出した。ちなみにお菓子は『クッキー』だ。目の前に置かれたお菓子に彼女達は目を輝かせている。しかし、そんなアリア達にディアナが声をかけた。

「貴女達、『マナー』を学んだのでしょう。丁寧に食べないと、お菓子は取り上げます。リッド様、よろしいでしょうか?」ディアナは丁寧にそう言い放つ。まぁ、こういう場においてのマナーは大切ではあるよね。苦笑しながら頷いた。

「あはは……まぁ、お菓子でもこういう部屋では、綺麗に食べないとダメだからね。これも経験かな」

「ありがとうございます。差し出がましいことを言いまして申し訳ありません。さ、貴女達も良いですね」

彼女は会釈した後、鋭い眼差しをアリア達に向ける。しかし、当の彼女達は『お菓子』を前に、思いがけない試練を迎えて「えぇぇぇ!?」と悲鳴を上げるのであった。

◇

ディアナが紅茶を淹れてから程なくして、執務室のドアがノックされる。

「リッド様、ビジーカ様をお連れいたしました」

「ありがとう、カペラ。二人共、どうぞ入って」

「失礼します」

カペラの返事と共に、ドアが開かれカペラとビジーカが入室する。すると、ビジーカがアリア達がしおらしくクッキーを食べている様子に気付き目を丸くした。

「これは、驚きましたな。彼女達がこうも大人しくなるとは……」

「はは……お菓子とディアナの力だね」

ビジーカとの会話を聞き、アリア達は少し怨めしそうな眼差しをこちらに向ける。しかし、ディアナが一瞥すると彼女達はハッとして姿勢を正し、丁寧にクッキーを食べ続けた。そんな様子に苦笑しながら、アリアに視線を移す。

「さて、アリア。お菓子に夢中なところ悪いけど、人も揃ったからさっきの話を聞かせてくれるかな？」

「……うん、わかった」

アリアは手にしていたクッキーを食べ終えると、少しずつ思い出すように語り始めた。正直、彼女の説明はわかりにくい部分に加え要領を得ない点も多く、途中でエリアやシリアが補足することもあった。それでも彼女達から出た情報をまとめると全体が見えてくる。

彼女達姉妹は鳥人族の部族長の血筋ではあるが『分家』というような立場にあるらしい。姓は『パドグリー』というらしいが、アリア達は名乗ることを許されていないようだ。彼女達の母親はそれぞれに違うが、父親は同じの異母姉妹であるため一括りに『リア姉妹』と呼ばれていたらしい。

そして、様々な厳しい訓練を行い、身体的に問題がないかの確認。加えて才能や属性素質などを徹底的に調べられ、管理されていたようだ。やがて、同時期に生まれた姉妹の中から一番強い子供を選別する。その過程で選ばれたのがアリアの双子の妹で『イリア』ということらしい。

だが、選ばれなかった子達は『失敗作』や『期待外れ』と呼ばれるようになり、それ以降の生活は厳しい状況になったという。アリア達は哀しげに淡々と説明を続けた。

「あと……よくわかんないけど、私達姉妹は大きくなっても『量産』には向かないんだって……だから、『イリア』以外の『失敗作』はいらないって言っていた……」

その言葉を聞いた瞬間、彼女達を管理していたという輩に、嫌悪感とそれ以上の憤りを覚える。でも、表には出さずアリアに優しく声を掛けた。

「そっか、辛かったね。でも、僕は皆と出会えてとても嬉しいよ。此処に来てくれてありがとう」

「うん……ありがとう、お兄ちゃん」そう言って頷くと、彼女達の表情が少し明るくなる。

しかし、アリア達の説明で少し気になる点があり丁寧に問い掛けた。

「アリア、辛いかもしれないけど、その……選別されたっていう君の妹の『イリア』はどうなったの？　ここにはいなかったみたいだけど」

「妹は……イリアは鳥人族の領地に残っているよ。『失敗作』の姉妹である私達が目障りだって、国外に売るように言ったのも……あの子だから……」

アリアは沈痛な面持ちで俯くが、すぐに目に涙を浮かべながら顔を上げる。

「でも……でも、本当は違うの……！　私達はいらない子だからこのままだと『処分』されちゃうって、イリアが言ってた。だけど、イリアが何とかするからって、大丈夫って泣いてたの。それから、会えなかったけど……でもこうしてお兄ちゃんとお姉ちゃんに会えたから、きっと……きっと……」

彼女は途中から言葉を紡げず、両手で顔を隠して嗚咽を漏らし始める。そんなアリアの言葉に、エリアとシリアが驚いた様子で俯いた。

「それは……知りませんでした……」

「……私も、知らなかった」

そんな中、アリアは目元に次々浮かぶ涙を手や腕で拭っている。その必死な姿にいたたまれなくなり優しく囁いた。

「……アリア、立ってこっちにきてごらん」

「うん……」彼女がよろよろと近寄って来ると、僕はその場で立ち上がった。そして、メルをあやすようにアリアを優しく抱きしめて頭をポンポンと撫でる。

「辛い事を思い出させて、ごめんね。でも、もう大丈夫。僕が君達を守るからね。それに、アリアはすごいよ。妹達を今まで必死に守っていたんだよね」

「お兄ちゃん……うう……うぁあああああ」

その後、彼女は僕の胸の中で小さな体を震わせながら、大声を出してしばらく泣いていた。

◇

アリアが落ち着いてくると、ビジーカから彼女達に故郷での暮らしや食生活、些細なことでも、覚えていることを教えてほしい、としばらく質疑応答のようなやり取りが続いた。ビジーカは粗方聞き終えると「なるほど……」とこちらに意味深長な眼差しを向ける。

「リッド様、少しあちらによろしいですかな」

「うん、いいよ」と了承すると、ビジーカはアリア達に声が聞こえないよう部屋の隅に足早に移動する。そこに移動しようと立ち上がると、ディアナに声を掛けられた。

「リッド様……大変、僭越ながら私も一緒にお話をお聞きしてもよろしいでしょうか？　その……アリア達の『姉』になる以上、知っておきたいのです」

「勿論だよ、ありがとう」

それから間もなく、ディアナと一緒にビジーカのいる部屋の隅に移動した。なお、アリア達はカペラが持ってきた『お菓子』のお代わりを先程された忠告を守り、しおらしく食べている。

そして、ディアナと一緒にビジーカの傍に歩み寄ると、彼は険しい表情で重々しく口火を切った。

「リッド様、アリア達は当初の予想通り間違いなく『強化血統』の血筋ですな。彼女達が大きくなっても『量産』に適さないというのは、血をこれ以上は濃くできないという意味でしょう。帝国の歴史においても皇族の血が濃くなり過ぎた結果、病に弱く早々に亡くなった皇子の記録があります故、それと同じでしょうな」

「そっか……ちなみに虚弱体質は……その、彼女達の寿命とかにも影響はあるのかな……？」

『強化血統』や『虚弱体質』なんていうのは、いくら前世の記憶があってもどうにもできない部分だ。強いて言うなら、アリア達を支援しながら見守ることぐらいだろう。ビジーカは、難しい面持ちのまま小さく首を横に振った。

「それは、正直わかりません。しかし診察した時、他の子と極端に変わったようなところはありませんでした。『量産』に適さないというのも、『強化血統』の中でと考えるべきでしょう。経過を見ていく必要はありますが、今すぐ生き死にに関わるようなことはないと存じます」

「わかった。なら、アリア達には他の子と同様に接して、問題が起きれば対応する。という感じで良いのかな？」

問い掛けに対して、ビジーカはコクリと頷いた。

「はい、今はそれで良いと思います。ですが、いずれ『強化血統』については彼女達のためにも、もう少し詳しく調べたいことではありますな」

「そう言ってくれると嬉しいよ。ありがとう、ビジーカ」

お礼を言うと、彼はその場で丁寧に会釈する。そして、ビジーカはお菓子を食べているアリア達に近寄ると優しく声をかけた。

「色々聞いて、すまんかったな。私は失礼するが、体調が悪くなったらすぐに医務室に来るか、誰かに言うんだぞ」

「はーい」

「わかりました」

「……わかった」

アリア達はビジーカにそれぞれ返事をするが、お菓子に夢中である。彼はその様子に楽し気に

「ふっ」と笑った。

「では、リッド様。私はこれにて失礼します。今回の内容はサンドラにも共有しておきますので、ご安心ください」

「うん、わかった。今日はありがとう」

「とんでもないことでございます。では、失礼します」

ビジーカは会釈をすると、そのまま退室する。彼が部屋を出ていくと、ディアナがホッと胸を撫で下ろした。

「あの子達が、普通の生活ができると聞いて安心しました。私も、彼女達が自分自身の身を守れるよう、『姉』としてしっかりと心身を鍛え上げてみせます」

「う、うん……？　お手柔らかにお願いね」

想像していた『姉』の方向性と少し違うような気がするけど、彼女が言うことも大切だろう……と、思うことにした。それからディアナと一緒に席に戻って、改めてアリア達を見つめる。

「さて、皆、色々と話を聞かせてくれてありがとう。それでね、アリア。ひとつお願いがあるんだけど……」

「ん……？　何、お兄ちゃん」

「その……『お兄ちゃん』は公の場で、僕を呼ぶ時には使わないように注意してほしいんだ」

「……？　でも、お兄ちゃんはお兄ちゃんでしょ？」

意図が伝わらず、アリアは不思議そうに小首を傾げている。

「あはは……そうなんだけどね。ちょっと説明するね」そう言って、アリアに僕の立場と呼び方についての問題点を丁寧に伝える。そして、何とか理解してもらった。だけど、アリアが頬を膨らませて怒ってしまい、宥めるのが大変だったのは言うまでもない。

ちなみに、アリアの怒りを収めるために大量の『お菓子』を用意して彼女達を買収したことは、他の子供達には内緒である。

あと、ディアナを『お姉ちゃん』と呼び慕うことに関しては、特に問題ないと伝えると彼女達はとても喜んでいた。その様子に、ディアナも満更でもなく、嬉し恥ずかしそうにしていたのは微笑ましい光景だった。

音の秘密

「さて、誰もいない場所って言われたから『鉢巻戦』の会場に来たけど……アリアは何を教えてくれるのかな?」

「えへへ、昨日お兄ちゃんに言ったでしょ?『音の秘密』だよ」

執務室でアリア達との『強化血統』についての話が終わると、僕とディアナに内緒で教えたいことがあるから誰も来ない広い場所に行きたい、とアリアから言われたのだ。宿舎内にある大会議室を提案するも、屋外が良いとのこと。考えた結果、先程の『鉢巻戦』の会場に舞い戻ったというわけだ。

そして、アリアの言う『音の秘密』に僕とディアナが顔を見合わせて首を傾げると、彼女達は楽しそうに笑った。その中で、アリアがニヤリと口元を緩める。

「ふふ。ところで、お兄ちゃんって『雷の属性素質』を持っているでしょ？」

「へぇ……凄いね。確かに持っているけれど、どうしてわかったんだい」

驚愕するも表情には出さないように答えた。他人の属性素質を感じることができるなんて聞いたことが無い。おそらく、サンドラ達も知らないのではないだろうか。すると、アリアは意味深長に話を続ける。

「言ったでしょ。『音の秘密』だよって。昨日お兄ちゃんは、私が出した魔法を感じたんだよ。こんな風にね」彼女がそう言うと同時に、『バチッ』という昨日と同じ音が聞こえた。いや、これは聞こえたというより『感じる』もしくは『感じた』という言い方が正しいかもしれない。

ディアナは、何も感じなかったようできょとんとしている。今度は驚きを隠せずアリアに尋ねた。

「驚いたな。今のは……雷の属性魔法の一種なのかい？」

「うん、私も詳しくはわかんないんだけど、この魔法は『雷の属性素質』がないと使えないの。でも、慣れると『人の気配』とか『気持ち』とか色んなことがわかるようになるんだよ。お兄ちゃんと初めて会った時、この魔法でとっても優しくて温かい気持ちを感じたの」

彼女の説明を聞いて、思わず目を丸くする。雷の魔法にそんな使い方があるなんて考えもしなかった。それに、アリアが魔法で『気持ち』を感じとっていたなんて驚きを隠せない。すると、アリア達は楽しそうに笑い始めた。

「あはは。お兄ちゃん、すっごく驚いているでしょ？　顔もだけど、心も驚いているのがわかるよ」

「そうですね。お二人共、驚いているのを感じます」

「……うん、感じる」

アリアの言葉に、シリアとエリアも頷いている。つまり、彼女達も雷の属性素質を持ち、アリアと同様の魔法が使えるということだ。目の前で見せてもらった魔法に呆気に取られていたけれど、ハッとして咳払いをした。

「皆、『音の秘密』を教えてくれてありがとう。でも、どうして教えてくれたんだい。僕達に教えない方が色々便利だったかもしれないよ」

しかし、アリア達は首を横に振って微笑んだ。

「違うよ、お兄ちゃん。この魔法はね、実はすっごく難しいの。だから、教えても私達以外は誰も真似できないんだ」

すると、シリアとエリアが頷きながら言葉を続ける。

「アリア姉さんの言う通りです。それに、私達も使えますけど、感じる力は個人差があります。私達の姉妹の中では、アリア姉さんとイリア姉さんが群を抜いて上手でした」

「……うん、一番うまかったのがイリア姉」

「なるほど……ね」と呟き、考え込むようにその場で俯いた。おそらく、アリア達が扱っている『雷の属性魔法』は鳥人族、もしくは、彼女達がいた『パドグリー家』における秘匿魔法の一種だろう。

実はビジーカやサンドラ達の話だと、アリア達の状態から察するにバルディア領に来られなければ亡くなっていた可能性は非常に高かったらしい。それほど、弱っている状態で奴隷としてバルストに出したということは、彼女達が死ぬことが前提だったはずだ。

つまり、彼女達が見せてくれている今の魔法は『鳥人族』もしくは『パドグリー家』からしたら、とんでもない情報漏洩になるのではないだろうか？　考え込んでいると、何やら名前を呼ばれていることに気付いてハッとする。

「え……あ、ごめん。呼んだかな？」

「もう……さっきからずっと『お兄ちゃん』って呼んでたよ。折角、この魔法を教えてあげようと思っていたのにさ。私達の魔法に興味なかった？」

アリアは拗ねたように頬を膨らませて口を尖らせた。

「いやいや、そんなことないよ。アリア達の魔法を是非、教えてほしいな。お願いしても良い？」

「本当？　ふふ、いいよ。それに……お兄ちゃんは私の音を聞いたから絶対にできると思うんだ」

嬉しそうに微笑むと彼女はその視線をディアナに向けた。

「お姉ちゃんはどうする？　難しいけど、やってみる？」

「……私ですか？　私は……残念ながら雷の属性素質を持っておりませんから、お気持ちだけ受け取ります」

しかし、彼女の答えを聞いた三人は顔を見合わせると勢いよく首を横に振った。

「うそ⁉　お姉ちゃん、雷の属性素質を持っているって気付いてないの？」

「この感覚は、間違いなくお持ちだと思います」

「……うん、他の属性素質はわかんないけど、雷の属性素質は絶対あると思う」

彼女達は目を輝かせながら、ディアナに近寄っていく。さすがの彼女もいきなりのことで驚きを隠せず、たじろいでいるようだ。

「あはは、折角だからディアナもやってみようよ。この間、魔法を勉強するって話したじゃない。それに、アリア達がここまで言うんだからさ、やってみる価値はあると思うよ」

「リッド様がそう仰るのでしたら……」

こうして、僕とディアナはアリア達から魔法を教えてもらうことになる。だが正直なところ、アリアの教え方はあまりに抽象的に過ぎて理解不能だった。

おかげで会得は絶望的だと一時は諦めかけたが、エリアとシリアが説明に加わってくれたことで何となく理解できるところまで進んだ。

二人が教えてくれたコツとしては、微弱な電気を全身に纏いつつ、耳の奥に魔力を集中させる感覚が必要らしい。ちなみに、アリアの説明は「ここをキーンとして、体でビビッと感じるんだよ」という天才肌な教え方だった。

三人に言われたことを集中してしばらく行うと、今までにない感覚に突如襲われた。そして、突然バチッという音が頭の中で響いて、温かさやイラッとする気持ちを感じる。さらに、驚いたことに周りにいる人の気配をとても強く感じ始めたのだ。

「……これが、アリア達の使っている魔法なのかな？」

「うわぁ⁉　お兄ちゃん、やっぱりすごいね！　その感覚を忘れちゃダメだよ。その感覚にどんどん慣れていくと、すぐに色んなことがわかるようになるんだ」

「へぇ……なるほどね」

アリアは驚嘆した様子で喜んでくれている。ふと目をやると、ディアナは大分苦戦しているようだ。僕は彼女に感覚を掴み始めたことを話し、そこに至るまでのイメージを可能な限り具体的に伝えた。ディアナは半信半疑だったが、「さすが、リッド様ですね。私もやるだけ、やってみます」と続けた。

◇

ディアナに僕が会得した時のイメージを伝えてから、それなりの時間が経過した。今彼女は、僕が土の属性魔法で作った椅子に綺麗な姿勢で座っている。その姿は、傍から見るとまるで瞑想だ。するとそのとき、何か変化があったらしい。ディアナがその場で突然立ち上がり、驚愕の表情を浮かべた。

「こ……これは……」

アリア達はすぐに彼女の変化に気付いたらしく嬉々とした声を上げた。

「すっごーい！　お姉ちゃんもやっぱりできたね。ね、雷の属性素質を持っているって言ったでしょ」

「本当だ。できていますね。ディアナ姉さん、おめでとうございます」

「……姉様、おめでとう」

「三人共……ありがとうございます」

ディアナは少し困惑しているが、アリア達にペコリと綺麗な所作で一礼する。そして、こちらに目をやると嬉しそうに微笑んだ。

「まさか、私が本当に雷の属性素質を持っているとは夢にも思いませんでした。今後はリッド様の言う通り、魔法もしっかり学んでいきたいと思います」

「うん、僕も可能な限り協力するよ。ディアナ、一緒にがんばろうね」

彼女は自身の新しい属性素質を発見したのに伴い、魔法の修練に向けて気合が入ったようだ。何よりディアナの口から、属性素質をエレンの開発した機械で今度調べてみる、と言い出してくれたのは嬉しかった。

こうして、アリア達のおかげで新しい魔法と可能性を得たわけだが、ふとあることが気になった。

「ねぇ、アリア。この魔法名はなんていうのかな？」

「魔法名？　知らないよ。私達は感覚で使えるもん」

ふむ、魔法名はまだ無いのか。今後、色々な魔法を扱っていくことを考えれば『魔法名』はあった方が良い。少し考えてから呟いた。

「そうだな……この魔法名は『電界』にしよっか」

しかし、アリア達は顔を見合わせると首を捻った。

「でんかい？　なんか変な名前～」

「聞いたことない、変な響きです」

「……お兄って、ちょっと変わっている？」

命名した魔法名に意味はある。だけど、この場で説明するとややこしいから彼女達の中々に鋭利な感想に、「あはは……」と苦笑した。ちなみに、ディアナの表情が変化することはなかったけど小声で「電界……か」と呟いていた気がする。

魔法名が決まって間もなく、アリア達が何かを感じたようで宿舎のある方角に振り向いた。

「誰か来るね。皆で当てっこしよっか!!　これは……マーシオだね」

「む……いえ、レオナです」

「……ニーナだ」

三人は楽し気にしているが、やっていることはすごい。負けじと早速覚えた『電界』を使用してみるが、周辺にいる皆のことがわかる程度だ。とてもこちらにやってくる人物を認識するまでには至らない。ふと目をやると、ディアナも試しているみたいだけど、首を捻って難しい表情をしている。それから間もなく、一人のメイドが走ってやってきた。

「はぁはぁ……んん！　リッド様、カペラ様がご相談があるとのこと。宿舎の執務室まで来て頂きたいとのことでございます」

息を切らして目の前にやってきたのは、アリアの予想通りマーシオだった。すると、アリアは勝ち誇ってドヤ顔を披露する。そして、残りの二人は「むぅ……」と頬を膨らませた。ふとディアナにも目をやると、何気に悔しそうにしている。どうやら、彼女も予想して外れてしまったらしい。

「わかった、すぐに戻るよ。教えに来てくれてありがとう」

そう答えて頷くと、マーシオがアリア達に気付いてハッとした。

「あれ、アリアとエリア。それにシリアもいるじゃないですか。宿舎に居ないと思ったら、皆ここに居たんですね」

彼女の何気ない言葉に、三人は目を見張った。そして、代表するようにアリアが問い掛ける。

「マーシオさん……私達の違いがわかるの？」

「え？　それはわかりますよ。いくらあなた達が似ている姉妹と言っても、よく見ればそんなのわかりますからね。あ、悪いことをして替え玉とかしてもすぐにバレますから、駄目ですよ」

「……!?　えへへ、そうだよね。私達、みんな違うもんね……マーシオさん大好き！」

「私も大好きです」

「……うん、大好き」

アリア達は、メイドのマーシオが名前と顔をしっかり覚えてくれていたことがよほど嬉しかったらしい。マーシオに勢いよく抱きつくと、三人は顔を彼女のメイド服にうずめて、猫のようにスリスリした。

「えぇ、と、突然、どうしたんですか……？」

「ふふ、マーシオが名前と顔を覚えてくれていたのが嬉しかったんだよ」

微笑ましい光景につい顔が綻んだ。アリア達が今まで過ごした環境からすれば、名前と顔を覚えていてくれるだけでも嬉しいのだろう。すると、マーシオはきょとんとして三人の顔を見回した。

「なんですか、それ？　そんなの当たり前です。こんなに皆違うのに……見分けがつかないわけ、ないじゃないですか」

その言葉で、アリア達はまた嬉しそうに表情がパァッと明るくなる。マーシオはその意図がわからず、ひたすら困惑しているようだ。そんな彼女達のやり取りに、僕とディアナは顔を見合わせて微笑むのであった。ちなみにこの日以降、ディアナの『勘』が以前にも増して鋭くなった……と、ルーベンスが戦々恐々とし始めたことを知ったのは、大分後のことである。

◇

宿舎に帰ってくるとアリア達とマーシオと別れ、ディアナと二人で執務室に向かった。部屋に辿り着くと、勢いそのままにドアを開けて入室する。

「カペラ、お待たせ……ってあれ、シェリルも居たんだね」

部屋に入ると同時に、ソファーで白い耳をピクッとさせたシェリルが立ち上がって一礼する。その中、返事をしたのはカペラだった。

「はい。実は彼女からのある申し出がありまして、その判断を伺いたく御足労をお願いした次第です」

「そうなんだ。それで、シェリルの申し出はどういったものなのかな？」

彼と会話をしながら足を進める。そして、シェリルと机を挟んだ正面にあるソファーに腰を下ろすと同時に、立っている彼女にも座るように促した。シェリルは促されるまま席に着くと、おもむろに口火を切った。

「実は、獣人族だけで一度、『鉢巻戦』について話し合いの場を設けたいのです。つきまして、会議室をお借りできないかなと……」

「あれ……なんだ、そんなこと？　なら、使ってもらっても問題ないよ」

思ったより簡単な申し出に少し拍子抜けするが、カペラが補足するように呟いた。

「リッド様。僭越ながら、獣人族の子供達だけで打ち合わせさせることは、リスクもございます。もう少々慎重に考えるべきと存じます」

「リスク……ねぇ」

言わんとしていることもわからなくはない。『鉢巻戦』において、何か色々と皆で策を練ったりすることを危惧しているのだろう。

でも、折角の機会だ。どうせやるなら最高の条件を与えて、返り討ちにするのも一興だろう。それこそ、完膚なきまでに。そう考えた後、彼女に目をやった。

「シェリル……ちなみに宿舎において獣人族の子供達の様子はどうかな？」

「は、はい。私も含めてそうですが、こんなに良い環境で過ごしたことがありませんから、概ね皆喜んでいるみたいです。勿論、中には家族のことを思い泣いている子もいますが、すぐに落ち着くかと」

「なるほどね」相槌を打って、口元に手を添えながら少し俯いた。やはり、環境を整えておいた影響はかなり強いようだ。あえて聞いてみたけれど、メイド達からも問題が起きたという報告はほとんどない。従って、子供達がこの環境の良さに魅了されていると考えて良いだろう。

それにシェリル、ノワール、アリア達と、こちらに信頼を寄せてくれた子達もいるから会議を許可しても大きな問題にはなりにくいはずだ。考えがまとまったので、ゆっくりと顔を上げて頷いた。

「うん……会議室は使ってもらって大丈夫。だけど、最低でも会議室の前に騎士達を立たせてもらうよ。それから、あまりにおかしい方向に話が行きそうなときは教えてほしい。その時はこちらも対処があるからね」

「はい。では、会議の内容が纏まりましたらご報告いたします」

「いや、報告は問題がある時だけでいいよ。皆の本気を楽しみにしているからさ。シェリルもそのつもりでね」

彼女は目を丸くするが、すぐに畏まって会釈する。

「……承知しました。獣人族として、リッド様に全力をお見せいたします」

「ふふ、その調子でよろしくね。じゃあ、会議室については許可を出すから、後はカペラと騎士達の指示に従ってね」

「はい。ありがとうございます」

その後、シェリルに狐人族のノワールと鳥人族のアリア達のことを伝え、もし何かあれば彼女達も協力してくれるだろうと簡単に説明する。シェリルは、自身の他にすでに協力者が現れたことに少し驚いたようだが「確認しておきます」と頷く。そして、彼女はソファーから立ち上がると姿勢を正した。

「リッド様、では私はこれにて失礼します」

「うん。会議、頑張ってね」

シェリルはペコリと一礼して、執務室を後にする。それから程なくして、カペラがおもむろに尋ねてきた。

「本当に、話し合いをさせてもよろしいのですか？」

「まぁ、彼等が何も言い訳ができない状態にして勝たないと意味がないからね」

心配もわかるけど、ここで怖気づくわけにはいかない。すると、ディアナが小声で呟いた。

「……リッド様。僭越ながら、アリア達のような『魔法』を他の獣人族が扱えないとも限りません。油断はなさらぬようご注意ください」

「そうだね……でもさ、それはそれで楽しみにしているんだよね」

期待に胸を躍らせ答えると、彼女は額に手を添えて呆れ顔となり小さくため息を吐いていた。

◇

シェリルから相談された会議室の使用申請の件について許可を出した後、執務室で残っていた雑務を終わらせた。その後、屋敷に帰って来ると、早々にガルンを通して父上に呼び出される。

そして今現在、執務室のソファーに座っているわけだが目の前では眉間に皺を寄せた父上がこちらを見つめていた。張り詰めた空気を感じつつ、意を決して恐る恐る問い掛ける。

「えー、父上。ご用件は何でしょうか？」

「……あの『建物』のことに決まっているだろう」

父上はそう言うと、額に手を添えて首を横に振った。『建物』とは、『鉢巻戦』に使う会場のことだろう。

「あはは……す、すみません。でも、父上やメルが観戦しやすいように観覧席を造ったんです。是非、当日は楽しみにしていてください」

「はぁ……お前の魔法が優れていることは屋敷の者達は『ムクロジの木』の件で把握しているから、そこまでは問題にはならん。だがな、いつも言っているだろう。事前に報告しろとな」

「はい……以後、気を付けます」と返事をしてペコリと頭を下げた。

どうやら、ディアナが言っていた『また、怒られますよ』という意見は正しかったらしい。だけど幸いなことに、父上は怒っているというよりも呆れているようだ。しかし、父上はニヤリと口元を緩めた。

「……リッド、前も同じ返事をしていたな。では、今日はどう気を付けて行くつもりなのか……みっちり聞かせてもらおうか」

「え……!? えーと、それはですね……」

この後、父上からの詰問とお説教がしばらく続き、終わる頃にはゲッソリすることになる。その一部始終を僕の後ろで見ていたディアナは、『やれやれ』と首を小さく横に振っていた。

◇

「……失礼しました」

父上からの冷静なお叱りがようやく終わり、執務室から退室する。そして、自室に向かって歩き始めると、ディアナが小声で話しかけてきた。

「リッド様、だからお伝えしたではありませんか……」

「あはは……これぱっかりはしょうがないよね。でも、いずれは皆が使えるようになるから、父上もこれぐらいじゃ怒らなくなるよ。木を隠すなら森の中。だからさ、森がなければ森を作ればいいと思うんだよね」

周りを見渡してみても魔法をうまく扱える『子供』は、今のところ僕ぐらいしかいない。だから、色々活動すると目立ってしまう部分はどうしても発生する。でも、子供達を鍛えて、教育課程を確立してしまえば、その心配も軽減されるだろう。だが、ディアナの表情は険しい。

「また、型破りなことをお考えになられていますね。リッド様は魔法云々《うんぬん》ではなく、そのお考えにより目立っておいでなのです。ご注意ください」

「そうかなぁ……?」

確かに、今考えていることは少し先進的かもしれない。だけど、いずれ同じことを考える人は現れると思うんだよなぁ。その時、正面から可愛らしい声が響いた。

「おかえりなさい、にいさま!」

その声と同時に、メルがこちらに向かって飛び込んできた。そんな彼女を受け止めながら、その場でクルッと一回転してからメルを立たせると、ニコリと微笑んだ。

「ただいま、メル」

「えへへ。あ、にいさま、それよりえんぎのれんしゅうしようよ。ダナエもね、たのしみにしているんだよ」

「あ、そうか。そうだったね」

メルは本当に可愛らしく笑っている。程なくして、メルを追いかけて来たのか、ダナエが息を切らしてやってくる。クッキーやビスケットも一緒だ。

「はぁはぁ……メルディ様、お一人でそんなに走られると危ないです」

「あはは、ダナエもいつもありがとう。じゃあ、僕の部屋にみんなでいこうか」

「はい、にいさま」

こうして、この日はメルやダナエ達と『鉢巻戦』に向けての特訓をするのであった。

◇

武舞台を土の属性魔法で造ったその翌日。僕は、宿舎の執務室でクリス達やエレン達に送る『鉢巻戦』の招待状を準備していた。ちなみに、獣人族の子供達の会議は昨日の内に行われたが、特に問題はなかったとカペラから報告を受けている。

その際、シェリルから「私達も本気で行きますので、油断の無きようお願いします」という伝言もあったそうだ。彼らがどんなことを考えているのか？　今から楽しみで少しワクワクしている。

そんなこと思い返しながらも、手を動かし続けて最後の招待状を書き終えた。

「よし、できた。カペラ、これをクリス達とエレン達に届けてくれるかな？　重要な書類になるから、可能なら直接届けてほしいかな」

近くに控えている彼に目をやって、書き終えた招待状を差し出した。カペラは会釈をしながら丁寧に招待状を受け取る。

「承知しました。では、すぐに行って参ります」

「うん、悪いけどお願いね。それから、エレン達によろしく言っておいてね。お願いされていた件は何とかなりそうだって」

彼は頷くと、そのまま執務室を後にする。エレン達にお願いされていた件というのは、人員補充の件だ。なお、獣人族における『狐人族』と『猿人族』がエレン達の人員補充の希望で上がっていた。幸い、狐人族は今回の子供達の中で一番多い種族になるから、彼女達の要望に応えることはできるだろう。ふいに目を手で揉み、天を仰ぎ息を漏らした。

「ふぅ……あとは『鉢巻戦』で結果を見せて、それから彼らに魔法を教えて……」

これからすべきことを確認するように呟いていると、机の上に新しい紅茶が置かれる。

「お疲れ様です。リッド様」

「ありがとう、ディアナ」

お礼を伝え、淹れてくれた紅茶を口にする。あったかい紅茶は、書類仕事の共だよねぇ……と顔を綻ばせてほっこりしていると、彼女がおもむろに尋ねてきた。

「リッド様。差し出がましいようですが、ファラ様とお住まいになるお屋敷の件は大丈夫でしょうか？　近頃は獣人族の受け入れで忙しいご様子でしたので、そちらはあまりご指摘しておりませんでしたが……」

「あぁー……そうか、それもあったね。一応、屋敷建造の件は皆の意見をまとめた書類が通ったから問題ないと思うけど、確認は必要だね。あと、確かに最近の近況は連絡できていなかったなぁ。よし、『鉢巻戦』に挑むことを手紙で送っておこう」

再度机に向かい手紙を書き始めようとしたその時、執務室のドアがノックされた。返事をすると、メイド長のマリエッタと騎士団長のダイナスが入室して会釈する。珍しい組み合わせに、思わず首を傾げた。

「二人が一緒に来るなんて珍しいね。今日は、どうしたの？」

「はい、実はメイド達から『鉢巻戦』を是非観戦したいという申し出が多数出ております。手が空いている者のみ、観戦させてもよろしいでしょうか？」

「騎士団も同様です。リッド様と獣人族の子供達との試合にとても興味を持っております故、差支えなければ観戦をしてもよろしいでしょうか」

予想外の申し出に「ふむ」と相槌を打ち思案する。しかし、これといって特に断る理由もないし、問題はないだろう。程なくして、ニコリと頷いた。

「わかった。屋敷の業務に支障が出ないなら問題ないよ。でも、魔法とか飛んでくるかもしれないから、必ずメイド達は騎士達の後ろで観戦するようにお願いね」

「承知しました。皆、喜ぶと思います」

マリエッタは嬉しそうに目を細めている。その後、ダイナスとマリエッタは一礼すると退室した。なんだったのだろうか？　すると、補足するようにディアナが呟いた。

「ふふ、リッド様はご自身が思っているより、皆に慕われているのですよ。それに、リッド様の実力をその目で見られる機会は中々ありませんから、この機会を逃したくない者が多いのでしょう」

「へぇ、そうなんだ。嬉しいけど、何だか照れるね」

そう言って、照れ隠しのように頬を掻いた。しかし、そうなると屋敷の皆は結構来るのだろうか？　なら、余計に気合を入れないとダメだな。

その後、ファラへの手紙も書き終え、事務処理も終えたので明日に向けて武術と新しい魔法の訓練を行う。屋敷に戻るとメルやダナエ達との練習にも熱が入る。そうするうちに、『鉢巻戦』の当日となるのであった。

『鉢巻戦』

「……リッド、私は獣人族の子供達をお前が導くために行う『鉢巻戦』と聞いていたのだが？」

「はい、仰る通りです」

「なら、なんだ、このお祭り騒ぎは!?」

父上の怒号が会場の騒《ざわ》めきに消えていく中、頭の後ろに手を添えて苦笑した。

「いやぁー……本当になんでこんなことになったんでしょう。僕も驚愕しております」

僕達はいま、鉢巻戦会場の観覧席にいる。しかし、会場の観客席は騎士団の皆や屋敷のメイド。

その他、彼らの家族と思しき人達でごった返していたのだ。そしてクリスの差し金か、小さな売店まで準備されており、父上の言うように『お祭り』になっていたのである。

昨日、ダイナスとマリエッタがわざわざ観戦の許可について確認しに来たのは、こういう意図もあったのかもしれない。まぁ、楽しんでくれるのは良いことだと思う。眉間に皺を寄せながら俯いている父上に、おずおずと話しかける。

「父上、僕もこのお祭り騒ぎは意図しておりませんでした。ですが、結果的にバルディア家の皆が楽しんでくれると思えば、たまにはこういうのも良いのではないでしょうか？」

「はぁ……お前の魔法や武術は見世物ではないだろう。貴族の子息が、御前でもないのに実力披露など前代未聞だ」

父上は俯いたまま首を横に振り、頭が痛そうに額に手を当てている。そんな父上を励ますように、少しおどけながら声を掛けた。

「いやぁ、さすがにこういうことをするのが『型破り』なんて言われる原因なんですね。以後、気を付けます」

しかし、父上は眉をピクリとさせてから顔をゆっくり上げると、鋭利な目でギロリと睨んだ。

「……これは常識破りではなく、貴族の『常識が無い』に等しいのだぞ。まさか、『型破り』などと呼ばれて調子に乗っているのではあるまいな？」

「い、いえ、そのようなつもりでは……あはは……」

凄まじい迫力に思わず戦き、その場で後退りをしながら苦笑してやり過ごしていると後ろから可愛らしい声が響く。振り向くと、メルがこちらに向かって走ってきている。その後ろを、ダナエと護衛について行ったディアナ。そして、クッキーとビスケットも追って来ている。

「にいさま、ちちうえ、これいっしょにたべよ！」

「メルディ様、そんなに走っては転んでしまいます！」

ディアナとダナエに注意を受けたメルは、頬を膨らませた。

「えぇ～、だってこれをいっしょにたべたかったんだもん。はい、にいさま、ちちうえ」

メルはそう言うと、手に持っていた食べ物を差し出すが、父上は怪訝な顔を浮かべた。

「メルディ……これは？」

「やきとりっていうらしいの。わたしもたべたけど、とてもおいしかったよ」

「焼き鳥……」

父上は串に刺されて焼かれた鶏肉料理を見ると、ハッとしてこちらに目を向けた。もう苦笑しながら頷くしかない。そう、焼き鳥は養鶏場で育てた『鶏』とバルディア領で量産している『木炭』を使い、クリス達と売り出した料理だ。

この世界には冷蔵庫なんてものはないので、遠方に売ることはまだできない。でも、鶏を市民食として普及させるために領内で販売を始めたのだ。ちなみに、鶏はレナルーテのニキークを経由してクリス達から仕入れた。まだまだ、品種改良も含めてすることは多いが、出だしとしては好調だと言えるだろう。

しかし、クリスが招待状を欲したのは出店のためだろうか？　だとしたら、やはり彼女は商魂たくましい。なお、焼き鳥を父上に報告した際、串にそのままかぶりつくのは貴族では難しいと指摘された。

料理で服が汚れたら洒落にならないというのが一番の理由だ。確かに鳥の油が貴族の服に付いたら大変なことになる。下手をすれば、とんでもない金額の慰謝料が発生するかもしれないから、貴族に出すのはまだ難しい。

そんな経緯もあったため、家族では僕以外は食べたことがなかったのだ。まさか、ここでメルが食べるとは思わなかったけど。ふとダナエ達に目をやると、彼女達は咳払いをする。

「メルディ様が『どうしても食べたい』と仰いましたので、服が汚れないようにかなり気を遣いました」

「……お止めしていたのですが力及ばず……可能であれば、今回限りにして頂きたいです」

二人は喜ぶメルとは違い、何やら遠い眼をしている。どうやら、服を汚さないようにするのはかなり大変だったようだ。確かに、メイドの二人からすれば、メルの服が汚れるようなことはあってはならないだろう。

そして、メルに迫られている父上は焼き鳥にかぶりつくのを躊躇しているようだ。しかし、目を輝かせているメルは「あーん」と言いながら、串の先端に刺さっている焼き鳥を差し出している。

やがて父上は、観念したらしく衣類を汚さないように注意しながら焼き鳥を口にした。

「……旨いな」

「ね、おいしいよね。だから、ははうえにもあとでもっていこうとおもうの」

メルは父上の反応に嬉しそうに満面の笑みをみせるが、その言葉を聞いた父上は珍しくサーッと青ざめた。

「な、ナナリーに？　いや……メルディ、それはまだ止めておこう」

「えぇ⁉」

反対されるとは思わなかったのだろう、メルは目を見張った。だが、父上は決まりの悪い顔を浮かべて優しく説明する。

「メルディがこんな食べ方をしたとナナリーが知ったら……あ、いや、ナナリーはまだ闘病中だからな。体調が良くなってから一緒に食べることにしよう」

「うぅー……わかった。そうする」

父上の言葉にメルは、しょぼんと俯いてしまう。すると、父上が手招きをするので近寄るとそっと耳打ちをされた。

「おい、これはお前が開発した料理だろう。確かに、旨いがこの食べ方は……やはり、貴族向きではない。何とか、ナナリーやメルディも普通の食事で食べられるように工夫しろ」

「ふふ、畏まりました。料理長のアーリィやクリスと相談しておきます」

ひそひそと話していた時、メルがきょとんとして声を掛けてきた。

「ちちうえ、にいさま、なにはなしているの？」

「うん？　いや何でもないよ。それよりメル、その最後の一口を僕にも食べさせてくれるかい？」

メルはパァッと明るく目を輝かせる。そして、「はい、どうぞ」と焼き鳥を差し出してくれた。

それをパクッと一口で頂き、ニコリと笑いかける。

「美味しいね。メル、ありがとう」

「えへへ、どういたしまして」

はにかむメルのおかげで、周りに朗らかな雰囲気が流れていく。その時、「リッド様」と呼びかけられた。振り向くと、そこにはカペラと招待状を送っていた面々が集まっている。

「リッド様、エレン、アレックス様。それにクリス様とエマ様をお連れしました」

「うん。カペラ、案内してくれてありがとう」

お礼を伝えると、面々の中から代表するようにクリスが一歩前に出た。

「この度は、このような場にお呼び頂き大変光栄でございます」

クリスが深々と丁寧に一礼すると、彼女を追うようにエレン達もその場で頭を下げた。慌てて皆に顔を上げてもらった。

「いやいや、それよりも、来てくれてありがとう。ちょっと……というか大分、当初に予定していた雰囲気とは違うけど、楽しんで行ってね」

「そうなんですか？　でも、ボクはこういう『お祭り』は好きですよ。確か、『鉢巻戦』っていう『リッド様発案のお祭り』なんですよね？」

リッド様発案のお祭り』という言葉に呆気に取られて思わず苦笑する。そんな風に周りに広まっているなんて思いもしなかった。

「あはは……お祭りっていうわけじゃないんだけどね。あ、それよりも、エレンとアレックスを呼んだのには理由があってね。伝えたいことに加えて、お願いがあるんだ」

「ボク達に……？　あ……まさか、また無理難題ですか⁉」

「えぇ⁉　さすがに俺と姉さんだけだとこれ以上はきついですよ⁉」

二人が何やら必死の形相で慌てふためいていたので、「違う違う……」と首を横に振った。

「そういう話じゃないよ。まず一つ目は、今日の試合で君達が人材として欲しいと言っていた、狐人族と猿人族の他にも色んな子が出るんだ。だから、求めている人材を見極めてほしい」

「あ……そういうことですね。わかりました。その点もしっかり見るようにしますね」

エレンとアレックスは顔を見合わせると、安堵した様子で胸を撫で下ろした。人を何だと思っているのやら……と思いつつもコクリと頷く。

「うん、お願い。それから……」

その後、エレン達に今後のために観察してほしい部分を伝えていく。エレンとアレックスは、好きな分野だったらしく途中から目を輝かせていた。

「わかりました。その点はボク達の得意分野でもあるので任せて下さい」

「ありがとう。じゃあ、よろしくね」

エレン達へのお願いが終わると、クリス達に視線を移した。

「クリス達は『鉢巻戦』がこの『お祭り騒ぎ』になると知っていたの？」

「いえいえ、知りませんでしたよ。ですが、騎士やメイドの皆さんも観戦する上に、リッド様が『会場』を作ったと聞けば絶対に何かあるはずだ……そう思って準備はしていました。リッド様のおかげで、出店は好調ですよ。ふふ」とクリスは、ほくほく顔でニンマリと笑みを浮かべている。

しかし、騎士やメイド達の観戦に正式に許可を出したのは昨日だ。その情報をいち早く確認してから動いたのだろうか。

「……本当、商魂たくましいね」

「お褒め頂きありがとうございます」

彼女はニヤリと口元を緩めておどけた様子で会釈した。ふと、観覧席を見渡すと結構な人数で和気あいあいとなっているが、誰かいない気がする。その時、後ろから声を掛けられた。

「私のことをお探しですか？」

「……うん。君が居なかったね、サンドラ」

そう、サンドラにも招待状を送っていたのに、カペラが案内してくれた一団の中には居なかった。好奇心旺盛な彼女が様々な魔法を見れる機会を逃すはずがない。だから、違和感を覚えたのだろう。するると、彼女はニコリと笑った。

「招待状ありがとうございました。ですが、本日はビジーカさんと共に、何かあった場合に備えて医療班として待機いたします。それ故、皆様とご一緒できないことをお伝えに参りました」

「あ、そっか。ビジーカの手伝いがあるんだね。わかった、皆にも伝えておくよ」

「いえいえ……それは、カペラさんにお伝えしておりますので大丈夫です」

サンドラは、そう言って会釈した。しかし、医療班は試合会場により近い場所に待機するから、彼女的には此処より楽しいかもしれない。

それにしてもビジーカも来てくれているのか、後でお礼を言っておこう。そう思った時、サンドラがスッと耳打ちをしてきた。

「リッド様。以前魔法には『属性魔法』と『特殊魔法』があるとお伝えしましたよね？」

「うん。後はその中で、『変質魔法』と『操質魔法』に分けられるんだよね」

サンドラは答えに嬉しそうにするが、何やら不敵な笑みを浮かべた。

「実は、魔法にはまだ種類があると言われています。その一つが『種族魔法』と呼ばれています」

「……種族魔法？」

聞いたことのない魔法に心が惹かれる。その変化を察したらしいサンドラは、より楽しそうに説明を続ける。

「はい。その名の通り『種族』でしか扱えない魔法のことを指します。今回の『鉢巻戦』には沢山の種族と部族がおります故、中にはそのような魔法を使う子もいるかもしれません。油断なきようにしてください」

「わかった。忠告ありがとう」

「いえいえ、とんでもないことでございます。でも……そのような子がいたら是非、け……ではなく、色々とお話を聞かせて頂きたいですね」

いま、研究って言おうとしたな？　でも、『種族魔法』というものがあれば是非色々と話を聞いてみたい。本当にその『種族』でしか使えないのか？　これは大いに検証をすべきことだろう。もしかすると、母上の治療に関して別の糸口に繋がるかもしれない。

「わかった。そんな子がいたら、魔法の研究と発展に協力してもらうように話はするよ」

「……さすが、理解が早くて素晴らしいです。では、リッド様の御迎えも来たようなので、私はこれで失礼します」

サンドラが一礼してその場を後にすると、入れ替わるようにダイナスを先頭にした騎士達がやって来た。そして、ダイナスがニヤリと笑う。

「リッド様、準備が整いました。武舞台の中央にご案内いたします」

「うん、わかった。じゃあ行こうか」

観覧席にいる皆に『行ってきます』と一言残して、ダイナス達と共に武舞台に足を進めた。そんな僕の背中に、「にいさま、がんばってね！」とメルが声を掛けてくれる。その声に反応して振り返り、手を振ってニコリと頷いた。

◇

ダイナス達に先導されながら試合会場となる武舞台中央に移動していると、観客席からは温かい声援と眼差しが送られる。

しかし、すぐに武舞台上に立つ子供達から刺すような視線が向けられた。まぁ、当然の反応かな。ふと武舞台を見回すと、獣人族の子供達は各部族でまとまっているようだ。程なくして、武舞台の中央に辿り着くとダイナスが大声を会場に響かせた。

「これより、リッド・バルディア様と獣人族の子供達による『鉢巻戦』を行う。ルールは簡単だ。

額にしている『鉢巻』が獲られる、もしくは場外に落とされたら失格だ。魔法は使用可能、武器は禁止、鉢巻を獲るための戦闘行為はある程度許容される。審判は私、バルディア騎士団団長ダイナス、副団長のクロス、騎士団のルーベンス、ネルス。以上の四名で行う。以上だ」

彼は言い終えると、こちらに視線を移した。

「リッド様からも、何かありますか？」

「そうだね……」と相槌を打ち咳払いをすると、深呼吸をしてダイナス同様に大声を発した。

「皆、見に来てくれてありがとう。折角だから、今日は楽しんでもらえれば幸いかな。さて、獣人族の皆にも言っておくよ。君達の本気を見せてほしい。特に、宿舎で大見得を切った子達は特にね。楽しみにしているよ」

そう言い放つと、観客席は何やら大盛り上がりとなった。対して、子供達からの視線はさらに鋭利なものに変わっている。鳥人族のアリアに教わった魔法の『電界』を使うと、すごく嫌な感じで心がざわついた。

（ふむ……これが、敵意的なものなのかな）

アリア曰く『電界』で感じる様々な気配は、かなり個人差があるそうだ。その感覚は、魔法を使い続けることで段々とわかっていくらしい。後は『勘』だそうだ。その時、ダイナスが笑みを浮かべて問い掛けてきた。

「リッド様、ではそろそろ開始しようと思います。よろしいですね？」

「うん。あと、絶対に贔屓はしないで、公平な判断をお願いね」

「承知しております。では、我らは端に移動します故、失礼します」

騎士団長である彼が一礼すると、他の騎士達も同様に頭を下げる。そして、東西南北にある橋に騎士達は移動した。そして、ダイナスが再び大声を響かせる。

「では、鉢巻戦、試合開始！」

こうして、『鉢巻戦』の火蓋は切られた。そして、それとほぼ同時に狐人族のラガードの声が会場に響き渡る。

「みんなぁあああ、いくぞぉおおおお！」

「うん？」と声が聞こえた場所に振り向くと、なんと狐人族の皆が魔法を発動しているではないか。それも、ファイヤーボールや火槍とはまた違う感じでおどろおどろしい。言うなら、お化けと共に出て来そうな『火の玉』のように揺らめいている。やはり、種族や文化によって魔法は様々な形があるようだ。感心しながら周りを見てふと気が付いた。

「なるほどね。まずは魔法の一斉発射というところかな」

魔法を生成しているのは狐人族だけではなかった。ラガードの声に気を取られたが、周りをよく見ると各部族には数名、魔法を生成している者がいる。

乱戦になると魔法は使いづらい。まずは、魔法戦ということか……いいね、面白い。その時、空からもざわつきを感じて見上げると、アリア達がすでに空を舞いながら魔法を生成しているようだ。

これは、思った以上に楽しめそうだな……と周りを見ながらニヤリと不敵に笑みを浮かべると同時にラガードの声が再度会場に轟いた。

「いっけぇえええ！」

その瞬間、四方八方から様々な魔法が武舞台の中心にいる人物……つまり僕に向かって放たれた。避ける、逃げる？　いや、そんな勿体ないことはしない。すべての魔法を受け止めるべく、自身を球体で囲うように魔障壁を展開する。そして、彼等の放った魔法が着弾するとあたりに爆音が鳴り響いた。

うん、中々に良い威力だけど『まだまだ』だな。受け止めた衝撃であたりには煙が立ち上がり、視界が悪い。しかし、その煙が次第に晴れていき、無傷である僕の姿を見たラガードや獣人族の子供達は目を見張りギョッとしている。そんな彼等に対して、わざとらしく「ゴホゴホ……」と咳き込んだ。

「やれやれ。君達の魔法は、ただホコリを巻き上げるだけで終わりなのかい？」

「な……!?　馬鹿にしやがって……ありったけ撃ちこめぇええ！」

ラガードを筆頭に、こちらの安い挑発に子供達は激昂したらしい。再度魔法を一斉に放ってくるが、こちらは嬉々として魔障壁で受け止めていく。その結果、武舞台はしばし爆音と煙に包まれることになった。

（ふむ。煙で視界は悪いけど、『電界』で皆の焦りと疲れは感じるね。空にいるアリア達は様子見しているみたいだな。さて、実戦における魔障壁や電界の感じも掴めてきたし……そろそろ動くかな）

心の中でそう呟くと同時に魔法が止んだ。どうやら予想通り、魔法を使える子達の魔力がある程度尽きてしまったみたいだな。

煙が消え、お互いの顔が目視できるようになっていく。だが、獣人族の子供達は僕が無傷であることに絶句しているようだ。そんな彼らを、再びわざとらしく鼻を手でこすりながら一瞥する。

「ああ、『ホコリを巻き上げるだけの魔法』はもう終わりかな？　じゃあ次は、僕が『本物の魔法』を見せてあげよう」

そう言うと片手を空に掲げて軽く圧縮魔法を用いて、頭上に大きい『水球』を生成する。子供達は、魔法の正体が分からずに警戒して近づいて来ない。だけど、それは悪手だ。魔法の生成と同時進行で電界を用いて地上にいる子供達の位置の把握が終わり、ニヤリと笑う。

「水球式・水槍」

魔法名を唱えると、頭上にある大きい水球から大量の『水槍』が武舞台上の獣人族の子供達目掛けて放たれた。勿論、威力は抑えてあるが場外まで吹き飛ばすには十分だろう。

一五〇本程度の水槍が水球から前後構わず生成され飛んでいく光景は、中々の迫力だ。魔法の発動と同時に観客席からどよめきが起きる。そして、武舞台上ではあちこちから悲鳴と怒号が響いていた。

「うわぁああ!?」

「なにこれ!?　どうしてこっちに飛んでくるの！」

「避けろ！　無理なら受け止めろぉおおお」

「きゃぁあああ!?」

獣人族の子供達は一斉に魔法が飛んでくるとは思っていなかったのだろう。あちこちで魔法の対応に追われている。やがて魔法が終わり、周りを見渡すと結構な人数が場外の水堀に落ちて失格になったみたいだ。残った子供達に不敵な笑みを見せつけ、悠然と話しかけた。

「さて……次はどうするのかな？」

「く、くそ、残っているやつは、次の作戦に移行するぞ！」

ラガードが叫ぶと、今度はこちらに子供達が向かってきた。どうやら、次は接近戦をするらしい。

しかし、『次の作戦』とはなんだろうか？　首を捻りながら周りを注視すると、兎人族のオヴェリアや猫人族のミア達が、こちらの動きを観察していることに気付いた。

なるほど、まずは魔法で攻める。その次は、残った者で接近戦。仲間内で強者と認定されている者は、こちらの様子を観察しながら体力温存というところだろうか？　中々にいい案だ。

「ふふ、良いね。その作戦に乗ってあげよう！」

そう呟いて、正面に迫る狐人族の一団にこちらから攻勢を仕掛ける。初動で、魔法発動者が一番多かったのは狐人族だ。つまり、接近戦が不得意な者が多いのだろう。

こちらが攻勢に出てくると思わなかったのか、狐人族の皆は驚きたじろいだ。だが、彼等もすぐに表情を切り替えると僕の鉢巻を狙うべく待ち受ける姿勢をとる。でも、残念ながらディアナやクロスと普段から訓練している身からすれば、彼等の動きは非常に緩慢で隙だらけだ。

「あ、あれ⁉」

「え……⁉」

「ふふ、どんどん頂いていくよ！」

攻撃を躱すと同時に、彼等の鉢巻だけをサッと手中に収める。僕が体術をここまで扱えると思っていなかったらしく、狐人族の皆は混乱したようだ。しかし、すぐにラガードの指示が響く。

「リッドは想像以上に強いぞ。一人で掛かるな、徒党を組んでいくぞ！」

「は、はい」

彼の指示に皆は頷き、再度向かってくる。だけど、徒党を組んだところであまり結果は変わらない。僕は淡々と狐人族の鉢巻を獲っていく。そして、狐人族でこの場に残ったのはラガードとノワールだけになってしまった。

「さてと……狐人族の残りは君達だけだね」そう言って、手に持っている大量の鉢巻を無造作かつあからさまに見せ付ける。そして、彼等に向かって投げ捨てた。

「く、くそ……貴族のボンボンのくせに……」

「ラガード……リッド様にそんな口の利き方をしては……」

落ち着かせるようにノワールが声を掛けるが、逆効果となりラガードはカッとなった。

「う、うるさい。ノワールはあんな奴がいいのかよ……くっそぉおおお！」

「ラガード⁉」

彼は彼女の制止も振り切り、ただ力任せに突っ込んでくる……駆け引きも何もないな。少し、熱を冷ましてあげよう。彼の大ぶりの攻撃を躱して、懐に入ると腹に掌を添えた。

「熱くなり過ぎだね、少し頭を冷やしな……水槍！」

「な……うぅあああああ⁉」

通常の水槍は先端が尖っているが、今は魔力量を調整しているから殺傷能力はない。ラガードに放った『水槍』は強いて言うなら『水圧の強い水鉄砲』程度の魔法だ。だが、それでも彼を場外の水堀に落とすには十分だろう。

「だめ、ラガード！」

しかし、吹き飛ぶ彼をノワールが前に出て受け止める。彼女が行った予想外の動きに、咄嗟に魔法の勢いを弱めた。

「きゃあ⁉」

「ぐぁあああああ！」

魔法で吹き飛ぶラガードをノワールが受け止めたことで、二人は何とか場外に落ちずに済んだようだ。だけど、周りにいる他部族の子達は助けに入る気配がない。何かしらの作戦か、はたまた彼等なりの理由があるのか……まぁ、どちらでも良いけどね。

それに、今は目の前の二人に集中してあげよう。ラガードとノワールに対し、あえて嘲笑うように口元を緩めると、大きな拍手をしながら悠然とラガード達に歩み寄っていく。

「素晴らしいチームワークだね。でも、まさか『姫』に助けられる『騎士』がいるとはね。ラガード……君には、もう少しカッコ良いところを見せてほしいかなぁ」

ラガードは膝をつきながらノワールを庇い、こちらをギロリと睨みつけている。

「ぐ……黙れ、このクソ魔法使いめ……」

悪態を吐く彼だが、反撃する力も残っていないようだ。その為、あえてラガードに近寄り耳元で囁いた。

「ふふ……僕の魔法は凶暴だからね。でも、そろそろ次の子達もいるから、終わりにしようか。でも、そうだな。まだ何かあるなら、見せてほしいから……うん、三分間待ってあげよう」

彼は再びこちらを睨みつけるが、手が無いのだろう。悔しそうに拳を震わせた。

「駄目だ……今、あいつと戦っても負けちまう。クソ、俺がもっと強ければ……力が……力が欲しい……！」

「ラガード……」

彼の絞り出す言葉に、ノワールが寄り添っている。ふむ、傍にいるのは無粋かな？　彼らから少し距離を取ると、これ見よがしに右手を二人に差し出し『水槍』を展開する。

二人は何か話しているようだが、ここからでは聞こえない。だけど、何かざわめきは感じるから、期待していいかもしれないな。それから程なくして、二人に尋ねた。

「作戦会議は終わったかい？　時間だから、答えを聞こうか」

すると、二人はおもむろにその場に立ち上がった。その目には、まだ熱がある。やはり、まだ何かあるらしい……すると、ノワールがおもむろに呟いた。

「ラガード……私を信じて……」

「ああ、俺はいつでもノワールを信じている……絶対に……！」

「……何をするつもりかな？」

彼等の言葉の意図が理解できず首を捻る。しかし、念のため電界を通じて気配を窺うと、二人の感情のようなものを感じる。

（なんだこれ……まだ、この感覚は知らない？　いや知っている感じもする。でも、どちらにしても嫌な感じはしないな。むしろ……温かい？）

やがて、ノワールがラガードに向かって優しく語り掛けるように唱えた。

「ラガード……あなたに燐火の灯を……」その途端、彼女の全身から『燐火』と思われる炎が溢れ出て空に舞い上がった。

あまりに予想外の出来事に、思わず「な……!?」と驚きの声が漏れた。また、会場全体からもどよめきが起きる。

空に舞った燐火は、ラガード目掛けて飛んでいく。彼はその『燐火』を恐れずにすべて受け入れ、その身に纏った。だが、魔法が終わるとノワールが力なく膝から崩れ落ちていく。ラガードは、そんな彼女を優しく支えてゆっくり横にすると、こちらに振り返り力強い眼差しを向けてきた。

「今度こそ負けられない……ノワールの為、狐人族の為……俺は負けられないんだ」

「あは、いいね。じゃあ……続けようか」

二人には悪いけれど、内心ワクワクが抑えきれない。ノワールが使った魔法は、とりあえず彼女の呟きから『燐火の灯』と呼ぼう。

自らの魔力を魔法にして放出。それを、対象に与えることで何かしらの強化をしたというところだろうか？　ラガードは『燐火の灯』を身に纏い、全身からは青い焔が噴き出て揺らめいている。それに、先程とは気配が全く違い自信に溢れた良い眼をしている。そんな彼に、ニヤリと笑った。

「さぁ、かかってきなよ。それとも、その身に纏った『燐火』はただの飾りかい？」

「……その言葉、後悔させてやる」

ラガードが答えると同時に『水槍』を放つ。しかし、彼は先程と全く違う素早い動きでこちらの魔法を躱した。そして、ラガードは会場を回るように走り始め、そんな彼に魔法を連続で放つ構図となり『水槍』の流れ弾で子供達は大混乱に陥っている。会場は水槍が何かに着弾する度に発生する衝撃音と、水飛沫で大盛り上がりとなっていた。

「いいね。さっきとは全然違う動きだ。じゃあ、これならどうだい……水槍弐式十六槍！」

『水槍弐式』は、通常の水槍より威力は低いけど、その代わり目視した相手に目掛けて飛んでいく誘導弾だ。やがて、僕の周りに生成された十六本の水槍が、動き回るラガードを目掛けて次々に飛んでいく。

「さぁ、ラガード……どうする⁉」

魔法を放ちつつ、彼がどんな動きを見せてくれるのかワクワクが止まらない。すると、彼は先程とは比べものにならないほどの高い跳躍を披露した。誘導式の水槍は当然追尾する。だが、彼を追いかける水槍が一直線に並んだその時、ラガードは両手を差し出すように構えた。

「今ならできる……焔球三十二灯……いっけぇえええぇ！」その声が会場に響くと、彼の前面に大量の燐火が浮かびあがった。それは、揺らめく青白い焔のようだ。

彼から放たれた魔法は水槍にぶつかり、互いに相殺していく。いや、ラガードの魔法の数は水槍よりも多い。結果、弾幕を突破してこちらに飛んできているのだ。そして、迫りくる魔法には見覚えもあった。

「……!?　最初に放っていた魔法を一斉にあれだけ一人で撃ったのか」

その瞬間、周りに魔法が着弾して爆音と焔に包まれる。

「やったぜ！　これで、俺の勝ちだ」

空中に居るラガードの勝ち誇った声が会場に轟き、辺りが静まり返る。しかし、彼が地上に着地する頃を見計らい、立ち上がる煙の中から『水槍』を応用して辺りで燃えている焔を消していく。

煙と焔が落ち着き、ようやくラガードの顔が見えてきたのでニコリと微笑んだ。

「あはは、ラガードがあれだけの魔法をいきなり扱えるようになるなんてね……『燐火の灯』は素晴らしい。これは是非、試合が終わったら君達に色々と話を聞きたいね」

「く、くそ……また無傷かよ。なら、鉢巻を直接獲ってお終いだ！」

ギョッとする彼だが、果敢に突っ込んできた。魔法では勝てないと悟り、接近戦に切り替えたのだろう。そんなラガードを、不敵に笑い悠然と迎え撃つ。

「ふふ、『燐火の灯』でどれ程、身体強化されるのか……興味は尽きないねぇ」

「く……勝手に言ってろぉおお！」

彼は声を荒らげて近接戦に取り組む。そんな、ラガードの攻撃を受け流しながら内心で驚愕する。何故なら、彼は先程まで『身体強化』を間違いなく使えていなかった。だが、今はどうだ？　身体強化を使用している僕の動きに追いついているじゃないか。

身体強化を使った激しい動きに観客は大盛り上がりをしているらしく、熱気が武舞台上まで伝わってくる。

しかし、ラガードの表情にはだんだんと焦燥が見え始めた。やがて、お互いの拳がぶつかり合い、その衝撃で僕とラガードの間に距離ができる。

「ふふ……楽しいね。でも、そろそろ君は時間切れかな？」

「……どうしてだ⁉　なんで当たらないんだ……くっそぉおおお」

怒号を上げ、必死の形相で彼は再び襲いくる。おそらく、彼に残された時間はもうあまりないのだろう。ノワールから託された『燐火の灯』は当初と比べると、目に見えて火の勢いが弱くなっている。

そしてもう一つのラガードが焦る原因……それは、彼の攻撃が一度も僕に届いていないことだ。

だが、残念ながら彼は自身の問題点に気付いていない。

楽しかったけれど、そろそろ潮時かな。ラガードの疑問に答えるように、口元を緩めた。

「なんで当たらないかだって？　ノワールの『燐火の灯』に頼り過ぎなのさ……君自身の力じゃないんだ。そう簡単には使いこなせないのさ！」

「な……⁉」

ラガードが求める理由を声高らかに伝えると、彼の懐に左手を潜り込ませ魔力を込める。

「終わりだね……結構楽しめたよ。じゃあね」

「ぐぁああああああああああ⁉」

彼の腹部にゼロ距離で水槍を発動した結果、ラガードは勢いよく吹っ飛んだ。そして、場外の水堀に落下すると激しい水飛沫に加え、燐火が水に接触したせいか白い煙を巻き上げた。同時に、会場から歓声が鳴り響く。

「さてと……」

彼が落下した水堀とは別方向に歩を進め、横になっている少女の鉢巻を手中に収める。すると、その少女がゆっくり目を開けた。

「あ、ノワール、ごめん。起こしちゃったかな？」

「いえ……私達、負けちゃったんですね……あれ……？　あの、ラガードは？」

彼女は自身より、ラガードのことが心配らしく彼を探して武舞台を見回している。

「彼かい？　いいよ、連れて行ってあげる」

「え……!?　きゃあ！　あ、あのリッド様この恰好は恥ずかしい……です」

「うん？　そうは言ってもノワールは動けないみたいだし、君の騎士はいま傍にいないからね」

彼女は身動きできる様子では無かったから、両手を使って抱きかかえている。俗にいう『お姫様抱っこ』だ。程なくして、観客席から悲鳴のような声がやたら聞こえてきたけれど、何かあったのかな？　と僕は首を傾げるのであった。

◇

「く、くそ……あの性悪魔法使いめ……」

「失礼だな。誰が性悪だって？」

「うわぁああああああ!?」

ラガードが落下した場所に移動すると、びしょ濡れになった彼が丁度水堀を出ようとしていた。

しかし、声を掛けると彼は驚いて水堀に再び落ちてしまう……何をやっているんだか。

お姫様抱っこをしていたノワールをその場で下ろすと、彼女は心配そうに水堀に駆け寄った。

「ラガード、大丈夫⁉」

「ノワール⁉　ごめん……俺、負けちまった」

「ううん、それよりもラガードが無事でよかった」

ラガードはノワールの助けを借りながら、水堀から抜け出した。そして、二人は何やらいい雰囲気になりつつあるが、そんな彼等に対して咳払いをする。

「さて、君達は負けたわけだから早く場外に出るように……それから、ラガード」

「な、なんだよ……」怪訝な表情を浮かべる彼に、近寄るとそっと耳打ちした。

「あのね、何か勘違いしているみたいだから言っておくよ。ノワールは、僕に対して好意は抱いていないからね。君という騎士がいるんだから、しっかり守ってあげなよ？」

「な……⁉　何、言ってんだよ！」

彼は顔を真っ赤にするが、ノワールがその様子にきょとんとしていた。そんな二人にニコリと微笑んだその時、鋭利な気配を感じ咄嗟に振り返る。そこでは、長く白い特徴的な耳を靡かせた少女が胸の前で両手の指を鳴らし、こちらを楽しそうに見据えていた。

「リッド様、次はあたしと戦おうぜ」

「オヴェリア……か。早速、大本命というところだね」

まだまだ、『鉢巻戦』は始まったばかりである。さて……オヴェリアはどんな戦いを見せてくれるのかな。それから間もなく、彼女はニヤリと不敵に笑った。

「へへ、この時を待っていたんだよ。おい、アルマ、ラムル、ディリック。それに、他の奴らも手を出すなよ！」

彼女は武舞台上にいる全員に聞こえるような大声を発した。よく見ると、オヴェリアと少し離れたところで、兎人族の一団が固まっているようだ。耳が立っているのが女の子で、垂れているのが男の子だろうか。すると、その一団の中にいる一人の女の子が呆れ顔で答えた。

「はいはい……でも、危なくなったら加勢するからね。ラムル、ディリックもそれで良いでしょ」

「うん。アルマが賛成なら、僕も良いよ」

「はぁ……俺も良いぞ」

彼等の返事を聞いたオヴェリアは、ニンマリと自信満々に口元を緩めた。

「よし……これで、邪魔は入らない。リッド様、あんたの力を見せてもらう……言っとくけどな、あたしはさっきの奴とは違うぜ。他人の『力』なんかに頼ったりしない。正真正銘、あたしだけの『力』だ」

さっきの奴とは、『燐火の灯』を使い戦ったラガードのことだろう。だけど、二人はあの時、自分達にできることを精一杯していたのだ。それを否定するつもりはない。

「そうか、それは楽しみだね。でも、人が一人で行えることには限界がある。時には人の力も必要だよ？」

「そうかい。でもよ、やっぱり最後に信じられるのは自分だけだぜ……へへ、おしゃべりが過ぎたな。じゃあ、行くぜ！」

彼女は掛け声と共に跳躍して飛び蹴りを繰り出してくる。その動きは思ったより洗練されていて速い。だが、それでも躱せないほどじゃない。飛び蹴りを、紙一重で躱すとそのまま接近戦に持ち込む。

「言うだけのことはあるじゃないか。さぁ、口だけじゃないことを教えてもらおうか！」

「いいねぇ！　あたしにそんな口を利くやつはあんたが初めてだ」

オヴェリアは、足技中心に近接戦を繰り広げる。その激しさはラガード以上であり、観客席からもどよめきが起きている。しかし、実際こうして立ち合うと彼女の身体能力の高さに驚愕する。おそらく、まだ『身体強化』は使っていないはずだ。にもかかわらず、身体強化を使っている僕の動きについてきている。

これが、獣人族の身体能力というわけか。皆が油断をするなと言っていた意味が良くわかる。心の中で、（世界は広いということだね）と呟き、思わず笑みが零れる。すると、オヴェリアもニヤリと笑った。

「戦闘中に笑うとは、良い根性しているじゃねぇか！」

「……君も随分と楽しそうだけどね」

彼女の攻撃はさらに激しさを増していく。受け流しているからダメージはないけれど、さすがに服がボロボロになってきた。

やがて、お互いに決定打を欠いた状態が続き一旦距離を取ると、オヴェリアが忌々しそうに目つきを悪くする。

「……あれだけやって、ダメージがほとんどねぇのか」

「いやいや、少しはあるさ。それにほら、おかげさまで服がボロボロになってきたよ」

「ちっ……嫌味な野郎だ」

嫌味を言ったつもりはないいんだけどな。でも、彼女にはもっと力があると思うんだよね。まぁ、それを加味しても負ける気はしないけど。一旦構えを解くと、単刀直入に尋ねた。

「オヴェリア、君はまだ力を隠しているね？　身体強化もそうだけど、それ以上に何かを隠している気がするんだよ」

「……勘まで良いとはな。あんた、可愛げもねぇやつだな」

彼女が、やはり何か力を隠していることは確かなようだ。なら、出さざるを得ない状況にしてあげるかな。僕はあえて両腕を広げておどけて見せる。

「ちなみに、君が隠している力を加味したとしても、恐らく僕の六割ぐらいの力。つまり、半分と少しぐらいの力で君を倒せると思うんだよね」

「なんだと……てめぇ、あたしを馬鹿にしてんのか⁉」

「そんなつもりは、ないんだけどね。まぁ、見せてあげるよ」

怒り狂ったような目でこちらを睨むオヴェリアを、さらに挑発するためニコリと微笑む。そして、水槍弐式の誘導弾その数、三十二槍を一気に展開してみせる。

突然目の前に広がった光景に彼女は「な……!?」と唖然とした。観客席もどよめいている。

「さぁ、どれだけ避けられるのか……見せてもらうよ」

そう言い放って魔法を発動すると、大量の水槍がオヴェリアに向かって飛んでいく。

「……!? クソが!!」

彼女は身体強化を発動したらしく、先程よりも素早い動きで水槍を躱したり、足技で相殺したりしている。だが、数の多さにやがて防ぎきれず、水槍がオヴェリアに連続で着弾していく。

「ぐぁあああ！」

しかし、すかさず彼女が吹き飛ばされた先に土壁を魔法で作り出す。その結果、彼女は土壁に激突し場外は免れた。だが、オヴェリアは何が起きたかわからずその場にうずくまっている。

「がはっ……な、なんだこの壁は……」

苦しそうな表情の彼女に、悠然と歩み寄る。

「驚いたかい。この会場を造ったのは、僕なんだよ？ こんな土壁を作るぐらい簡単さ」

「そうかい……へへ、どうりで……ちんけな会場なわけだ」

彼女はニヤリと笑い、悪態を吐いた……中々にタフな子だ。その時、兎人族の面々が僕の背後にやってきた。

「うん？ どうしたのかな。手は出さないんじゃなかったの？」

彼等に問い掛けると、一人の少女が前に出てきて鋭い視線で僕をジロリと睨む。確か、アルマという少女だ。

「……あんたみたいな人を相手に、一人で戦えるわけないわ。悪いけど、兎人族全員で行かせてもらうわよ」

彼女の言葉通り、気付けば周りにまだ失格となっていない兎人族の子達が集まっている。だが、オヴェリアが彼らに対して怒号を発した。

「アルマ……それにてめぇらも、手を出すなって……言っただろうが！」

「そんなことを言っている場合じゃないでしょ」

アルマは心配そうに答えるが、オヴェリアは烈火の如く怒った表情を見せた。

「あたしはまだ負けてねぇ……いいぜ、リッド様……あんたに見せてやる。私の力を、な」

「オヴェリア……」

アルマの心配をよそに、オヴェリアは挑戦的で目にはまだまだ闘志を燃やしているようだ。

「ようやく、見せてくれるんだね。待ちくたびれたよ」

「後悔すんなよ……はぁあああああ！」

「くっ……みんな、オヴェリアの邪魔になるわ。ここから離れましょう！」

オヴェリアが雄叫びを上げると、彼女の中にある魔力がどんどん高まっていくのを感じる。こんな魔法は知らない。彼女の変わりゆく様子を嬉々として見つめていると、周りにいた兎人族の子達は何やら離れてしまった。

だが、それよりもオヴェリアだ。彼女の中から魔力が溢れ出て、容姿がみるみる変わっていく。それは、人と獣の中間に位置するような姿だ。オヴェリアは全身に毛が生えていき、耳も伸びている。そして、その顔はより兎に近いような顔つきになっていく。

これぞまさに『獣人』という感じだ。やがて、変化が収まると彼女はより獣に近くなった目でこちらをギロリと睨む。

「はぁはぁ……ふん、どうせ気持ち悪いとか思ってんだろう」

「へ……気持ち悪い？　オヴェリアが？　まさか、そんなに綺麗で美しい姿の『獣人』を見たのは初めてだよ」

オヴェリアは全身を白い毛で覆われているが、それはある種の神々しさも感じる。月明かりの綺麗な夜とかに、是非もう一度見てみたい姿だ。彼女は僕の答えが意外だったのか、きょとんとしている。

「あんた……やっぱり変わってんな。ふふ……でも、強さもさっきの比じゃねぇぜ」

「そうかい。それは、楽しみだね。さぁ、仕切り直しだ」

オヴェリアの目には闘志、僕の目には好奇が宿り、お互いに睨み合い一触即発の状態となった。やがて、会場は静寂に包まれる。

オヴェリアの『獣化』による迫力と威圧感に加え、彼女と僕の間に流れる緊張感が伝わっているせいだろう。お互いを見据える中、彼女が自信ありげに笑った。

「リッド様、良いことを教えてやるよ。獣人族の中でも、兎人族の戦闘における才能はピカイチって言われてんだぜ。あたしがこうなった以上、あんたに勝ち目はねぇ……怪我しないうちに負けを認めるのも手だと思うぜ？」

「ふふ、面白いことを言うね。それなら僕は……才能だけではどうやっても超えられない、努力で積み上げた高い壁を君に見せてあげようかな」

オヴェリアは呆れ顔でやれやれと首を横に振るが、間もなく鋭い表情に切り替わった。

「その言葉……後悔すんじゃねぇぞぉおお！」

彼女は声を荒らげると、こちら目掛けて真っ直ぐに突っ込んでくる。確かに、速度はさっきの比ではなかった。予想以上の速さに驚くが、対処できないわけじゃない。それに、オヴェリア程の実力者であれば『電界』の良い練習相手にもなるだろう。試すように彼女の動きを電界で察知しながら、その気配を感じて紙一重で猛攻を躱し続ける。

「どうしたぁ!?　躱すだけじゃ、あたしは倒せねぇぞ」

「そうだね……なら、次はオヴェリアの攻撃力を体験させてもらおうかな」

激しい猛攻の中、彼女の蹴りをあえて防御すると重い衝撃音が辺りに響いた。同時に武舞台からは獣人族の歓声が、観客席からは悲鳴が響く。

僕は蹴られた衝撃を消すため、わざと大きくバク宙をしながら後退して彼女と距離を取る。しかし、折角僕に攻撃を当てたのにオヴェリアの顔は晴れない。むしろ曇っている。

「ふぅ……凄い威力だね。身体強化と『魔障壁』が無かったら危なかったよ」

「てめぇ……今のわざと受けやがったな」

オヴェリアは眉を顰めて怖い顔をしているが、そんな彼女に呆れ顔をして『やれやれ』と首を横に振った。

「君は少し僕を過小評価しているね。僕は普段から格上の人達と訓練を行い、魔法の修練も欠かしていないんだ。この場に立って、君達を相手にするだけの力を身に付けているのは当然さ。そんなこと、少し考えればわかるだろ？」

「ちっ……」

悪態を吐く彼女に、諭すように言葉を続ける。

「それに、どんなに才能という原石が眠っていたとしても、努力して磨かなければその原石はいつまでも石ころさ……そう思わないかい、可愛いうさぎちゃん」

「馬鹿にしやがって……あたしが可愛いうさぎちゃんかどうか、その身に思い知らせてやらぁああ！」

オヴェリアは怒号を上げ、今度はジグザグに跳躍しながら突っ込んできた。その速度は目で追うと見失ってしまいそうになる。ここまでの激しい動きは体験したことがない。

間もなく彼女が間近まで迫った時、その姿が忽然と視界から消えた。そして、会場に重い衝撃音が響きわたる。

「くそ……てめぇ……!?」

オヴェリアは悔しそうにこちらを睨んでいる。彼女の足技は残念ながら僕には届いていない。何故なら、彼女の攻撃を電界で把握。そして、魔障壁を展開して受け止めたのだ。よって彼女の足は、僕の目の前で魔障壁に阻まれている。

「ふふ、良い反応だね……君はまだ『魔力付加』は使えないようだから、この『魔障壁』をどう打ち破るつもりかな？」

「兎人族を……あたしを舐めんじゃねぇえええええ！」

再び怒号を上げると、オヴェリアは魔障壁に向かって激しい勢いで足技を連続で繰り出していく。

辺りには、彼女の蹴りと魔障壁がぶつかり合う重い音が連続で鳴り響いた。

やがて、その衝撃で魔障壁にも変化が起こる。少しずつ全体に細かい罅《ひび》のようなものが生まれ始めたのだ。その光景に思わず感嘆する。

「これは……素晴らしいね。もう少しで僕の魔障壁が割れそうだよ」

「調子こいてんじゃねぇええ！」

激昂したオヴェリアの強烈な一撃が魔障壁に触れた瞬間、辺りにガラスが割れるような透明で乾いた音が鳴り響く。彼女が魔障壁を物理的に蹴り破ったのだ。だが、オヴェリアはその勢いのままに連続で蹴り技を繰り出してくる。

「壁の硬さはわかった……もうその手は通じねぇぞ」

「そうかい……なら、次の手だ」

猛攻を躱しつつ僕は右手に火槍、左手に水槍を生成すると、隙を見て真下に放った。その瞬間、火槍と水槍がぶつかり合い、辺りは白い湯気に包まれる。オヴェリアは驚き一旦、その場から飛び退いた。

「煙幕のつもりか……だが、あたしの耳であんたの動きはすぐにわかるんだぜ」

予想通り、彼女は湯気の外からこちらを注視している。彼女の反応の良さは、直感的なものに加えて聴力によるものだ。あの耳でこちらの気配や音をより精密に感じているのだろう。

ならば、それを利用するまでだ。僕は湯気の中で電界を使い彼女の位置を把握すると、土の属性魔法を時間差で三方向に放った。すると、注視していたオリヴィアが案の定それに反応する。

「動いたな、何処から来る。いや、違う……これはあいつの音じゃない……!?」

囮に放った魔法の音で彼女の意識が逸れたその時、兎人族のアルマの声が響いた。

「オヴェリア、上よ！」

「なんだと……!?」

ようやく気付いたオヴェリアだがもう遅い。土の属性魔法を囮にすることで、彼女の意識を音と地上に向けた。そしてその隙に、僕は湯気の中から静かに空高く跳躍していたのだ。

「耳の良さが命取りさ！」

そう吐き捨てると、空中から彼女に右手だけで水槍を放出する。オヴェリアは虚を衝かれたことで水槍を躱せず、受け止めた。同時に当たり着弾音と激しい水飛沫が吹き荒れる。

「……!?　こ、こんなものぉおお！」

彼女は脚を踏ん張り、胸の前で腕を交差させながら水槍の水圧に耐えているようだ。しかし、頑張るオヴェリアに対して口元をニヤリと緩める。

「頑張るね、オヴェリア。でも、知っているかな？　濡れた体は雷を良く通すのさ……雷槍！」

左手で雷槍を生成すると、水槍で手一杯のオヴェリアに容赦なく撃ち放った。

「怯えろ、竦めぇ！　生まれ持った才能を活かせぬまま、溺れて沈めぇ！」

「なんだと……⁉　ぐぁあああああああああ！」

その瞬間、会場全体にオヴェリアの悲痛な悲鳴が響き渡った。僕は地上に着地すると、悠然と歩き彼女に近寄っていく。威力を調整したとはいえ、雷撃をまともに浴びたオヴェリアはその場にうずくまっている。だが、獣化は解けていないので油断はできない。ある程度近づいたところで彼女の耳がピクリと動き、顔だけを上げてこちらを睨みつける。

「クソが……やるなら、ひとおもいにやれってんだ……」

「そうだね、そうしようか。楽しかったよ、オヴェリア」そう答えると、右手を彼女に差し出し水槍を生成する。

鉢巻を獲りたいところだが、彼女の身体能力は油断できない。可哀想だが、場外に出すのが安全だろう。しかしその時、後ろから気配を感じて咄嗟に振り向くと、残っていた兎人族達がこちらに迫って来ていた。

「クソ⁉　なんでバレたんだ⁉」

「いいから、このままいくぞ！」

彼らは気付かれたことに驚いているようだが、勢いそのままに突っ込んできた。どうやら、オヴェリア一人では勝ち目がないと踏み、徒党を組んでくる作戦に切り替えたらしい。

「あっはは、楽しませてくれるね！」

吐き捨てるようにそう言って、右手で生成していた水槍をなぎ払うように放った。さすがに魔法を何度も目にしているためか、こちらの挙動を見て彼等はギョッとする。

「……!?　魔法がくるぞ、躱せぇええ！」

「ぐぁあああ！」

数名は避けたようだが、半数以上は水槍で吹き飛び場外の水堀に落水したようだ。そして、見事に掻い潜った二名がそのまま襲い掛かってくる。よく見ると、彼等はオヴェリアが最初に声を掛けていた子達だ。たしか、名前はラムルとディリックだったかな。

「ふふ、兎人族が何人来ようと結果は変わらない」

あえて不敵に笑うと、身体強化と魔障壁を用いて彼等と近接戦で対峙していく。

「そんなのやってみないとわからないさ!!」

「ああ!!　兎人族の力を見せてやる!!」

二対一の状況だが魔障壁、身体強化、魔法を駆使すればどうということはない。その状況に観客席が大いに沸いているようだ。すると、オヴェリアが立ち上がり怒号を上げる。

「クソ……お前達……手を出すなって言っただろうが……」

「オヴェリア、そんなこと言ってる場合じゃないでしょ!?」

心配そうに話しかけているのは、アルマという少女だったはず。この場に残っている兎人族はオヴェリア、アルマ。そして、今対峙しているこの二人だけだろう。彼女達の様子を伺っていると、僕と対峙しているディリックが声を荒らげた。

「俺達との戦闘中によそ見とか、油断してんじゃねぇよ！」

「おっと、失礼。でも、これは油断じゃない……余裕というものさ」そう答え、二人の猛攻を紙一重で避けつつディリックの懐に入り込む。そして、彼の腹部に手を添えた。

「な……!?」と呆気に取られるディリックを横目に、微笑して「雷槍」と呟いた。その瞬間、彼に雷撃が迸る。

「うがぁああああああああああああ!」

「ディリック!」

ラムルが彼の悲痛な叫びに反応するが、僕が一瞥すると後退して身構えた。

「まず……一人」そう呟くと、ディリックは膝から崩れ落ちていく。同時に彼の鉢巻をサッと手中に収めた。そして、周りにいるラムル達を見渡してニヤリと笑う。

「さぁ、どうしたんだい? 兎人族の力とやらを見せてくれるんじゃないのかな」

すると、兎人族の中で一番悔しそうなオヴェリアが怒号を発した。

「くそ……アルマ、お前も本気出せ! こうなりゃ全員で行くぞ」

「わかったわよ……元からそのつもりだからね。はぁあああ!」

アルマは頷くと、雄叫びと共に魔力を高めていく。そして、オヴェリア同様の獣化を始めた。だが、彼女はオヴェリアと違い色は黒い。獣化した二人が並んだその姿を見て思わず感動した。

「すごい……白兎と黒兎か。二人並ぶと、すごく綺麗だね」

オヴェリアとアルマは一瞬きょとんとするが、すぐに身構えて鋭い視線をこちらに向ける。

「……そんなこと言っても、手加減しないわよ」

「へ……こいつは手加減できる相手じゃねぇさ」

その時、残っていたラムルが二人に声を掛けた。

「オヴェリア、アルマ!! 君達二人がかりでリッド様に挑んでくれ。僕は、君達を援護する」

「ちっ……あたしに命令すんじゃねぇよ！」

「ふん……今だけ、あんたの言うこと聞いてあげるわ！」

彼の言葉が合図となり、獣化したオヴェリアとアルマが同時に襲い掛かってくる。

「はは、良い作戦だね……さぁ、どこまで動けるのか、見せてもらうよ！」

獣化した二人が僕に挑み、それを捌いていくことで会場から大きい歓声が轟いた。オヴェリアの動きは少し鈍いが、それを補助するようにアルマが攻撃を被せてくる。

この連携はとても昨日今日のものとは思えない。おそらく、以前からずっと二人で協力して戦い抜いてきたのだろう。獣化している二人の攻撃を受け流し、時に反撃してという攻防が続いていく。

その中で魔障壁を展開したその時、オヴェリアがニヤリと笑った。

「それを待ってたぜ。アルマ、合わせろ！」

「しょうがないわね！」

彼女達は一瞬目配せをすると、魔障壁に向かって同時に蹴り技を繰り出す。その瞬間、今までにないぐらいの衝撃音とガラスが割れるような透明で高い音が辺りに響いた。

なんと、彼女達は魔障壁を同時攻撃により一発で破ったのだ。思わず、二人に向かってニコリと微笑んだ。

「素晴らしいね。それでこそだよ」

だがその時、後ろからざわめきを感じて魔障壁を球体状に再び展開する。すると、「うわ!?」と魔障壁にラムルが弾かれて悔しそうにこちらを見据える。

「くそ、鉢巻に触れた……もう少しだったのに……」

「やるじぇねか、ラムル」

「ええ、もう一度いくわよ」

ラムルを中心に、オヴェリアとアルマの三人がこちらを楽しそうに見つめている。今のは少し危なかった。彼女達を囮にして、ラムルは可能な限り気配を消していたのだろう。だが、鉢巻を獲れるかもしれないと思い彼が焦った結果、その気配を感じることができたというわけだ。でも、これ以上の長期戦は少し危険かもしれないな。

「惜しかったね。でも、次はないよ。これで終わりにする」そう言うと、右手を天に、左手を地上に差し出した。それは空手でいうところの『天地上下の構え』に近いだろう。

彼らは、何事かとこちらの動きを注視しているようだ。そんな中で深呼吸をしながら魔力を練っていくと同時に、構えをゆっくりと時計回りに回していく。すると、その動きに連動して魔法が大量に円状に生成されていく。

火、水、雷、氷、風、樹、土、闇、光、無……これは、全属性を使える僕にしかできない魔法だ。

「はぁあああ……十全《じゅうぜん》魔《ま》槍大車輪《そうだいしゃりん》！」魔法名を唱えると、円状で周りに生成されていた魔槍が一斉に襲い掛かっていく。彼等は様々な属性の魔法が一斉に飛んでくることに驚愕して、一瞬動きが遅れる。だが、それはこの状況において致命的だった。

まず、火槍と水槍の二槍がラムルを捕らえ場外に吹っ飛ばした。同時に、水と火の性質の属性魔法がぶつかりあうことで白い湯気が生まれ辺りが包まれる。

「うわぁあああ⁉」

「ラムル⁉　くそ、なんだあの魔法は！」

「なんなのよ……なんなのよ！　あの貴族、本当に化け物か何かじゃないの⁉」

彼女達は困惑しているようだが、次々と残りの魔槍が襲い掛かっていく。オヴェリアとアルマは互いを補助しながら、躱したり蹴り払ったりしている。しかし、二人は次々と襲いくる魔槍を対処しきれず、とうとう捉えられてしまう。結果、連続した爆発音と共に彼女達の悲鳴が辺りに響き渡った。

「がぁあああああ⁉」

「きゃあああああ！」

その後、場外の水堀に彼女達が落水したことによる激しい水柱が立ち上がり、水飛沫が辺りに飛び散った。その瞬間、会場の観客席から大きな歓声が響き渡る。魔法を撃ち終え「ふぅ……」と息を吐き、二人が着水した場所に向かって足を進めた。

兎人族との戦いが終わったが、いまだに会場は観客の大歓声に包まれている。やがて、彼女達が水堀から這い上がっている様子が見えてきた。二人の獣化状態は解除され、普通の姿に戻っているようだ。

「はぁはぁ、くそ……なんなんだ、あの強さ」

「オヴェリア、リッド様は……絶対に貴族の皮を被った得体の知れないなにかよ」

「誰が『得体の知れないなにか』だって？」と微笑みながら声をかけた。

するとニ人は、ギョッとしてからバツの悪そうな表情を浮かべた。そんな彼女達に苦笑しながら話を続ける。

「君達は素晴らしいね。それに、今後は僕の魔法もできる限り教えるからさ。きっと、今よりもっと強くなれると思うよ」

ニ人はハッとして驚愕した後、怪訝な眼差しをこちらに向ける。そして、オヴェリアが恐る恐る呟いた。

「本当にリッド様の魔法を教えてもらえんのか……？」

「うん、勿論だよ。でも、その代わり約束は守ってね」

『約束』という言葉を聞いた二人は顔を見合わせてきょとんとした。そんな彼女達に、呆れて『やれやれ』と首を横に振った。

「もう忘れたのかい……オヴェリア。君は僕に忠誠を誓うと約束しただろ？　なら、君に何を教えても問題はないさ」

「……はは、あははは！　リッド様、あんた本当に変わってんな。あたしの言うことを信じるってか。いいぜ、気に入った。そうだな、約束通り忠誠でも何でも誓ってやるよ」

オヴェリアはそう言うと、嬉しそうに満面の笑みを浮かべた。アルマはそんな彼女を嬉しいような、少し寂しいような眼差しで見つめていた。その時、「お話し中、すみません……」と可愛らしい声が背後から聞こえて思わず振り返る。そこには、耳が垂れた兎人族のラムルがディリックに肩を貸しながら立っていた。

「……僕達のことを忘れていませんか？」

「あ……あはは、勿論だよ。ラムルとディリックもね。二人共素晴らしかったさ。でも、皆はとりあえず『鉢巻戦』が終わるまで武舞台の外で休んでいなよ」

ラムルとディリックは「はぁ、そうさせて頂きます」と呟き、武舞台を降りる。オヴェリアとアルマもその場でゆっくり立ち上がると、武舞台を降りた。

その時、手を叩く音が聞こえた。ふいに会場を見上げると、彼女達に拍手を送る人達が目に入った。主に拍手をしてくれていたのは父上やディアナ等、観覧席にいる皆だ。父上達がする拍手の音は、やがて観客に伝わり兎人族の健闘を称えるように会場に伝播していく。

その様子にオヴェリア達を含めた兎人族の皆は、満更でもない表情を浮かべて武舞台を後にする。

兎人族の皆を見送ると武舞台の中央に悠然と足を進めて行く。

「さて、次は誰が相手をしてくれるのかな？」

高らかに声を上げてみるが反応は薄い。初手の水球式・水槍、ラガード達とオヴェリア達との激戦の混乱による流れ弾によって、武舞台に残っている子供達は大分減っている。おそらく、残っているのは各部族で二～四名程度だろう。

ただ、上空でずっと様子見をしているアリア達はいまだに減っていないけどね。しかし、今までの激戦を見ていたせいか武舞台上の皆は尻込みをしてしまって中々仕掛けてこない。ふむ、ならばこちらから嗾《けしか》けるかと目を瞑り深呼吸をする。そして。ダナエ達との演技練習で得た、冷酷に見える顔で口元を緩めた。

「いいだろう。君達が闘う意志を見せなければ、僕は武舞台にいる皆を蹂躙するだけだ……！」

そう吐き捨てると、風の属性魔法を駆使して自分中心に暴風を発生させる。さらに、土の属性魔法で武舞台に亀裂っぽい傷を作り、武舞台にいる皆を一瞥する。しかし、想像以上に皆は顔を引きつらせて青ざめていた。

（……ちょっとやり過ぎたかな？）

心の中でそう呟いた時、子供達の中から狼人族の少女が一歩前に出る。そして、彼女は同族の少年少女を一人ずつ従え計三人でゆっくりとやってきた。

「リッド様……私達がお相手させて頂きます」

「やぁ、シェリル。次は君が相手をしてくれるんだね。ちなみに、そちらの二人は？」

何か考えがあるのだろう。シェリルの瞳には強く温かい意志が宿っているように感じる。とりあえず冷酷な表情を解くと、彼女の背後にいる子達に向かってニコリと微笑んだ。

「はい、ベルジアとアネットです。二人共、私の考えに賛同してくれた子達ですよ」

彼女はそう言って、彼らを紹介してくれた。ベルジアは黒髪に黒い耳をしており、目つきが鋭くて何やら硬派な感じがする男の子だ。彼はシェリルの言葉に応じるように組んでいた腕を外し、こちらを一瞥してから「ベルジアだ」と会釈する。

彼の無愛想な態度を見て、隣にいたアネットが慌てて声を発した。

「ちょっと、ベルジア！　挨拶ぐらいちゃんとしなよ。あ、すみません。リッド様、あたしはアネットです」

アネットは髪色が白と黒の二色であり、耳も左右で黒と白で色が違う。しかし、その雰囲気はどこか穏やかな印象を受けた。

「うん。二人とも自己紹介ありがとう。さて……そろそろ始めようか」

「畏まりました。では……約束通り、私の本気をお見せします……はぁあああ！」

シェリルは雄叫びを上げ、魔力を上げていくとオヴェリア達同様の『獣化』をしてみせた。彼女は全身が真っ白な毛で覆われていき、顔も心なしか少し狼に近付いていく。その姿は『白狼』と言っていいかもしれない。

「すごいね……まさか、シェリルも獣化を使いこなせるとは思わなかったよ」

「オヴェリア達の二番煎じではありますが、私も中々に強いですよ。油断しないで下さい。それから……」

「それから……？」と首を傾げると、彼女はもったいぶるように深呼吸をする。そして、武舞台全体に聞こえるように声を張り上げた。

「聞け、武舞台にいる獣人族の同胞達よ。我らは怯え、竦み、このままでいいのか……断じて否。獣人族としての意地と誇りを見せる時はいまぞ！」

突然の凛とした透き通る声に、武舞台の雰囲気が変わった。この場の注目を集めたシェリルは、さらに言葉を続ける。

「我らはこの地で生きる覚悟を抱き、自分を信じて前を向き進むのみ。共に歩む者は、リッド・バルディア様に力を示すのだ。誰でもない、自分で力を示すのだ。それが獣人族の矜持だろう！」

シェリルの問い掛けに、武舞台は静まり返る。だがその時、天空から可愛らしい声が響いた。

「それ、乗ったぁあああああ！」と同時に、空から大量の雷撃が僕に向かって落とされた。

しかし、特に動じることもなく魔障壁を展開。それから間もなく、雷撃が次々に着弾して辺りには土煙が立ち上がり、轟音が響き渡った。その光景を目の当たりにしてか、観客席からどよめきが起きる。

その後、雷撃が止むと辺りを覆う土煙の中で魔障壁を解く。そして、風の属性魔法を用いて邪魔な土煙を吹き飛ばした。

「ふふ、見た目は派手だったけどね」

すると、空から鳥人族のアリア、エリア、シリア達がシェリルの隣に降り立った。

「えぇ、おに……じゃない。リッド様ってあれで無傷は少し気持ち悪いよ」

「確かに、少し引きますね」

「……引くね」

三人は一様に顔を引きつらせているが、歯に衣着せぬ発言にはさすがに苦笑した。

「君達、酷い言いようだね。それで、アリア達はシェリルと共闘するつもりかな？　僕は構わないけどね」

「うん。お……じゃない。リッド様には私達だけじゃ敵わないもん。だから、一緒に闘ってくれる人を待っていたんだ」

アリアはシェリルに振り向き、ニコッと可愛らしく白い歯を見せる。シェリルはアリア達の加勢に驚いたようだが、コクリと頷くとすぐに表情を切り替えた。

「聞こえるか、同胞達よ。我らと共に、リッド様に挑戦する者は拒まない。今すべきことは、過去に囚われ足を震わすことではない。リッド様に……バルディアに我らの力を示すことだ！」

凛とした声が武舞台に響き渡り、アリア達やベルジア達が雄叫びを上げて応える。すると、先程まで怯えていた子供達にも闘志が宿ったのを感じた。

シェリルやアリア達の鼓舞に感心しながらニコリと頷いた。しかし、すぐに一転して冷酷な表情を浮かべると彼女達をギロリと睨んだ。

「さぁ……そろそろ始めようか！」

「望むところです！」

その瞬間、アリア達がその場で飛び上がり雷撃を僕に向かって一斉に放つ。魔障壁で防ぐが、雷撃で舞い上がった土煙を利用してシェリル、ベルジア、アネットの三人が一挙に攻め込んでくる。

シェリルの動きはオヴェリア達に負けず劣らず苛烈である。だが、それ以上に厄介なのがベルジアとアネットとの連携だ。シェリルの攻撃が少しでも鉢巻を奪取できるように、ベルジアとアネットが彼女を援護する動きに徹している。

こうなると、魔法を使う暇がない。その上、武舞台上にいる子供達が加勢しようと動き始めている様子もある。一度、体勢を立て直すべきか。そう思って左手で魔障壁を球体状に展開して、右手で魔法を練っていく。すると、その動きを察したシェリルがハッとして叫んだ。

「一斉攻撃だ！　リッド様に魔法を使う隙を与えるな！」

「わかった。皆、いっくよぉおおお！」

空からアリア達の返事が聞こえると、また轟音と共に雷撃が魔障壁に降りかかる。だが、この程度ならまだ大丈夫だ。

しかし、雷撃が轟き終わるとシェリル達が魔障壁を壊そうと乱打を掛ける。その瞬間、魔障壁に変化が起きた。目に見える罅が生まれたのだ。そして、それから間もなく、ガラスが割れるような透明な音が鳴り響き、魔障壁が壊れたことを告げる。

「いまだ!!　誰でもいい、リッド様の鉢巻をねらうんだ!!」

シェリルはこの機を逃すまいと攻勢をかけてきた。しかし、壊れてもまたすぐに作り直せばいいだけだ。

「残念だけど、少し遅かったかな」そう呟いて、右手に圧縮していた魔法核を空に解放して最初に見せたものより大きい水球を発生させて彼女達を弾き飛ばした。

「水球式・水槍……最初よりも一槍ずつの精度と威力は高く調整しているよ。さぁ、避けられるかな！」

「くっ……!?　全員、防御態勢、来るぞ！」

「みんな、避けてぇええ！」

シェリルとアリアが叫んだ瞬間、上空に漂う水球から水槍が放たれ武舞台の子供達を襲っていく。

同時にあちこちで着弾音と水飛沫の音が鳴り響いた。

「きゃあああ⁉」

「エリア、シリア⁉　きゃあああああ！」

申し訳ないけれど、『電界』を通じてアリア達の位置だけより正確に把握して誘導性を高めている。着弾すれば、場外もしくは試合中は飛べなくなる程度のダメージはあるはずだ。現に空を飛んでいたアリア達は、全員被弾して地上に下りるか水堀に落水している。

「ん……⁉　何かが向かって来る」

その時、電界を通じてすごい勢いで突っ込んでくる気配を感じて咄嗟に振り返る。その瞬間、『獣化』している誰かに襲われたが、ギリギリその攻撃を躱した。今のは危なかった。すると、『獣化』した誰かは悔しそうに悪態を吐く。

「クソが、背中に目でもついてんのかよ！」

「君は……ミアか⁉」

彼女の獣化した姿は、黒い毛に覆われておりまさに『猫獣人』だ。ちなみに、獣化しても片目だけは前髪で隠れている。まさか、彼女も獣化できるなんて思わなかった。その時、また背後から気配を感じて襲い来る攻撃を受け止める。

「ぐ……お見事です」

襲ってきたのはシェリルだった。彼女は奇襲に失敗したことを悟ると、僕から少し距離を取る。しかし、周りを見渡してもベルジアとアネットの姿はない。おそらく、先程の水槍で場外に落水したのだろう。

「まさか、君達が共闘するとはね」

「はぁはぁ……言ったはずです。重要なのは私達の力をリッド様に示すこと。もはや、部族なんかに拘《こだわ》っている時ではないのです……！」肩で息をするシェリルだが、その瞳は闘志に満ちている。

もしかすると、彼女とミアはかなり早い段階で共闘を考えていたのかもしれない。そうでなければ、先程の攻撃はタイミングが良過ぎる。彼女達に意識を集中させたその時、雷撃が意識の外から飛んできた。

「ぐぁああ！　な、なんだ⁉」

幸い威力は低く、ほとんどダメージはない。しかし、雷撃が飛んできた方角に振り返る。すると、そこには息で肩を揺らし、右手をこちらに差し出しているアリアの姿があった。

「はぁはぁ……へへ……みんな、やったよ」アリアはそう呟くとニコリと笑みを浮かべ、その場に膝から崩れ落ちてしまう。最後の気力を振り絞って魔法を放ったのだろう。しかし、その隙を彼女達が見過ごすわけがなかった。

「ミア、ここで押し切る！」

「チッ……やってやるよ！」

「クッ……⁉」

襲い来るシェリルとミアの猛攻に、堪らず魔障壁を強めに展開して彼女達を弾き飛ばす。そして、無挙動、無詠唱でオヴェリア達を場外に吹き飛ばした魔法をシェリルとミアに向けて発動する。

（全十魔槍大車輪……！）

すると、僕の周りに魔法が円状に生成されて彼女達に向かって次々と襲い掛かっていく。二人は一瞬だけ驚愕するが、すぐに表情を引き締め魔法を潜り抜けながら一直線に向かってきた。しかし、僕に近付けば近づく程、シェリルとミアは避けるのが厳しくなってきている。その時、ミアがシェリルに叫んだ。

「お前、私を投げ飛ばせ！」

「……⁉　わかった！」

シェリルは頷くと、ミアが駆け抜ける前に出て両手を組んだ。そして、彼女に向かって駆け抜けるミアは、その両手に勢いよく足を乗せる。シェリルは勢いそのままに、ミアの足を持ち上げるように投げ飛ばした。

「ミア、後はお願い。きゃあああああ！」

立ち止まったシェリルは魔槍が着弾して吹き飛ばされ、間もなく場外の水堀で水柱と水飛沫が吹き荒れた。駆け抜ける勢いそのままに投げ飛ばされたミアは、一瞬で目の前まで迫っている。

「くっ……小癪な真似をするね！」

右手で無挙動、無詠唱で『水槍弐式十六槍』をミアに向けて放つ。しかし、彼女は獣化と身体強化を併用して、紙一重で躱しながら迫って来た。

「ここまで、近づいたらお得意の魔法は使えねぇだろうが」

「そうかな。僕には魔障壁もあるんだよ！」

彼女が間近に迫ると、再び右手で魔障壁を展開する。だが、ミアは片目でギロリと睨むとその瞳に凄まじい闘志を燃やした。

「あたしを……獣人族を舐めんじゃねぇぇえええ！」ミアは、雄叫びと共に魔障壁に向かって渾身の拳を繰り出した。すると、驚くべきことに、彼女の拳に魔力が宿っていることに気付いた。

ミアの感情と想いに魔力が呼応した……⁉　魔力が籠もったその拳が接した瞬間、あっけなく魔障壁は割れて消し飛んだ。そして彼女は残った手で、額にある鉢巻に手を伸ばしながら勝ち誇る。

「どうだ。あたし達の勝ちだぁあああ！」

しかし、雄叫びを聞いた僕はニヤリと不敵に笑う。そして、彼女の腹部に左手を添えて溜めていた水槍を発動した。

「残念だけど、一歩足りなかったね」

「な……⁉　ぐぁあああああああ！」

ミアは絶叫と共に、水槍で場外にむけて吹き飛んでいく。やがて、水堀にミアが落水したことにより水柱と水音が響き渡る。

「ふぅ」と息を整えるが、今までに感じたことの無い威圧感を覚える。すぐに感じた場所に振り向くと、そこにはすでに『獣化済み』の体格が良い子が立っていた。思わず、『やれやれ』と首を横に振る。

「まるで、獣化の大安売りだね。こんなに将来有望の子達が来てくれているなんてね。全く僕は幸運だよ」

「……そうか。だが、リッド様と闘えるという意味での獣人は、おそらく俺で最後だろう」

彼に言われて辺りを見回すと、確かにまともに立っているのは正面にいる相手だけのようだ。さっきの魔法に巻き込まれて場外に落水したか、アリアのように戦闘不能状態になっているということだろう。

「そうかい……ちなみに名前を聞いてもいいかな？」

「……熊人族のカルアだ」

「カルア……!? そうか、君だったのか。獣化で良く分からなかったよ」

彼とは馬車での受け入れ、大会議室などで何度か会っている。体格の良さは初めて会った時から目を見張るものがあったけれど、まさか獣化まで使いこなせるとはね。すると、彼の目つきが鋭いものに変わり、こちらをギロリと見据えた。

「……ここまで闘ってくれた者達のため、私は負けられんのだ」

「なるほど……ね。なら、最後の勝負を始めようか」獣化した彼と睨み合いが始まると、会場は自然と静寂に包まれた。

なお、顔には出さないようにしているが、僕も中々に満身創痍で服もボロボロだ。オヴェリア、アルマ、シェリル、ミア、彼女達の獣化は非常に興味深く、有意義なものであったのは間違いない。しかし、ここまで苛烈な闘いになるとは全くの予想外だったのだ。それ故、魔力を想像以上に消耗してしまっている。

獣化できる子達との連戦がこのまま続けばかなり辛い状況だが、幸い彼の言う通りならこれが最後の闘いになるだろう。すると、カルアが何かを察したように呟いた。

「……なるほど、リッド様もさすがに消耗しているようだ」

「ふふ……そう見えるかい？　でも、君相手には丁度良いぐらいさ」

「言ってくれる……だが、私は今までの彼らと少しは違うぞ。獣人族の恐ろしさの真髄、リッド様にお見せしよう……はぁああ！」

彼は僕に対して半身になると、右手に魔力を集めながらゆっくりと天に掲げていく。何をするつもりかな？　彼の挙動を注視しながら、電界を通じて気配を探る。しかし、感じるものは熱く煮えたぎるような闘志だ。やがて、彼は重く野太い声を轟かせた。

「受けろ、大地破砕拳《だいちはさいけん》！　ぬぉおおおおお！」

魔法名を叫ぶと、彼は天に掲げていた右手を拳に変えて地面に思い切り叩きつけた。その瞬間、カルアの右手から発せられた球体状の魔力弾が放たれて襲いくる。

いやそれだけではない。魔力弾が飛んだ後の大地が破砕され尖った岩が地上に剥き出しになっていく。今までに見たことのない魔法だ。しかし、迫りくる魔力弾に興味をそそられ、彼に聞こえるように叫んだ。

「いいだろう……これが君の全力なら受けて立とうじゃないか！」そう言って両腕を正面に差し出し、魔障壁の防御力を最大まで高めて展開する。そして、迫りくる魔力弾をその魔障壁で受け止めた。その瞬間、辺りに凄まじい轟音と土煙が舞い上がり、会場は大きな歓声に包まれていく。

しかし、カルアの魔法を受け止めた僕は驚愕していた。魔障壁は割れはしなかったが、一撃で若干の罅が入っている。彼の魔法の威力は、素で受け止めると危険極まりないものだろう。

「……まさか、これほどとは思わなかったよ」

しかし、カルアは魔法を防がれたことに驚く様子はなく、むしろニヤリと不敵に笑う。

「やはり……一撃では割れんか。ならば割れるまで、撃ち続けるのみ。はぁあああ！」

「な……!? あんなのが連発できるのか！」

彼はまた右手に魔力を込め始めた。さすがにあれを何度も受けることはできない。こちらの魔力消費もかなり激しいからだ。それに魔力量比べだけなんて芸もない。

牽制を兼ねて、カルアに向けて水槍を放つが、彼は冷静にこちらを一瞥すると、右手を拳にしながら左手を地面に沿える。すると、射線上に土壁が現れて水槍が防がれた。

「……!? 土の属性魔法か」

カルアが並行して魔法を発動したことに驚いたその時、彼の声が再び轟いた。

「はぁあああ、大地破砕拳！」

その瞬間、カルアが作った土壁を破壊しながら再び魔力弾が大地を走りこちら目掛けて襲いくる。

「くっ……出鱈目《でたらめ》な奴め！」

やむを得ず、魔障壁で魔力弾を再び受け止める。同時に轟音が鳴り、土煙が武舞台に舞い上がった。直接のダメージはないけれど、連続で受け続けると魔力消費が激しすぎる。

「これは……何度も当たってやれないな」

その時、観客席からどよめきが起きる。不穏なざわめきを感じて空を見上げた。そして、目に入った光景に唖然とする。

「はは……その魔法の使い方は、さすがの僕にも真似できないな」

どうやらカルアは大技を撃った直後に土の属性魔法で大岩を生成。それを『物理的に持ち上げたまま』に空高く跳躍したようだ。あんなことは、身体強化を使っても真似できないだろう。

「いくら丈夫な魔障壁でも、岩の重みを叩きつけられてはひとたまりもなかろう。負けを認めるなら、今だぞ！」

「面白い。なら……やってみなよ」僕は挑発するように口元を緩めて答える。

ここで、彼の挑戦から引いてしまっては『鉢巻戦』を開いた意味がない。カルアを含めた獣人族の子供達の挑戦を、正面から受けるために僕はここにいるのだ。そして、彼は答えを聞くなり嬉しそうに叫んだ。

「その意気やよし。さすがは我らを導こうとする者だ。ならば、受けてみろ！」

その声と共に、カルアは持ち上げていた大岩を上空から地上に向かって投げ落とした。しかし、こちらも黙って見ていたわけじゃない。彼と会話をし始めた時から、魔力はすでに溜めている。そして、顔を引き締め迫りくる大岩を睨みつけた。

「バルディアの名前は伊達じゃない。はぁあああああ！」

自身を鼓舞するように声を轟かし、魔力を限界まで込めた『十全魔槍大車輪』を大岩に放った。するとその時、意図していないことが起きる。放った十槍の魔槍が大岩に向かう途中で混ざりあい一本の槍となったのだ。その結果、勢いを増して大岩を呑み込み跡形もなく消し飛ばしていく。同時に辺りには轟音が鳴り響き、暴風が吹き荒れ、会場からはどよめきが起きた。だが、一番驚愕したのは空中にいたカルアだろう。

「な……⁉　ば、馬鹿な⁉　ぐぉおおおおおお！」

大岩を消し飛ばした魔槍はそのままカルアを襲い爆発して、辺りには爆音が鳴り響いた。その瞬間、会場に歓声が轟く。

しかし、気を緩めずに空から落下してくる人影を注視する。その人影は、空中で体勢を立て直すとそのまま地上に着地した。その姿は、魔法によりボロボロになっているがカルアに違いない。彼は獣化のまま肩で息をしており、こちらを見て苦しくも楽しそうに口元を緩めた。

「はぁはぁ……まさか、あんな魔法を隠し持っていたとはな……」

「いや……あれは僕も驚いたんだ。でも、カルアが無事で良かった。それにしても、ふふ……君のおかげで新しい魔法も創れそうだよ」そう答える僕は、内心歓喜していた。

放った魔法が混ざり合う可能性なんて、考えたこともない。魔法が混ざり合う条件はなんだろうか？　これは、新しい魔法の可能性を意図せず発見したと考えて良いはずだ。是非、サンドラを交えて色々と検証する必要がある。新しい魔法の可能性を思案していると、どうやらそれが顔に出ていたらしい。

「ふふ……ははは……このような状況でも、魔法の探求を楽しむか。その上で、我らの挑戦も受けるとは実に豪胆なお方だ。だが、私はまだ負けてはやれん。この場に立てる限り、全力を出し続けるのみだ」

「なるほど。じゃあ、そろそろ終わりにしようか」

「望むところだ……」

会話が終わると、身体強化を使って瞬時に彼の懐に入り込む。しかし、動きを察知されていたらしく初撃を防がれてしまう。そして、カルアとの激しい近接戦の攻防が始まった。合わせて会場でも、歓声が轟いている。

カルアは、オヴェリアやシェリルのような機敏さはない。しかし、魔障壁を通じて一撃の重みが彼女達の比でないことがわかる。彼女達が手数なら、カルアは一撃必殺と言ったところだろう。そして、状況的にはこちらが不利だ。

何故なら、こちらの打撃では彼にダメージがほとんど入らないうえに、リーチ差から彼の鉢巻を狙うのは困難である。

(今のままだと少しきついか)心の中で呟くと、一度体勢を整えるためカルアを弾き飛ばそうと至近距離で魔障壁を展開した。しかし、彼はニヤリと笑った。

「私にその手は通じんぞ！　大地破砕拳！」

叫ぶと同時に彼は右手の拳に魔力を籠め、魔障壁に力一杯その拳を叩きつける。その拳が魔障壁にぶつかると一撃で破られてしまった。目の前で起きたことに「な……!?」と驚愕しながら、彼の拳を腕を交差させ何とか受けとめる。

「ぐっ……がはっ！」

拳の威力と魔力は魔障壁を破ることにほとんど使われていたらしく、致命傷には成り得ない。それでもそこそこの威力と衝撃があり、思わず後ずさりしてしまう。カルアは、肩で息をしながら一瞥すると忌々し気に呟いた。

「はぁはぁ……ようやく一撃か……しかし、私にも勝機が見えて来たようだな」

「はは……そう思うかい？」

笑顔で答えるが、実際のところかなり厳しい。遠距離攻撃は彼の土壁に阻まれてしまう。その上、魔法で大技を使うと倒しきれなかった時のリスクが大きすぎる。かといって、打撃技で勝てる気もしない。さて、どうしたものかな……。

その時、観覧席にふと目が移った。父上がニコニコ顔でこちらを見ているが、あの笑顔は密かに怒っている時のやつだ。はは、確かに武舞台で調子に乗り過ぎた感はあるもんなぁ。

観覧席では父上以外の皆も身を乗り出して応援してくれているようだ。するとその時、あることを閃いてカルアに視線を戻す。

「じゃあ、次の技で決めるよ。受けてくれるかな？」

「いいだろう、リッド様の技、耐えてみせよう。その時が私の勝利だ……」

彼が挑発に乗ってくれたことにほくそ笑む。程なくして僕は右手を掲げて拳を作り、火の属性魔法を籠めていく。そして、その様子を警戒して注視するカルアに、「覚悟してもらうよ……！」と凄み声を轟かせる。

「僕のこの手が焔で灯る……君を倒せと鳴り響く……！　刮目しろ……道破《どうは》・灼熱魔槍拳《しゃくねつまそうけん》！　いくぞぉおおおおおお！」

口上と共に、右手は焔で燃え上がるように真っ赤に染まり光り輝いている。その状態を維持したままに、身体強化を使いカルアに突撃していく。対して彼は、魔力で異常なまでに右手を光らせているることに驚愕しているようだ。

「くらえぇえぇええええ！」

「良くわからんが……来ると言うなら受けて立とう！」

勢いそのままに彼の懐に入り込むと、右手の拳を顔面目掛けて打ち込んだ。カルアは警戒してその右手を両手で受け止める。すると、彼の全身が焔に包まれた。

「ぐぁあああ⁉　だ、だが、耐え切れないほどのものではないぞ……！　次の一手で私の勝ちだ！」

「本命は……左だぁああああ！」

彼が右手を両手で受けている間に、僕は左手を手刀にしてカルアの腹部に抉り込ませる。意識が右手に集中していたカルアは、虚を衝かれた結果となり堪らず「ぐぅ⁉」とうめき声を上げる。その隙に、僕はすかさず左手の手刀に魔力を籠めて声を轟かせた。

「弾けて爆ぜろぉおおお！」その声と合わせて、腹部に抉り込ませた左手から大爆発が起こりカルアを吹き飛ばした。

「がぁああああああ⁉」

彼は悲痛な叫び声を上げ、場外の水堀に勢いよく落水する。その結果、ひと際大きな水柱が立ち、会場に水飛沫が吹き荒れた。

「ふぅ……終わったかな？」そう呟き、魔法を放った左手で開いて閉じてを何度か繰り返す。そして、残った魔力で『電界』を使い武舞台上に誰か残っていないか確認する。

「うん……どうやらいないみたいだね」

念のため、周りを見渡して目視もしてみるが立っている子はいない。確認が終わると、カルアが着水した場所に向かって足を進めて行く。すると、彼が丁度水堀から上がろうとしていた。

「やぁ、もう少しだったのに残念だったね」

彼に声を掛けながら手を差し出した。カルアは一瞬戸惑う素振りを見せるが、すぐにその手を取り武舞台に上がると悔しそうに頭を掻いた。ちなみに、彼の獣化はすでに解けている。

「はぁ……まさか、右手に魔力を籠めておきながら囮にするとは思わなかった。あの魔法は……なんと言う名前なんだ？」

「あはは……右手で繰り出した魔法は、君の注意を引くために思い付きで創ったんだよ。左手で放った魔法は、僕の従者が以前見せてくれた魔法さ」

カルアが目を丸くしたその時、会場全体から健闘を称える歓声と拍手が鳴り響く。そんな中、ダイナス、クロス、ルーベンス、ネルスの四名が近寄ってきた。そして、ダイナスが一歩前に出るとニヤリと笑う。

「リッド様、さすがでございますな。実に見応えのある良い鉢巻戦でしたぞ」

「はは……ありがとう、ダイナス。でも、さすがにヘトヘトだよ」

ダイナスに苦笑しながら答えると、彼は笑顔のまま観客席に向かって声を張り上げた。

「鉢巻戦、初代優勝者はリッド・バルディア様である。勝者と敗者の健闘を称え改めて、大きな拍手を頂きたい！」

その一言で、観客席からは改めて大きな歓声と拍手が鳴り響く。そして、ダイナスは僕にウィンクをすると、観覧席に視線を向けて再び声を張り上げる。

「では、鉢巻戦の終了に伴いバルディア領領主、辺境伯ライナー・バルディア様よりお言葉を賜ります」

あれ……そんなこと段取りにあったかな？　思わずダイナスに目をやるが、彼はニヤニヤしているだけだ。程なくして、観覧席にいる父上が声を張り上げた。

「本日の試合は、皆が日々仕えている我らバルディア家がどんな存在なのか。そして、バルディアに迎え入れる獣人族の可能性を示すものだ。獣人族の受け入れに懐疑的な者もいただろうが、その必要性は十分に伝わったと思う」

そう話す最中、父上はこちらをほんの一瞬だけギロリと睨んだ。その瞬間、ゾクッと背筋に戦慄が走った。やばい、過去最高に怒っているかもしれない。内心震える僕をよそに、父上は言葉を続けた。

「また、この場にいる者は皆、我がバルディア家によく仕えてくれている。改めて、我がバルディア家に仕えていることを誇りに思ってほしい。何より、我が息子がいる限りバルディア領は安泰だろう。それは、皆が目にした通りだ。最後に、今回の試合内容は緘口令《かんこうれい》を敷く、心せよ。以上だ！」

父上の口上が終わると、ダイナスは観覧席に向かい一礼する。そして、顔を上げると再び声を張り上げた。

「では、これにて終了としますが、リッド様よろしいでしょうか？」

「え……あ、うん。そうだね、じゃあ一言だけ」

ダイナスの問い掛けに頷き、深呼吸をしてから声を張り上げる。

「改めて、リッド・バルディアです。今日の『鉢巻戦』を見に来てくれた皆、それに参加してくれた獣人族の皆にまずお礼を言いたいと思います。皆、協力してくれてありがとう」そう言って観客席と子供達を見回し、説明を続けた。

「それから、『魔法』は修練すれば誰でも使えるようになります。僕が特別なわけではありません。これから、獣人族の皆には様々なことを学んでもらい、バルディアに貢献してもらうつもりです。どうか、バルディア家に仕えてくれている皆は温かく見守って下さい。また、獣人族の皆にはバルディアを新しい故郷と思ってほしい。以上です」

口上が終わると、観覧席の父上が拍手をするのが見えた。それは、瞬く間に会場に伝播していき、拍手が武舞台まで鳴り響いていく。流石に少し照れくさくなり、俯いて頬を掻いた。その時、ダイナスが咳払いをして声を発する。

「これにて、第一回鉢巻戦は終了。各自解散……以上！」

その時、「ん？」と首を傾げた。第一回？　はて、二回目の予定はないけどな。

しかし、この『鉢巻戦』は緘口令が敷かれるも、バルディア家に仕える者達から開催を熱望する嘆願書が父上に提出される。

その嘆願書には鉢巻戦開催による収益、集客効果、モチベーションアップなど様々な利点の記載があり、とても素人が作ったものではなかったらしい。止む無く、規模を縮小した鉢巻戦の開催を父上は検討することになるが、それはまた別の話である。

鉢巻戦終わって

鉢巻戦が終わり、観覧席に移動するとメルが満面の笑みを浮かべて飛び込んできた。

「にいさま、すっごくかっこよかった!!」

「おっと……あはは、メルありがとう」

驚きながらメルを受け止めると、その勢いでクルッと一回転してゆっくりとその場に降ろした。

すると、傍にやってきたディアナが会釈する。

「リッド様、流石でございました。ですが、最後の技は……」

「ああ、あれね。ディアナが何度かレナルーテで見せてくれたでしょ？　見様見真似だったんだけど、上手くいって良かったよ」

思いがけない答えだったらしく、ディアナは目を丸くすると『やれやれ』と軽く首を横に振った。

その後、クリスやエレン達からもお祝いの言葉をもらい順番に色々と話していく。

クリス達は、僕の『魔法』を目の当たりしたのは初めてだったから驚きの連続だったそうだ。だけど、それよりも「鉢巻戦を定期的に行うことにすれば、バルディア領の地域発展に大いに役に立つのでは？」と熱く語っていた。

実のところ、彼女が手配した出店は大変好評で十分元は取れる結果になったらしい。しかし、この場で詳細を詰めるのは難しいから、鉢巻戦の行事化はまた後日に話すことになった。

エレン達は「いやぁ、やっぱり狐人族はいいですね。早く工房に来てほしいです」と狐人族を絶賛している。それと、鉢巻戦前にお願いしていた部分もしっかり見ていてくれたようで、「今から、ワクワクしていますよ！」と目を輝かせていた。

サンドラは……この場にはいなかった。医療班として待機すると言っていたから、そっちが忙しいのかもしれない。その時、わざとらしい咳払いが聞こえて振り向くと、そこには厳格な顔をした父上が立っていた。

「リッド、さすがは私の息子だ。まずは良くやったと言っておこう」

「……！　はい、ありがとうございます。」

怒られると思っていたけれど、褒められて嬉しくなりつい顔が綻んでしまう。父上も釣られるように、一瞬だけ硬い表情を解くがすぐに引き締める。そして、顔を近づけると耳元で囁いた。

「色々と気になることがあるのでな。疲れているとは思うが、この後すぐに屋敷の執務室でたっぷりと話を聞かせてもらうぞ……？」

「あ……はい」

観念したように頷くと、父上はニコリと微笑む。しかし、僕は一転してズーンと暗くなった。その様子を見ていた皆は、揃いも揃って呆れ顔で『やれやれ』と肩を竦めて首を捻っていた気がする。多分気のせいだろう。そんな中、メルが可愛らしい声を張り上げた。

「きめた！　わたしもにいさまから『まほう』をならう。ね、にいさまいいでしょ」

「え……？　ぼ、僕は構わないけど……父上、どうでしょうか？」

突然の問い掛けに戸惑いながら、助けを求めるように視線を泳がした。メルは、その視線の先にいる父上に小走りで近寄ると、足元から父上を上目遣いで見つめた。

「ちちうえ……だめ？」

「むう……いや、しかし……」

可愛らしい仕草に父上はたじろいでいる。その微笑ましい光景を見て、皆はニヤニヤしているようだ。しかし、当のメルに諦めた様子はない。

しおらしくシュンと俯いてから顔を上げると、目を涙で潤ませ再度上目遣いで父上を見据える。そして、今度は可愛らしく小首を傾げながら囁いた。

「どうしても……だめ？　もし、ゆるしてくれたら、わたしのこと……ちちうえも『メル』っていってもいいよ？」

「ぐ……ま、まぁ、そうだな。メ……メルも護身術程度なら……良いかもしれんな」

困惑した父上は、悩んだ挙句首を縦に振った。メルに父上が陥落した瞬間である。すると、メルは表情を一転させ、パァッと明るく満面の笑顔で父上に抱きついた。

「ありがとう、ちちうえ。だーいすき」

「う、うむ……」

ちなみに、最近は訓練も兼ねて『電界』をできる限り常時発動させている。そしてこの時、父上とメルのやり取りを微笑ましく見ている皆から感じた気配は同じだった。その気配を言葉にするなら、「父上はメルには甘く、弱い」である。やがて、メルはこちらに振り向き目を輝かせた。

「にいさま、ちちうえもゆるしてくれたから、いいよね!?」

「そ、そうだね。わかった。じゃあ、今度メルの属性素質を調べてみようか」

「うん、たのしみ！」

こうして後日、メルの属性素質をエレン達がいる工房で調べることになる。なお、父上からはメルの属性素質はすぐに報告するように釘も刺された。

◇

観覧席で皆と話した後、会場の跡片付けを手伝おうとする。しかし、その作業は騎士団や他の皆がすると言って聞かない。それよりも湯浴みを行い、身嗜みを整えるように言われる。止む無くお言葉に甘えて、父上達と一緒に馬車で屋敷に戻ることにした。

なお、宿舎にはカペラが戻る予定だ。彼に、子供達の体調を気にしてほしいということに加え、今日の夕食はいつもよりご馳走を用意すること。そして、「皆と立ち合えた鉢巻戦はとても楽しかった」という言葉を伝えるように話すと、カペラは「承知しました」と頷いた。後は、彼に任せておけば問題ないだろう。

それにしても、鉢巻戦はとても有意義なものだった。獣人族の子供達における潜在能力の高さと新たな魔法の可能性。その他、様々な発見があり今後に活かせるものも多い。

鉢巻戦で直接手合わせできなかった子供達もいるから、その子達にはまた別の機会に話を聞いてみたいところだ。その時、ゆっくりと馬車が止まる。どうやら、屋敷に到着したようだ。降車して屋敷に入ると、執事のガルンが出迎えてくれた。

「おかえりなさいませ」

「うむ。ガルン、早々にすまんがリッドに湯浴みの準備をしてやってくれ。それから、着替えもな」

彼は頷きながら僕を一瞥すると、目を丸くした。

「承知しました。確かに、リッド様のお姿は頂けません。すぐにご準備いたします」

「頼む。リッド、お前は湯浴みと着替えが終わったら、執務室に来い。たっぷりと話があるからな」

「う……か、畏まりました」

父上は表情こそ穏やかだけど、目が笑っていない。むしろ、静かな怒りすら感じる。思わずたじろぐと、メルが僕の服を引っ張った。

「うん？　メル、どうしたの」

「にいさま、あとで、ははうえのところにいこうよ。ははうえもきっと、にいさまのかつやくよろこぶよ」

メルは嬉しそうに満面の笑みを浮かべている。母上に色々と話したくて、たまらないのだろう。

「そうだね、じゃあ、父上とのお話が終わったらメルに連絡するね」

「うん、やくそく。まっているね、にいさま！」

「じゃあ、にいさま。またね！」そう言うとメルは自室に向かって走り出した。しかし、突然走り始めたから側にいたダナエが目を丸くする。

「な!?　メルディ様、そんなに勢いよく走らないで下さい！」

彼女は驚きの声を上げ、慌ててメルの後を追いかけて行った。二人のやり取りを目の当たりにして、「はは、ダナエも大変だな……」と思わず苦笑すると、ディアナが何か言いたげな眼差しを僕に向ける。その視線の意図がよくわからず、首を傾げた。

「ん？　どうかした」

「いえ……何でもございません。さ、それよりも、湯浴みに参りましょう」

「う、うん。わかった」

結局、彼女が向けた視線の意図はよくわからないままだった。

◇

湯浴みが終わり脱衣所で服を着ていると、ドアの向こう側からディアナの声が聞こえて来た。

「リッド様。ライナー様より、部屋に来る前にサンドラ様の診察を受けるようにとのことです」

「サンドラの……？　わかった、もう着替え終わるからもう少し待って」

彼女が屋敷に来たということは、父上が会場にいた時に誰かを通じて指示を出したということだ。

でも、どうしてだろう？　疑問を抱きつつも着替え終わり脱衣所を出た。

「お待たせ。サンドラは、どこで待っているのかな」

「サンドラ様は、応接室にてお待ちでございます」

「わかった。じゃあ、行こうか」

そうして、足早にサンドラが待つ応接室に向かった。

◇

「ごめん、サンドラお待たせ」

「いえいえ、気にされないで下さい」

応接室に入室すると、サンドラがソファーから立ち上がり頭をペコリと下げる。すぐに頭を上げてもらい、その間に彼女と机を挟んで正面に位置するソファーに腰を下ろした。

「それにしても、僕の診察ってどういうこと？」

「ふふ、単純にライナー様が、とてもご心配されているんですよ。ナナリー様のこともありますから、リッド様が魔力を使うことを気にされているみたいです」

「あ……そういうことか。また心配かけちゃったな……」

彼女との会話で、レナルーテで気絶してしまった時のことを思い出す。あの時とは違い、気絶はしていないけど、それなりに魔法を使用していたから心配させてしまったのだろう。反省していると、サンドラが明るい声を発した。

「さぁ、それでは早速診察をいたしましょう。体で腕や足など違和感や、魔力の流れがおかしいと感じるところはありませんか？」

「うん、大丈夫だよ」

その後、彼女は僕の体の動きや魔力の流れなど様々な部分を診察してくれた。しかし、その間に何度も強烈な眠気に襲われて目をこする。その様子にサンドラが気付き、心配そうにこちらを見つめた。

「リッド様、どうされました？　何か、目に違和感がありますか？」

「いや……何だか、眠気が凄くてね。ちょっと疲れたのかも知れないね……」

こんなに一日で魔法を使い、動き回ったのは初めてかもしれないな。訓練でもここまで疲れたことはない。おそらく、気付かぬうちに僕も緊張していたのだろう。眠気に耐えていると、サンドラがホッとしてニコリと微笑む。

「そうでしたか。では、今日は早めにお休みになって下さいね」

「うん。そうするよ」

診察が終わり、彼女にお礼を言って応接室を後にする。そして、父上が待つ執務室にディアナと一緒に移動した。

◇

「父上、よろしいでしょうか？」

「うむ、入れ」

返事を確認し、執務室のドアを開けてディアナと共に入室する。室内では、父上とガルンの二人が事務作業に勤しんでいたようだ。父上は僕が部屋に入ると、事務机からおもむろに立ち上がる。

そして、いつものように僕達は机を挟んでソファーに座った。襲い来る眠気に対して目を擦りながら、ガルンに話しかける。

「ガルン、ごめん。紅茶を濃いめでもらってもいいかな」

「畏まりました。ライナー様は如何いたしましょう」

「そうだな、私も頼む。ところでリッド、目でも痛むのか？」

心配の籠もった父上の声色に、首を軽く横に振りながら苦笑する。

「いえ、少し眠気が強いんです。でも、父上が呼んでくれたサンドラの診察も受けて異常はないと言われましたから、大丈夫です」

「そうか。なら良いが、あまり無茶はするなよ」

「はい、そうします」

コクリと頷くと、父上の硬い表情が一瞬解ける。しかし、すぐにいつもの厳格な顔に戻り口火を切った。

「さて、疲れているところ悪いが『鉢巻戦』において、お前が見せた『魔法』について教えてもらおうか。なんだ、あの様々な魔法は。見たことのないものが多すぎる。あれは、すべてお前が創りあげたものなのか？」

「は、はい。仰る通りです。その……事後報告になり申し訳ありませんが、一つご報告がありまして……」

「ふむ、言ってみろ」

するとその時、ガルンが紅茶を机の上に置いてくれた。

「お話し中、申し訳ありません。リッド様、ご要望の通り、少し濃いめに淹れております。お口に合わない時はお申しつけください」

「うん。ガルンありがとう」

早速、淹れてくれた紅茶を口にする。いつもよりは味が濃いけれど、これはこれで美味しい。彼に目をやって「美味しいよ、ありがとう」とお礼を伝えた。ガルンはニコリと微笑んで、会釈する。そして、手にした紅茶を机に置き、深呼吸をしてからおもむろに口を開く。

「僕は……属性魔法に必要な全部の属性素質を持っています……！」

「ほう……」父上は厳格な表情のまま相槌を打った。しかし、予想外の反応であり逆に僕が呆気にとられてしまう。

「あ、あれ……驚かないのですか？」

「はぁ……驚いてはいるぞ。いや、報告の『遅さ』に呆れているというべきかもしれんな」

父上はやれやれと首を横に振ると視線をディアナに向ける。その瞬間、ハッとして彼女に振り向いた。

「ひょっとして、報告していたの？」

するとディアナは、少し決まりが悪そうに咳払いをして頭を深々と下げた。

「リッド様、差し出がましいことをして申し訳ありません。ですが、魔法に必要な属性素質をすべてお持ちという重要な情報は、ライナー様に御報告をしないわけには参りませんでした」

「いやいや、そんなに気にしなくて大丈夫だよ。それに、ディアナの立場を考えれば当然のことだし……むしろ、僕が変な気を遣わせてごめんね」そう答えると、ホッとしたらしく彼女の表情が少し柔らかくなった。だが、父上からは厳しい眼差しを向けられる。

「全くだ。主人であるべきお前が、従者であるディアナに気を遣わせてどうする。どうせ、私に報告すれば魔法を制限されると思ったのだろう？　だがな……何も知らず、突然報告されるほうが対応に困るのだ。いつも言っているはずだが？」

「う……返す言葉もありません」

鋭い指摘に何も言えずに俯くと、首を横に振った父上が言葉を続ける。

「お前が全属性持ちということは、バルディア家の一部の者。あとは、サンドラにも伝えているぞ。もっとも彼女は心当たりがあったようで、そこまで驚いてはいなかったがな」

「あはは……そ、そうだったのですね。ちなみに、なんで直接お尋ねにならなかったのですか？」

サンドラまで知っていたとは驚愕だ。彼女の性格から考えれば、知れば色々尋ねてきそうなのにな。おそらく、父上から固く口止めされていたのだろう。でも、何故そこまでして僕を泳がせたのだろうか？　気になったから尋ねると、父上はニヤリと意地悪そうに笑った。

「そんなの決まっているではないか。全属性持ちという稀有《けう》な存在であることを知ろうが知るまいが、お前の行う魔法の探求をバルディア家発展のために止めるわけにはいかん。むしろ、私が知ってしまえば公認されたと調子に乗るだろう。ならば、泳がせていたほうがバレないようにと多少は大人しくすると判断したまでだ。それに、いずれ私に話すつもりだったのだろう？」

「それは、そうですが……つまり、僕は父上の掌で転がされていたんですね……」

少しシュンとなり俯くが、すぐにハッとしてあることに気付いた。

「あ、でも、そうか。今後は父上の公認ということで、大手を振って探求に勤しんでも大丈夫ということですね！」

確かに父上の言う通りだ。もっと早い段階で相談すれば、こそこそと魔法の探求をする必要はなかった。むしろ、早く伝えて探求に必要な簡易的な施設を、鉢巻戦の会場のように造れば良かったのだ。しかし、父上は眉を顰めた。

「愚か者め……そんなことを言うのが目に見えていたから、泳がされていたというのがわからんのか⁉」

「あう……す、すみません。また、返す言葉もありません」

父上は額に手を添えながらまた首を横に振っている。そして、ゆっくりと視線を戻した。

「それで、鉢巻戦で使った魔法の数々はなんだ。見たことがない魔法や様々な属性もあったように見えたぞ」

「そうですね。では……」

その後、父上に鉢巻戦で使った魔法について説明を行っていく。話の内容に、父上は表情を崩さずに聞いていたが、傍で聞くガルンやディアナはときおり目を丸くしていた。大体の説明が終わると父上は思案顔で相槌を打つ。

「ふむ……ちなみに、お前は鉢巻戦で見せた魔法を観客席の者達が理解できると思うか？」

「いえ、魔法を見たことがある者は領民でも少ないと思いますから、僕が全属性持ちであることを理解できた者はほとんどいないはずです。多分、武舞台上で対峙していた子達も僕が全属性持ちであるとは思っていないはずです」

会場で遠慮なく魔法を沢山使用した理由はいくつかあった。一つは、魔法の可能性を領民に示して理解してもらうためだ。

現状では魔法が扱えることは一般的ではない。一部の貴族、冒険者や軍、騎士が必要に応じて修練して使う程度であり、平民が扱うことはほとんどないと言える。つまり、あの場にいた領民達は、魔法を見たのが初めての人も多かったはずだ。

そんな状況で、僕がどんな魔法を使ったかなんて理解できた人は皆無だろう。でも、魔法でこんなことが可能であると示せば、興味を持ち自身の子供達には使えるようになってほしいと思うきっかけになるかもしれない。

残念ながら、この世界において平民の子供は労働力と一緒であり、農業や家の手伝いをしていることがほとんどだ。だけど、そうしなければ人手が足りないのである。

前世の記憶にあるような、電気、水道、ガスなどはこの世界に存在しない。当然、機械なんてものもなく、すべては人力だ。そうなれば、子供も貴重な労働力となるのは当然でもある。しかし、子供達がいずれ魔法を使えるようになれば、労働状況は改善され様々な文明開化の走りに繋がるはずだ。それ故に、教育課程を試作して獣人族の子達で試すのである。父上もそれを理解したからこそ、僕が行うことを領主として応援してくれているのだ。

そして、二つ目は単純に一部の子達が使った『獣化』が想定外で想像以上に強力だったため。最早、魔法を使わされたとも言って良い。

獣人族の子達は『力が無い』として売られた子もいれば、金になる、厄介払いなど様々な理由で売られた子がいると聞いている。それに、彼等はここに来るまでまともな衣食住にありつけていなかった。その為、獣人国で捕まった時は体力が落ちていたり、様々な要因でほとんどの子が思うように力を出せなかったのだろう。

しかし、ここ数日の食事や休息によって本来持っている力を出せるほど、体力が回復していたと思われる。まぁ、仮にそうだとしてもその回復力には驚かされるけど。話を聞いた父上は、ゆっくりと頷いた。

「ふむ、その認識はあながち間違っておらん。貴族である私自身、すべての属性魔法を見たことは無いからな。だが、軽率だったことは否めん。次からはもっと慎重に行動しろ」

「はい……承知しました」と返事をするが、父上は呆れ顔でため息を吐いた。

「はぁ……いつも『返事』だけは、良いのだがな……何度も同じようなことをしていると、いい加減に理解してほしいものだ」

「あはは……肝に銘じます……」

それからしばらくの間、父上からやんわりとお説教を受けるのであった。

◇

「リッド、ちなみに……メ、メルのことだが、護身術とはいえ魔法は程々にな」

「はい。承知しております。属性素質を確認してからになりますが、サンドラとも相談して進めていきますのでご安心ください」

「いや……だからこそ、気掛かりなのだが」

父上が不安そうに呟いたその時、執務室のドアがノックされダナエの声が響く。

「お話し中に大変申し訳ありません。その……メルディ様が、リッド様とご一緒にナナリー様のお部屋に行くお約束をされたと、こちらでお待ちなのですがいかがでしょうか？」

「にいさま……まだかかる……？」

ダナエに続き、メルの落ち込んだ声も聞こえてきた。

「なんだ、リッド。メルと約束をしていたのか？」

「す、すみません。終わり次第、連絡をするとメルには伝えていたのですが……」

困惑していると、ガルンが会釈して会話に参加する。

「大変僭越ですが、お二人が話し始めてそれなりの時間が経過しております。きっと、メルディ様が待ちきれなかったのでしょう」

「む……そうか、わかった。リッド、ひとまず今日はもう良い。お前も疲れているだろうからな。しっかり休むのだぞ」

「はい、ありがとうございます。では、今日はこれにて失礼いたします」

ソファーから立ち上がり父上に一礼し、執務室をディアナと共に退室する。部屋の外に出ると気まずそうなダナエと、しょんぼりしたメルがいた。

「リッド様、お話し中とわかっていながら、大変申し訳ございませんでした」

ダナエが突然に深々と頭を下げる。メルもハッとしてペコリと頭を下げた後、シュンとしたままに話し始めた。

「ダナエはわるくないの。わるいのはわたしなの……ごめんなさい。でも、どうしても、にいさまといっしょに、ははうえのところにいきたかったの。ははうえに、にいさまのかつやくを、おしえてっていわれていたから……」

「そっか、僕こそ父上との話が長くなってごめんね。途中で遅くなるって連絡するべきだったね。ほら、メルもダナエも顔を上げて元気を出して、僕も父上も気にしていないよ。それよりも、母上のところに行こう」

「……！　うん、にいさまだいすき」

メルが明るい声を発して僕に抱きつくと、執務室のドアが開く。そして、父上が姿を見せて咳払いをした。

「……リッド、ナナリーのところに行くのであれば、後で私も顔を出すと伝えておいてくれ。それから、メル。約束を知らぬとはいえ、リッドを引き留めて悪かったな」

その言葉に、メルは嬉しそうに父上に抱きつくと上目遣いで見つめる。そして、「ちちうえもだいすきだからね！」と言ってパァッと微笑むのであった。

◇

その後、メルと一緒に母上の部屋を訪ねると、母上はとても喜んでくれた。

『鉢巻戦』については一応伝えていたけれど、観覧できなかった母上はその分興味津々だったみたい。改めて開催するまでの経緯、今後の方針を軽く説明すると母上はとても感心して褒めてくれた。隣でそのやり取りを見ていたメルは、身振り手振りを使って鉢巻戦の様子を楽しそうに母上に伝えていく。

しかし、それはいいのだが、何かがおかしい。メルは武舞台上で僕が使った言葉遣いまでしっかりと再現しているのだ。最初は笑っていた母上だったが、その目は段々と光が失われている気がしてならない。そんな母上の様子に戦慄を覚え、冷や汗を掻いていた。だが、メルは楽しそうに話を続ける。

「えっと、それでね……そう！　うさぎのこたちをたおしたあとにね……にいさまはこういっていたの」

「ふふ……リッドは、なんて言ったのメル」

母上、口では笑っているけど目が笑ってない。そんな状況を知ってか知らずか、メルは満面の笑みで答えた。

「あのね、すっごくこわいかおしてね、『ぶぶたいにいるみんなをじゅうりんするだけだ』っていってたの。そしたら、みんなすごくびっくりしていたみたい。でも、ははうえ、『じゅうりん』ってどういういみなの？」

「ゴホゴホ⁉　メ、メル、なんでそんなことを知っているの⁉　観覧席からじゃ、いくらなんでも聞こえないでしょ！」

目を輝かせたメルが母上にとんでもないことを尋ねてしまい、思わず咳き込んでしまった。そして、当のメルはきょとんと小首を傾げるが、程なくしてハッとする。

「あ、それはね。カペラがおしえてくれたの。にいさまが、なにをはなしているかしりたいっていったら、にいさまのくちのうごきでわかるって」

「な……!?」愕然とした。カペラ、恐るべし。さすが、元レナルーテの暗部なことだけはある。

でもこの時、あることを失念していた。『聞こえないでしょ！』と聞き返すということは、言ったことをすなわち認めることでもある。それから間もなく、背筋に悪寒が走って恐る恐る母上に振り向いた。すると、見たことも、感じたこともない、冷たい眼差しが母上から向けられているではないか。血の気が引くのを感じつつ、僕は弁明を始める。

「あ、いえ、その母上、これには深い事情がありまして……」

「ふふ……貴族の子息であり、獣人族の子達を導こうとする貴方が、そんな言葉遣いをするなんてねぇ。さぞ、深い事情があったのでしょう。では、この母にすべて包み隠さずに話して頂きましょう」

「は、はい……承知しました……」

これはダメだ。母上の目の色は完全に冷え切っている。観念してズーンと暗くなるのに対して、メルはきょとんとしている。その時、ディアナがわざとらしく咳払いをした。

「メルディ様、ダナエ。私達がこの場にいては、お二人がするお話の邪魔になってしまいます。ここは、部屋の外で待ちましょう」

「え……⁉　あ、そうですね。それにそろそろ良い時間になってきています。メルディ様、続きはまた明日に致しましょう」

「うん、わかった。ははうえ、またあしたね」

「ええ、メル。また明日、話しましょう」

項垂れて暗くなっている間に、ディアナ、ダナエ、メルの三人は部屋を出ていってしまった。部屋が僕と母上の二人だけになると、急に室温が下がり始めた気がする。

恐る恐る顔を上げると、そこには冷たい威圧感に包まれた……言うなれば般若のような雰囲気を纏った母上の姿があった。

「さぁ……リッド、貴族の子息として母に話してもらいましょう」

「は、はい……」

こうして、武舞台で行ったことをすべて包み隠さず、洗いざらい母上に伝えることになる。そして、「如何なる理由があろうとも、貴族の子息の言葉遣いと態度にあらず。調子に乗り過ぎです」と父上以上にお叱りを受けるのであった。

◇

「はぁ……早く元気になって、貴方をもっと近くで見守らねばなりませんね」

「……ははうえ……すみません」

「……⁉　リッド、どうしたのです⁉」

母上からのお叱りを受けていたけれど、疲れと眠気がいよいよ限界に達しつつあった。その為、だんだんと意識が途絶え始めて、無意識に頭が船をこぎ始めてしまう。母上からの声が聞こえた気がして、眠気に立ち向かい必死に目をこする。

「お話し中なのに……すみません……もう、眠気が限界で……少しだけ……少しだけ、母上の横で寝させてもらっていいですか？」

「え、ええ、いいわよ。こちらにいらっしゃい」

招かれるままに、ベッドに入り込む。そこはとても心温まる場所であり、気付かぬうちに深い眠りについてしまった。

心境の変化

鉢巻戦の翌日……。

ふと眠りから覚めて目を擦り、寝ぼけながら部屋を見渡すといつもと違う雰囲気で、「あれ？」と首を傾げた。すると、母上から「ふふ、おはよう、リッド」と声を掛けられて目を丸くする。そして、母上の部屋でぐっすり寝てしまったことを理解する。同時に気恥ずかしさで顔が火照るのを自覚した。きっと耳まで真っ赤になっていることだろう。

間の悪いことに、母上の部屋に訪ねてきたメルにも見つかり「ははうえといっしょにねるなんて……にいさまだけ、ずるい！」と怒られてしまう。

その後、母上の助けも借りて、メルを宥めることに何とか成功する。しかし、この騒動で僕が母上の部屋で寝ていたことは屋敷中に知られてしまう。そして、屋敷の皆から何故か生暖かい眼差しを向けられるようになり、ちょっといたたまれない。

朝食の時には、父上から何やらニヤニヤとした視線を向けられていた気がしたけれど……あえて聞かないようにした。

朝食が終わると、すぐさま宿舎へ向かうための準備に取り掛かる。勿論、子供達の様子が気掛かりだったからだ。決して、母上のベッドで寝ていたせいで屋敷にいるのが気恥ずかしかったからではないからね。

◇

ディアナと宿舎に辿り着くと、何やら今までと少し雰囲気が違う印象を受けた。何と言うか、前よりも明るくなった感じだ。そして、すれ違う獣人族の子達が丁寧に挨拶をしてくれるのは大きな変化の一つだろう。また、その挨拶に僕がニコリと返すと、何やら皆一様に『パァッ』と顔が明るくなる。何かあったのかな？　疑問を抱きながら執務室を訪れるとカペラが出迎えてくれた。

「おはよう、カペラ。昨日はありがとう。それで、何か変わったことはあったかい？」

「リッド様、おはようございます。いえ、特にありません。あと、夕食をご指示頂いた通りにいつもより豪勢にしたところ、子供達は大変喜んでおりました」

「そっか。それなら良かったよ。あと、少し宿舎の雰囲気が明るくなったね」

彼は「ふむ」と少し考え込んでから呟いた。

「それは、昨日の『鉢巻戦』の結果により、獣人族の子供達がリッド様に対して畏敬の念を抱いたからでしょう」

「あはは、それなら鉢巻戦をした甲斐があったかな」

獣人族の子供達は一筋縄でいくような子達ではないけれど良い傾向だな。そう思っていると、ディアナが淹れたての紅茶を置いてくれた。

「ありがとう、ディアナ」

「とんでもないことでございます」

彼女が会釈をした時、執務室のドアがノックされる。返事をすると、狼人族のシェリルが入室してきた。しかし、彼女はいつもより凛とした真面目な顔をしている。

「やぁ、シェリル。今日は、どうしたんだい？」

「はい。実は各種族の代表者を選別しました。そして、改めてリッド様に皆が御挨拶をしたいと申しております。差し支えなければ、少しだけお時間を頂戴できないでしょうか」

「それはいいけど……皆、急にどうしたの？」

シェリルは問いかけに対して、ゆっくりと説明を始めた。鉢巻戦が終わって僕達が屋敷に戻った後、シェリル、オヴェリア、カルア、ノワール達が中心となり獣人族の子供達だけで色々と話し合いをしたらしい。結果、子供達はバルディア領を新たな故郷とし、何があっても僕に付いていくと決めたそうだ。

「皆、リッド様の人柄や強さに惹かれております。先日のご無礼をお詫びし、改めてご挨拶をさせて頂きたいです」

先日の無礼とは、大会議室でのやり取りなどだろうか？　そんなに気にしていないんだけどな。でも、そっか……様々な想いがある中で決断してくれたのはとても嬉しいことだ。

「うん、わかった。それじゃあ、会議室に皆を呼んでもらってもいいかな」

「はい、承知しました」

シェリルは一礼して執務室を後にすると、僕は椅子の背もたれに背中を預けながら天を仰ぎ呟いた。

「ふぅ……鉢巻戦のおかげだね。思ったより、色々と前倒しにできそうだよ」

その呟きに、カペラとディアナも同意するように頷いた。

「そのようですね。才能豊かな子が多いですから……私も『武術訓練』が今から楽しみです」

「ふふ……バルディア家に忠誠を誓う者として、彼等にもそれに恥じない『強さと礼節』を身に付けさせて見せましょう」

二人は微笑んでいるが、何やら真っ黒な狂気じみた雰囲気を醸し出している。以前から話していた、『レナルーテとバルディア』の技術を混ぜ合わせた武術を教え込むつもりだろう。

「はぁ……戦闘集団を作り上げるわけじゃないんだからね……やり過ぎないように注意してよ」

「……承知しております」

「勿論、心得ております」

こんな時だけ揃った仕草で返事をするディアナとカペラに、思わず不安が胸に過《よぎ》るのであった。

◇

シェリルに会議室の使用許可を出して少しすると、皆が揃ったということで会議室に移動する。

そして部屋に入ると、各部族の代表者として選ばれた子達がこちらに振り向き一礼してくれた。一晩でえらい変わりようだ。そして、皆が見渡せる部屋の奥に移動する。

「さて、お待たせ。改めてリッド・バルディアです。知っているとは思うけれど、改めて二人も紹介するね」

そう言ってカペラとディアナに視線を向けると、二人は一歩前に出て会釈をする。

「改めて、私はバルディア家に仕えるリッド様の従者、ディアナです」

「同じく、リッド様の従者、カペラ・ディドールです」

二人の挨拶が終わると子供達は、会釈や一礼をしている。彼らなりに礼儀を尽くそうとしている様子は、とても良い傾向だろう。ディアナとカペラの二人も、その様子に満更でもないようだ。程なくして咳払いで注目を集め、話を続ける。

「じゃあ、次は君達に自己紹介してもらってもいいかな?」

その言葉に子供達は頷くと一人ずつ自己紹介を行う。兎人族のオヴェリアから始まるが、彼女だけでは心配だと同族からアルマとラムルが付いてきたそうだ。当のオヴェリアは「失礼な話……です」と口調に気を遣いながら、仲間の二人に悪態を吐く。慣れない姿を見せる彼女に、思わず苦笑する。ふと室内を見渡すと、各部族からは代表者以外にも数名が参加しているようだ。

そして、子供達の自己紹介は狐人族のノワール、ラガード、鳥人族のアリア、エリア、シリアと続く。猫人族のミアが行うと、彼女の横にいる猫人の少女が少し気ダルそうに自己紹介を始める。

「猫人族のレディ……です」

「同じく、猫人族のエルムです。今後はよろしくお願いします」

レディという猫人族の少女と違い、エルムは礼儀正しい男の子だ。エルムの生い立ちが気になり尋ねると、彼は元商家だったらしいが潰れてしまい、スラムに流れ着いたという。レディとミアに出会えなければ、野垂れ死んでいたとエルムは笑いながら話してくれた。しかし、その言葉に対して怒ったのがその二人である。

「笑ってんじゃねぇよ、エルム。大体テメェが人攫いに捕まるドジを踏んだから、あたし達はここにいるんだろうがよ」

「そうだぜ。ここでもあんなドジしたら、俺は助けねぇからな」

レディとミアの怒りの形相と悪態にエルムはたじろぐが、すぐに笑みを浮かべる。

「そ、そんな……でも、皆でここに来られたから結果オーライじゃないか」

「それとこれとは別問題だ！」猫人族の少女二人は息のあった様子でエルムに声を荒らげている。

すると、ディアナが咳払いをして「もうその辺で良いでしょう」とミア達をニコリと一瞥する。

その瞬間、ミアとレディの表情がサーッと青ざめて、借りて来た猫のように静かになった。しかし、エルムは笑顔のままディアナに一礼している。彼は中々に図太い子のようだ。

その後、自己紹介は狼人族のシェリル、ベルジア、アネットと続き、熊人族のカルア、アレッドが行う。熊人族のアレッドは、体格は良いが少し気弱そうな感じの男の子だった。

馬人族からは受け入れの馬車で出会っているアリスとディオ。

猿人族からはトーマとトーナの兄妹。

狸人族はダン、ザブ、ロウの三つ子の美少年。

鼠人族はサルビア、シルビア、セルビアの三姉妹。

最後を飾る牛人族は、熊人族のカルアに負けず劣らずの体格をしている種族だ。すでに小柄な大人の女性と変わらない女の子が自己紹介を始める。

「え～、こうしてご挨拶させて頂くのは初めてですねぇ。私は、牛人族のベルカランです」

ベルカランと名乗った女の子に続いて、彼女と比べると少し小柄な男の子が自己紹介を始める。

ちなみに、小柄と言っても彼の身長は僕と変わらないかそれ以上はある感じだ。

「僕は、牛人族のトルーバ……です」

「あ～、そうそうこのトルーバ君が牛人族の代表なのです。私、ベルカランは補佐なのですねぇ。皆さん、よろしくお願いします」

二人は自己紹介が終わるとペコリと頭を下げる。全員の自己紹介が終わったことを確認し、改めてこの場に集まった各部族の代表者達を見回した。

「皆、自己紹介ありがとう。次は僕から、これからの君達にお願いすること、やってほしいことをもう一度、説明するね」

そして、大会議室で先日話したことに加えて、今日から実施することを皆に伝えていく。こうして、本当の意味での事業計画が始まったのである。

量産型：属性素質調べる君Ⅱ改

「呼ばれて、やってきて、ジャジャジャジャジャーン！　これぞ、リッド様の無茶ぶりに応え、叶えてくれる発明品。そして、ボクとアレックスの汗と涙の結晶……その名を『量産型：属性素質調べる君Ⅱ改』でございます！」

「あはは……開発ありがとう。エレン」

僕はいま、ディアナやカペラに加え魔法の教師陣のサンドラ達と共に、宿舎の大会議室でエレン、アレックスの開発品を披露してもらっていた。

鉢巻戦も終わり、子供達が積極的な協力を約束してくれたので、様々なことを急ピッチで進めている。そしてその第一段階が、子供達の属性素質を調べて今後の方針を決めることと効率の良い魔法修練を行っていくことだ。

各部族の代表者となった子供達との話し合いの後、エレン達にはカペラを通して連絡。すぐに完成品を宿舎に納品するようお願いして、いまに至るというわけだ。エレンは悦に入りながら、『量産型：属性素質調べる君Ⅱ改』について語っている。

「……というわけで、リッド様に量産を依頼されてからアレックスとボクはどうすれば良いのか？毎日毎日考え抜いていたわけですよ」

「う、うん、頑張ってくれたのはとてもわかったよ。エレン、本当にありがとう。じゃあ、早速、使い方を教えてくれるかな？」

「あ!?　すみません、そうでしたね」

彼女は、ハッとするとアレックスと量産型：属性素質調べる君Ⅱ改（以降・属性素質鑑定機）の使い方の説明を始める。

だが、使い方と言っても特別なことはない。調べたい当人が箱の上に置いてある水晶玉に手を乗せれば、魔力に反応して水晶の中で決まった順番で属性素質による色彩変化を起こす。それによって、属性を判断できるというものだ。二人の説明が終わると、雷の属性素質を持っていたことが発覚した彼女に声を掛けた。

「ディアナ、折角だから調べてみなよ。今後の魔法にも役に立つはずだよ」

「そうですね……では、お言葉に甘えて……」

彼女は頷くと、属性素質鑑定機の水晶に手を乗せる。それから間もなく赤、黄色、深い青が順番に浮かび上がると、また赤が表示される。エレンは表示された色を紙に書き記した。

「ディアナさんは、火、雷、氷の三属性ですね」

彼女はきょとんとした後、自身の掌を見つめて感慨深げに呟いた。

「なるほど……これは素晴らしいですね。私は、先日まで火の属性素質しか持っていないと思っておりました。雷だけでも驚いたのに、氷まで持っていたとは考えたこともありません」

するると、興味深そうに見つめていたカペラが一歩前に出て会釈する。

「リッド様、良ければ私も試してよろしいでしょうか」

「え、うん。いいよ」

「ありがとうございます。では……」

カペラはディアナと入れ替わり、属性素質鑑定機に手を乗せた。心なしか、エレンに緊張の色が見える気がする。そんな様子とは関係なく、水晶の中で色が変わっていく。深い緑、黒と変わり、また深い緑となった。エレンはこれも紙に書き記すと、はにかんだ。

「えーと、カペラさんは樹と闇ですね」

「……なるほど。闇だけと思っておりましたが『樹』もあるとは……これは面白い」

相変わらず無表情だけど、何やらワクワクして楽しそうだ。サンドラ達もやってみたいと言い出すが、まずは子供達が先であることを伝えて我慢してもらう。

それから、各部族ごとに呼び出して順番に属性素質を調べていく。呼ばれた子供達は、自身の属性素質を知れると聞いても当初は懐疑的に首を捻る子が大半だった。しかし、いざ確認すると驚愕してとても喜んでくれる。特に兎人族の戦闘狂ことオヴェリアは、歓喜して目を爛々《らんらん》と輝かせた。

「……おお⁉ あたしは水、氷、光か。リッド様、忠誠も誓ったし、早速魔法を教えてくれよ！」

「オヴェリア……先程、リッド様が自身の属性素質は軽々しく口にしないようにと言われたばかりでしょう……」

彼女の喜びようにディアナはやれやれと首を横に振り、僕は「あはは……」と苦笑する。

「今日は無理だから、また近日中にね」

その答えを聞いたオヴェリアは、思案顔で俯く。しかし、すぐに顔を上げると期待に満ちた眼差しをこちらに向ける。

「近日中か……よし。リッド様、あんたはあたし達のご主人様なんだろ？　なら、率先して約束は守ってくれ……下さりますかね」

「ご、ご主人様って、その呼び方は何か少し違う気がするけど……でも、約束は守るよ。だから、今日はここまでね」

兎人族はオヴェリアを筆頭に皆して目を輝かせている。本当に強くなることが好きな子達の集まりらしい。ディアナと一緒にそんな獣人族の皆に苦笑するのであった。

その後の他部族においても、強くなりたいと思っている子達は、概ねオヴェリア達と似たような反応を見せていた。彼らの成長がこれから楽しみでもある。なお、属性素質の確認が可能なことは機密扱いだ。

今回調べてわかった各々の属性素質は、秘密にするように固く口止めを行っている。いずれ、属性素質鑑定機は世間に公表する予定だけど、今はまだその時期ではない。従って、少しでも外部に漏れないようにするための処置となる。

子供達の人数も多い為、全員の属性素質を測り終えるのにほぼ丸一日掛かってしまった。しかしその結果、興味深い発見をすることになる。

「可能性は考えていたけど……まさか、ここまでハッキリするとはね」

「ええ、これはとても興味深いです。今後、研究を行っていくべきです」

返事をしてくれたのはサンドラだ。彼女が研究を行うべきと進言したのは、子供達の属性素質が部族ごとでハッキリと偏りが見られたことについてである。

兎人族の属性素質を例にすれば、十人以上調べたが全員が『水、氷、光』の属性素質を持っていたのだ。他の部族もそれぞれに必ず持っている属性素質があった。部族ごとによる『基礎属性素質』という感じなのかも知れない。

なんにしても、属性素質は種族もしくは両親からの遺伝など、何らかの規則性を持って親から子に受け継がれる可能性が高いのだろう。ただ、この事実の扱いは気を付けないといけない。すでに鳥人族のアリア達で行われている『強化血統』のような考えを増長させ、属性素質でもその考え方を生み出しかねない事実でもあるからだ。

「この事実は研究を行うべきだと思うけれど、サンドラが信用できる人達だけで内密に調べてみて。父上には僕から報告しておくよ」

「承知しました。この場にいる者以外には秘密にして研究をしてみます」

この時ばかりは彼女も真面目に僕の言葉に頷いた。

それにしても、新しい発見以上に明日からの動きが楽しみでしょうがない。僕と同程度に魔法を扱える子を、僕自身で育て上げるのだ。そうすれば、バルディア領の発展は間違いないだろう。それは、やがてバルディア領を守り、断罪を防ぐことに必ず繋がっていくはずだ。こうして、獣人族の子供達の教育が本格的に始まり、より力を注いでいくのであった。

魔法訓練の開始

「さて、今日はお待ちかねの魔法修練の日です。サンドラ先生が中心となって教えてくれますから、しっかり話を聞くように。僕も参加するからみんな一緒に頑張りましょう」

僕は今、宿舎の屋外訓練場にディアナやサンドラ達、そして獣人族の子供達と集まっている。そう、今日からいよいよ魔法教育が開始されるのだ。

正直、昨日からワクワクしっぱなしである。子供達の属性素質はすでに確認済みのため、後は自由に使えるようになるだけだ。

そうすれば、事業計画は大きく動き出すだろう。また、その為に今回はサンドラ達と一緒に教える側に回っているわけだ。サンドラは咳払いをすると、一歩前に出て子供達を見回した。

「ただいまご紹介に預かりました、サンドラ・アーネストです。ちなみに、リッド様に魔法を教えたのは私です。さらに、今からお教えする魔法は、リッド様と私達によって作製されました。つまり、皆さんの頑張り次第では、リッド様のような魔法も使えるようになるかもしれないということです」

彼女の自己紹介と説明が終わると、子供達から期待に満ちたどよめきが起きる。彼等は僕の魔法を身をもって実体験している子がほとんどだから、浮かれているのかもしれない。

「何か気になる点はあったかな？」

僕から問いかけると、早速数名が挙手をしたので順番に尋ねていく。

「うん……まずは、兎人族のオヴェリアからいこうか」

オヴェリアは色んな意味で目立っているので、ここにいる皆で知らない子はいないだろう。それに、なんだかんだムードメーカーになってくれているんだよね。そして、彼女の瞳は期待の色で満ちている。

「リッド様のような魔法って言ってたけどよ。試合中に見せていた魔法を教えてくれんのか」

「そうだね。属性魔法の基本は、僕とサンドラで開発した『槍系統魔法《やりけいとうまほう》』というので統一するからその認識で良いよ」

「そうかい……へへ、楽しみだな」

その答えを聞いた彼女は嬉しそうに頷いた。なお、『槍系統魔法』というのは、僕が主に使っている『火槍』などだ。本当は、僕一人で創ったんだけど、外聞的なことを考えてサンドラと共同開発した魔法ということにしている。オヴェリアとのやり取りが終わると、次の子に視線を向ける。

「じゃあ、次は君ね……えっと、たしか鼠人族のサルビアだったかな」

「はい……覚えて頂けていて光栄です。ちなみに、その『槍系統魔法』というのはすでに、他の魔法を扱えていても教えて頂けるのでしょうか？」

「勿論だよ。むしろ、君達が魔法を使えるならぜひ教えてほしいと思っているよ」

「私達の魔法を……ですか？　でも、リッド様のようにすごい魔法なんてお見せできません……」

サルビアは自信なさげに俯いてしまう。しかし、僕は首を横に振ってから優しく語り掛けた。

「そんなことはないよ。魔法を使えるだけでも十分に凄いことなんだからね。それに、魔法に凄いも凄くないもないさ。だから、自信を持って君達の魔法を今度教えてほしいな」

「……⁉　わかりました。ありがとうございます」

その答えに彼女はパァッと明るくなり、はにかんだ。ここにいる皆が、どのような経緯で魔法を使えるようになったのかはわからない。だけど、使えていることは本当に凄いことだ。周りを見渡すと、手を挙げている子がもう一人いたので声をかける。

「君は……牛人族のベルカランだったね」

「わ～、名前を覚えていてくれたんですねぇ。感激です。ええと、私は魔法のほかにも『身体強化』を扱えるようになりたいんですけど……そちらも教えて頂けるのでしょうか？」

「そうだね。だけど『身体強化』は魔法……正確には魔力がある程度扱えないと難しいから、まずは魔法を使えるようになるのが先決だね」

「わかりましたぁ。楽しみです」

ベルカランは両手を胸の前で合わせて目を細めた。身体強化は他の子達も興味がある内容だったのか、彼女に答えたつもりが皆の目が期待の色に染まっているようだ。再び辺りを見回すけど、もう手を挙げている子はいない。

「もういいみたいだね。さて、それじゃあ魔法訓練を始めようか」

その言葉に、子供達は一斉に「はい！」と勢いよく答えるのであった。

◇

魔法訓練を開始してそこその時間が経過した。そして、あちこちで少しずつ「できたぁあ！」と歓喜の声が聞こえてきている。面白いことに、魔法の扱いに関しては種族というより個人差が大きいようだ。そして、意外なことに猫人族のミア達や兎人族のオヴェリア達は苦戦している。

彼女達は身体強化や獣化を使いこなせていたから、すぐに使えるようになると予想していたけどどうも勝手が違うらしい。悪戦苦闘しているオヴェリアの様子が気になり歩み寄った。

「はは、苦戦しているみたいだね」

「あぁ!? あ……リッド様か……すみません」

ハッとしてこちらに振り向いた彼女は、バツの悪そうな表情をしながら頭を掻いている。そして、意を決したように口を開いた。

「……なんかこう、感覚が掴めなくてよ。コツとかってないのか？」

「ふむ。でも、オヴェリアは身体強化とか獣化ができるでしょ？ その時に、魔力の流れとかは感じたりしないの？」

「いや、身体強化とか獣化はこう……感覚なんだよなぁ。こんな、魔力の流れを感じたりはしねぇんだ。体の限界と一緒に、獣化は解けるからよ」

彼女の答えは非常に興味深い。僕やサンドラ達は魔法発動をするために、順番に一個ずつ感覚を掴んでいくイメージだ。

しかし、オヴェリアに限らず、身体強化を使える獣人族の子達は無意識で魔力を扱っていることになる。だから、意識的に使おうとすると普段無意識に使っているから余計に感覚がわからないのだろう。僕やサンドラ達とは覚えていく順序が逆ということだ。その時、ディアナが呆れ顔で彼女に話しかけた。

「オヴェリア……そろそろ、言葉遣いを意識しなさい。先日から言われているでしょう」

「へ……んん！　承知しました。これでよろしいでしょうか？」

「はぁ……いまはそれで良いでしょう」

オヴェリアは少しニヤけながら、おどけて答えた。そんな二人のやり取りを横目で見て、ふとあることを思い付きニヤリと口元を緩めて問い掛けた。

「ふふ……オヴェリア、魔力変換の感覚を掴むのは大変でしょ。通常だと時間が掛かるけど、『ある方法』を使えばすぐにでも『魔力変換の感覚のコツ』を知るきっかけを作れるんだ。どうだい試してみるかい？」

「……な、なんだよ、その薄気味悪い笑みは……でも、まぁ、いち早く使えるようにはなりたい……です」

彼女はたじろいで後退《あとずさ》りしている。それでもコツは掴みたいらしく、その瞳は好奇心の色に染まっていた。きっと、初めての僕もこんな表情を浮かべていたのだろう。

「……いいんだね。じゃあ、両手を出してもらってもいいかな」

「……こうか？」

訝し気に差し出された彼女の両手を、ニコリと微笑んで掴んだ……がっちりと。

「じゃあ、やるね。ふふ……頑張ってね」

「……？　何をがんばるぅうううう!?」

オヴェリアはほんの一瞬きょとんとしたが、すぐに『バチン!!』という音が辺りに鳴り響く。そして、彼女はその場で痛みに悶えており、必死に逃れようとするが、僕が『両手をがっちり掴んでいる』から逃げられない。

「さ……裂けるぅうう！　体が裂けるぅうううううう!?」

「大丈夫。そう言って本当に裂けた人はいないらしいから」

彼女は痛みに悶えながら、こちらの様子を窺う。対して、「ふふ、もう少し頑張って」と微笑みかけた。それからしばらく、宿舎の野外訓練場にはオヴェリアの悲痛な叫び声が轟いていた。

◇

「はぁはぁ……お花畑と爺さんが見えるかと思ったぜ……」

オヴェリアはビリビリから解放されると、怨めしそうにこちらを見据えた。ちなみに、彼女に施したのは特殊魔法『魔力変換強制自覚』だ。魔法を初めてサンドラに習った時に、施された懐かしい『特殊魔法』でもある。

「あはは、ごめんよ。でも、どうだい？　さっきよりも魔力を感じるんじゃないかな？」

「はぁ……そんなわけ……!?」

彼女は自身の中に今までとは違う何かを感じたらしくハッとする。

「自覚できたみたいだね。じゃあ、僕が試合中に何度も見せた『水槍』を思い出してごらん。イメージができたらあの的に向かって発動してみようか。最初は魔法名を口に出そうね」

オヴェリアは「わかった」と頷くと深呼吸をして集中する。そして、右手を的に向かって差し出すと「水槍！」と叫んだ。その瞬間、彼女の右手から水槍が生成されて的に命中する。

「……すげぇ、あたしでも本当に魔法が使えるんだな……」

彼女は魔法を放った自身の右手を見つめて、感慨深げに呟いている。その言葉に僕は、ニコリと微笑んだ。

「おめでとう、オヴェリア。その感覚を忘れないようにね」

「ああ！　リッド様、恩に……きますでございます」

満面の笑みで変な敬語を使いペコリと頭を下げた後、彼女は嬉々として魔法訓練に再び挑み始める。その時、視線を感じてふと周りを見渡すと、子供達が一様に瞳を期待の色に染めていた。すると、シェリルやミアがおずおずとやってきて僕に話しかけてくる。

「あの……リッド様、誠に恐縮なのですが私にも、そのオヴェリアが体験した魔法を施して頂くことは可能でしょうか？」

「お、俺もお願い……します」

「うん、いいよ。でも、すごく痛いから覚悟してね」

その答えを聞いた二人は、パァと明るく嬉しそうに微笑んだ。

「……！　はい。よろしくお願いします！」

「ありがとう……ございます」

そして、優しく微笑みながら『魔力変換強制自覚』を容赦なく行う。シェリルとミアが想像以上の痛みに悶えたのは言うまでもない。それでも、魔法を積極的に使えるようになりたいと思ってくれたらしい。気付けば、僕の前には長蛇の列ができあがる。

その後、訓練場には子供達の悲痛な叫び声がしばらく響き続けた。ちなみに、サンドラや他の先生も同じ魔法を使えると説明したのだが、何故か僕の前から長蛇の列が消えることはなかった。

◇

魔法訓練が一段落すると、次は武術訓練に移行する。教官となるのは、クロス、ネルスといった騎士団員だ。可能ならルーベンスにも加わってほしかったけれど、彼は副団長になるためダイナスの下で頑張っているからそれは難しかった。そして、皆は魔法訓練で少し疲れた顔を浮かべているが、あえて意に介さずクロス達を紹介していく。

「さて皆、次は武術訓練です。皆の基礎的な身体能力はとても高いから、彼らからしっかり学んでほしい。そうすれば、近接戦はきっと僕よりも強くなれるはずだよ。じゃあ、紹介するね」

そう言うと、クロスが一歩前に出る。

「改めて、バルディア騎士団で副団長を務めているクロスだ。君達の潜在能力の高さは、すでに鉢巻戦で知っている。その力を最大限活かせるよう、これから指導をしていくつもりだ。よろしく頼む」

彼の挨拶が終わると、続いてディアナやルーベンスの幼馴染であるネルスが前に出た。

「同じく、バルディア騎士団に所属しているネルスだ。私はクロス副団長の補佐をする立場になる。まぁ、これからよろしく頼むよ」

クロスは少し厳しめな言い方だったが、ネルスは少しくだけた感じの挨拶を行う。しかし、それを注意する様子はクロスにはない。ひょっとすると意図的にしているのかもしれない。

二人を含め騎士達の挨拶が終わると、準備運動が行われ訓練が開始された。なお、今回の訓練には僕も皆と一緒に参加している。最初は走り込みなどの基礎訓練から始まり、体をほぐし終えると体力測定のような感じで各々の得意分野を確認していき、身体能力の高さでより効率的な訓練を行う為に班分けがされる。

なお、今後彼らが所属する部署によっては、そこまでの戦闘力を求めない場合もある。それでも、万が一に備えて皆にはしっかりと武術を学んでもらう予定だ。だけど、非戦闘員の立場になる子達の訓練内容は少し軽めにするから、そのための班分けでもある。やがて体力測定が終わり、班分けも落ち着くとクロスが声を張り上げた。

「よし。今分けた班の面々をしっかり覚えておくように。今後の訓練では大概一緒になる者達だからな。それから、鳥人族のアリア達はリッド様の下に集まってくれ。では、それぞれの班で訓練を開始するぞ」

説明が終わるとあちこちで返事が聞こえ、班ごとで訓練が開始される。基本的な訓練内容は、担当教官の騎士と子供達で模擬戦や組手を順番に行っていく感じだ。

そして、ある程度慣れてきたら『武術の形』の基本を学んでもらう。この『武術の形』というのが、主にクロス、カペラ、ディアナ、ルーベンスの四名が構築したものだ。レナルーテとバルディア騎士団の武術が融合したものになっており、僕が扱う『武術の形』でもある。

その後、周りの模擬戦を観察していると様々な子達が教官騎士に挑み、返り討ちにあって目を丸くしている様子が散見された。少しは勝てると思ったのかもしれない。でも、バルディア騎士団の騎士達は帝国でもかなり練度が高い騎士だ。いくら獣人族とは言え、今の子供達ではそう易々とは勝てないだろう。

ふと、クロスの班を見てみると鉢巻戦で活躍していた子達がほぼ集まっていた。遠巻きに見ていると、彼等は意気揚々と彼に挑むが簡単に返り討ちにされてかなり悔しそうだ。意外だけど、ネルスも彼等を余裕で返り討ちにしているみたい。まぁ、クロスは確実に僕よりも強いから、良い刺激になるだろう。全体を見る限り、順調に訓練が進んでいることに一安心する。

「うん。思ったより皆が前向きに取り組んでくれているから良かったよ」

「さようでございますね。鉢巻戦でリッド様の実力とお人柄を示したからこそ、彼らも前向きに取り組んでいると存じます」

「はは、それなら、僕も頑張った甲斐があったかな」

傍に控えるディアナに答えたその時、アリア達が手を振りながらやってきた。

「リッド様。私達だけここに集まれって言われてきたけど、何をするの？」

アリアは元気よく声を発すると、小首を傾げる。彼女の妹達も呼ばれた意図がわからず、きょとんとしているようだ。

「ふふ、アリア達には少し特別な訓練やお願いをしたくてね。ちなみに、アリア達は『弓』を使ったことはあるのかな？」

「弓？　弓というか、一通りの武具の扱い方は教わっているから弓は皆使えるよ」

「はい。アリア姉さんの言う通り、私達は基本的な動きだけなら剣、弓、槍は使えます」

「……基本的だから、リッド様の求める内容次第では練習が必要かもです」

問いかけに、アリア、エリア、シリアの三人が答えてくれた。すると、他の子達も返事をして扱えることを教えてくれる。

これはありがたい。実は、鳥人族の彼女達にはある特別な訓練や任務を今後お願いしようと考えていたからだ。でも、そのためには『弓』が扱えるようになってもらうことに加えて、体力も付けてもらう必要がある。だから、アリア達には特別な訓練を受けてもらうというわけだ。

「皆、教えてくれてありがとう。じゃあ、今後の君達の訓練については僕とディアナが受け持つことになるから、よろしくね」

「本当⁉︎　えへへ、リッド様とお姉ちゃんに教えてもらえるのは嬉しいな」

僕達に直接教えてもらえるとは思っていなかったらしく、アリア達は嬉しそうにはにかんだ。ディアナもそんな彼女達に優しく微笑みかける。

「私も、貴女達を受け持つことができて嬉しいです。さぁ、では今後の訓練と目的について説明しましょう」

「はーい！」

その後、話を聞いたアリア達は目を輝かせながら訓練に臨み始める。こうして、武術訓練は順調に進むのであった。

バルディア研究開発部

獣人の子達に魔法訓練と武術訓練を行い始めて数日後。僕は大会議室に狐人族、猿人族の皆に集まってもらった。人数にして約四八名いるから中々の数である。

「さて早速、君達に集まってもらった理由を伝えるね。実はバルディア領においてこの度、武具に限らず日用品も含め全般的な制作を行う部署、『研究開発部』を発足することになりました。君達、狐人族と猿人族の皆はとてもモノづくりの才能に溢れていると聞いているんだ。それをこの部署で活かしてほしい」

その言葉を聞いた子供達はきょとんと首を傾げる。その中、おずおずと狐人族のノワールが手を挙げた。

「リッド様、よろしいでしょうか？」

「うん、何かな、ノワール」

「その……研究開発部ということは、私達は実力的に『戦力外』ということになるのでしょうか

「……？」

自信なさげに呟いた彼女は少し俯いた。他の子達も同様でしょんぼりとしてしまう。意図がうまく伝わらなかったことを反省しつつ、彼等に優しく諭すように語り掛けた。

「それは違うよ。さっきも言ったけど、君達はモノづくりの才能に溢れているからそれを活かしてほしい。正直な話で言えば戦うだけの力より、今後のバルディア領の発展に一番重要な『力』になると思う。これは他の皆にはできない、君達だけができることだから、決して『戦力外』なんかじゃないよ」

「私達がですか？　でも、戦わない獣人なんて……本当にお役に立てるのでしょうか」

他の子供達も彼女の言葉に頷いている。どうやら、獣人国の『弱肉強食』という考え方がいまだ根強く、『戦わない＝戦力外』という認識が強いみたいだ。

戦う力だけを求める獣人国の世界であればそうかもしれない。だけど、僕が目指すところはそこではないし、むしろ彼等の才能を国外に流出させる行為は国としては失策だろう。改めてこの場にいる皆を勇気づけるように見渡した。

「そんなことはないさ。むしろ、僕は君達にしかできないと思っているよ。それに、君達が自分を信じることができなくても、僕は君達ができるって信じているからね」

その時、猿人族の子がおもむろに手を挙げた。

「君は確か……トーマだったね。何か気になる事でもあったかかな」

「俺は……故郷でガラクタを集めて、色んな物を自作していた。それを売ることで、妹と何とか生活していたんだ。でも、結局、物が作れても戦える力がなきゃ認められず、捕まって奴隷の頭数に売りに出された。リッド様は、その……モノづくりも一つの『力』として認めてくれるってことで良いのか？」

「その通りだね。僕は『戦える力』がすべてなんて思っていないよ。それに、弱肉強食なんて考え方は馬鹿らしいからやめよう。どんなに力があっても、人は人の力を借りなければ生きていけないんだ。それを忘れて、他人を弱者と虐げて、自分だけの力で生きていると思うなんて愚の骨頂だよ」

弱肉強食の考えをここまではっきりと否定すると思っていなかったのか、子供達は唖然としている。しかし、その答えにトーマは目を輝かせた。

「はは、リッド様。あんたは最高だよ。俺自身、リッド様の言う才能が本当にあるかわからない。でも、やるだけのことはさせて頂きます」

「ありがとう、トーマの言葉、とても心強いよ。あと、トーマだけじゃない。皆に期待しているから、よろしくね」

そう語り掛けると、皆の表情がみるみるうちに自信の溢れた顔つきになっていった。そして、この場にいるドワーフのエレンに視線を向ける。

「じゃあ、お次は研究開発部の部長で、君達の先生ともなるエレンを紹介するね」

その言葉に彼女は照れ笑いしながら前に出てくると、子供達を見渡して咳払いをする。

「えー、ボクがいまリッド様のご紹介に預かりましたドワーフのエレン・ヴァルターです。でも、皆さん、覚悟してください。開発部はいま人手不足です。そして、リッド様の無茶ぶりに一番振り回される、おそらくバルディア領で一番大変なところです」

「……エレン、その言い方は酷いんじゃない？」

思いがけず突っ込んでしまった。確かに無茶ぶりをしている自覚はあるけどさ。しかし、彼女は楽しそうに笑うと話を続けた。

「あはは、でも本当のことですからね。しかしその分、やりがいはあります。皆さんの属性素質を鑑定した装置。あれも、リッド様の発案による無茶ぶりでボク達が作ったものですからね。何度でも言います。リッド様の無茶ぶりを皆さんも覚悟して楽しんでください」

エレンは自己紹介を終えると子供達に向かってニコリと微笑んだ。彼女の言葉と明るい雰囲気に釣られるように、子供達から笑みが溢れていった。そして、僕は少しバツの悪い顔を浮かべて咳払いをしてから皆を見渡す。

「えー……そういうわけなので、君達は明日から武術と魔法の訓練が終わり次第、研究開発部の工房に移動。そこで、エレン達の業務を手伝ってもらうからよろしくね」

その後、明日からの動きをエレンが子供達に説明する。工房においては製炭作業もあるから、その点を伝えていく。やがて、彼女の説明も終わりこの場は解散となるが、ノワールとラガードがこちらに駆け寄ってきた。

「二人共、どうしたの。何か気になることがあった？」

「あの……私とラガードだけは、今まで通り武術と魔法訓練を中心にして頂けないでしょうか」

「俺からもお願いします。俺、もっと強くなりたいんです……！」

二人は思いのほか必死の形相を浮かべており、何やら考えがありそうな感じだ。「ふむ」と相槌を打つと、二人に問い掛けた。

「それはいいけど、良ければ理由を教えてほしいかな」

「そ……それは、失礼ながらいまはまだ……でも、お願いします。私、強くなりたいんです！」

「俺もノワールを守れる強さが欲しいんです！」

どうやら、彼等の中でちゃんとした理由はあるようだ。それに、ノワールは『燐火の灯』という不思議な魔法でラガードを短時間だけ強化することもできる。そんな二人が戦闘訓練を積めば、今よりもっと強くなれるだろう。そして、二人の様子から察するにそれ相応の強い覚悟も感じる。彼等に関しては、鍛えた方が面白そうだな……考えがまとまると、コクリと頷いた。

「わかった。だけど、いつか理由は聞かせてもらうよ」

「……！　はい、ありがとうございます」

「ありがとうございます」

ノワールとラガードは満面の笑みを浮かべるが、その瞳には何やら決意の灯を宿している。二人の何がそこまでの強さを求めるのか？　気にはなったけれど、今はこれ以上の詮索はしなかった。

こうして、狐人族と猿人族がエレンとアレックスの下で研究開発部の一員となり、動き始めることになる。そして、熱烈に希望した一部の子達だけが、継続して魔法と武術訓練中心となるのであった。

リッドの探求・獣化魔法

「皆、忙しいところ集まってもらってありがとう」

「とんでもないことでございます。リッド様は私達の主ですから、集まるのは当然のことです」

丁寧に答えてくれたのは狼人族のシェリルだ。この場には、彼女以外に兎人族のオヴェリア、アルマ、猫人族のミア、それに熊人族のカルアもいる。

そして、僕達が今いる場所は鉢巻戦の会場となった武舞台の上だ。シェリルは畏まった面持ちだが、ふさふさの尻尾が少し横に揺れている。それに気づいたミアがニヤリと笑う。

「はは、シェリルのやつ、尻尾振ってやがるぜ。まさに忠犬って感じだな」

「まぁ……狼人族だからな。感情が尻尾に出るのはしょうがねぇんだろうなぁ」

ミアの言葉にオヴェリアが、同意するように頷いている。二人が発したその言葉にシェリルの耳がピクリと動き、彼女は二人に振り向きギロリと睨みつけた。

「何か言いました？　借りて来た猫さんと寂しがり屋の兎さん」

「なっ⁉　誰が借りて来た猫だ！」

「誰が寂しがり屋の兎だ！」

三人は武舞台上で言い合いを始めてしまい、傍に控えるディアナがやれやれと首を横に振っている。皆の様子に苦笑すると、冷静なままのカルアに問い掛けた。

「あの三人はいつもあんな感じなの？」

「はい。訓練時の私達は班が同じですから、クロス殿にしごかれています。その際、あの三人はよく競い合っていますよ。まぁ、喧嘩するほど仲が良いというやつなのでしょう」

カルアがそう言うと、三人の耳が同時にピクリと動く。そして息を合わせたように三人同時に彼を睨みつけた。

「やい、熊公《くまこう》。誰と誰の仲が良いだ！」

「そうだ、ふざけんな！」

「そうです。失礼ですよ、カルアさん。私はこの方達とは違います！」

声を荒らげる三人だったが、シェリルの言葉にミアとオヴェリアが噛みつき、また三人は言い争いを始めてしまう。カルアは苦笑しながら呟いた。

「まぁ、いつものことです。それよりもリッド様が何故私達を？」

「ああ、それはね。君達が鉢巻戦で見せてくれた『獣化』について教えてほしいんだ」

その言葉を聞いたカルアは怪訝な表情を浮かべ、言い争っていた三人も耳をピクリとさせこちらに振り返った。そして、口火を切ったのはカルアだ。

「それは構いませんが、『獣化魔法』は獣人における『種族魔法』と伝え聞いております。失礼ながら人族のリッド様ができるとは思いませんが……」

「うん、それは知っている。でも、できないと決めつける前に、まず僕自身でも試してみたいんだ」

そう。彼等に集まってもらった理由は『獣化魔法』の研究をするためだ。鉢巻戦において対峙したことで、あの魔法の凄さは身に染みて良く分かっている。だからこそ、似たような魔法を使えればより上を目指せるのでは？　と考えたのだ。それに、今後も何があるかわからないから、できることはやっておくべきだと思う。すると、オヴェリアが楽し気にやってきた。

「いいねぇ、さすがリッド様だ。あたし達の『獣化魔法』に目を付けるなんて、目の付け所が違うねぇ。いいぜ、あたしが獣化する時の感覚を教えてや……教えて差し上げます」

話す途中でディアナの厳しい視線を彼女は感じたらしく、最後だけ言葉を丁寧に言い直す。そのやり取りに思わず表情がやわらぐ。

「あはは、ありがとうオヴェリア。じゃあ、早速教えてもらえるかな」

「はい。えーと、心の底から力が欲しいと願って、腹の底からこう引き出す感じで、それをバァーッと全身から溢れ出させる感じ……です」

「……」

彼女の言葉が武舞台に響くと、辺りが少し静寂に包まれた。それから程なくして、咳払いをする。

「うん……ありがとう、オヴェリア。でも、その……言わんとしていることはなんとなくわかるけど、もう少し具体性がほしいかな……あはは」

「そ……そうですか……すみません」

どうやら彼女自身、言った後にこれでは伝わらないと思ったらしい。珍しく耳が垂れてシュンとしてしまった。今の姿なら、寂しがり屋の兎っぽいかも……と思ったその時、ミアの笑い声が聞こえた。

「はは、でもオヴェリアの言うことは間違ってないぜ」

「どういうこと？」

尋ねると同時に、ディアナが彼女をギロリと睨んだ。どうやら言葉遣いが気になったらしい。その途端ミアはビクッとして、借りて来た猫のようにしおらしくなり恐る恐る話を続ける。

「ええっと、つまり……魔力を腹の底から引き出して解放するといった感じ……でしょうか。一度感覚を掴むと案外簡単……なんですけど、その最初の感覚を掴むのが難しい……みたいです」

「なるほどね」

彼女は慣れないしゃべり方に四苦八苦しながら説明してくれた。その後、シェリルやカルアにも尋ねてみるが、感覚としては同じらしい。

要約すると、『魔力を自身の内から引き出し、溢れさせて一時的に身体能力を爆上げさせることが可能。その結果を目に見える形として表面化させたのが、彼らの獣化』ということになる。つまり、『獣化魔法』とは、潜在的な魔力を何らかの方法で引き出している『強化魔法』ということだろうか？　その時、ある閃きが生まれた。

「生魔神道……か」

「……？　せいましんどう……ってなんですか？」

その呟きを耳にしたシェリルが興味深そうに尋ねてきた。

「ああ、生魔神道っていうのはね。魔法学にある考え方のひとつだよ。難しい説明は省くけど、獣化魔法に繋がるヒントになるかなと思ってね」

「はぁ……良くわかりませんが、色んな考えがあるんですね」

『生魔神道』とは以前、サンドラに教わったものだ。その考えにヒントを得て『特殊魔法メモリー』を開発したことがある。あの時、メモリーの居た場所には「もう来てはダメだ」と彼から言われている。言ってみれば、誰の身の内にもある『パンドラの箱』のようなものだろう。

しかし、以前より僕の魔力は上がっているから、今回は何とかなるかもしれない。

「試してみるか……」と呟き、僕は武舞台の中央に移動すると座禅を組む。きょとんと首を傾げる皆には、できる限り離れて見守るようにお願いした。

「さて……鬼が出るか蛇が出るか……はは、メモリーに怒られるかもなぁ」

それから間もなく、目を瞑り深呼吸をする。そして、以前と同様、深く集中して自身の魔力を生命力に変換。その行先を辿っていって、以前と同様に魔力が入り込んでいく小さな穴の感覚を掴む。

以前は、その中に吸い込まれたけど、今回はその穴を広げて逆に溢れ出させようと感覚を集中させる。その時、自身の身の内から凄まじい魔力の奔流を感じた。しかし、同時に驚愕する。

(これは……制御できる代物じゃない……！)

その奔流を抑え込もうとするが、とても抑えきれない。このままでは制御できない魔力が溢れて、本当に死ぬかも……そう思った瞬間、頭の中に怒号が響いた。

(この大馬鹿リッド。ここに来ちゃダメだって言っただろう、死にたいの⁉)

(め、メモリー⁉　あはは、ごめん。つい好奇心に負けちゃって……)

苦笑しながら話すけれど、余裕はない。メモリーはさらに声を荒らげる。

(なっちゃいない……本当になっちゃいないよ！　ともかく、僕が全力で内から押さえるから、君は全力で外から押さえるんだ。いいね、やらなきゃ死ぬよ！)

(わ、わかった！)

その言葉に従い、必死に魔力の奔流を彼の言う外から押さえ続ける。すると、魔力の奔流は少しずつ収まり、やがて落ち着いた。

(ふぅ……メモリー、ごめん。助かったよ)

(はぁ……リッド。いいかい、何度も言うけどここは来ちゃいけない場所なんだよ？　三度目はないからね。それに皆、心配しているから早く帰りなよ)

(わかった。本当にありがとう)

彼との会話が終わると、何やら誰かの悲痛な声が聞こえた気がする。そして、その声がディアナやシェリル達の声だと気付いた。それから程なくしてゆっくりと目を開けると、ディアナが僕の顔を必死の形相で覗き込んでいた。

「リッド様、ご無事ですか⁉」

「あ、あれ、皆どうし……つぅ⁉」

今にも泣きそうな面持ちの彼女は、目を覚ましたことを確認すると僕を強く抱きしめる。その行動に驚くが、すぐに全身に激しい痛みが走り思わず顔を顰める。ふと周りを見渡すと、僕が座っていた武舞台がやたらとボロボロになっており唖然とした。

シェリルやオヴェリア達も泣きじゃくりながらこちらを見つめている。メモリーの言葉を思い出して、彼女達に優しく声を掛けた。

「心配をかけてごめん。まさか、こんなことになるなんて思わなかったんだ……」

「いいのです……いえ、良くはありません。ですが、リッド様がご無事なら良いのです」

そう答えてくれたディアナは、しばらく僕を抱きしめ身を案じながらとうとう涙を溢した。それからしばらくして、僕も皆も落ち着きを取り戻す。その後、自身の中に意識を入り込ませていた間に何があったのかを皆に聞いて驚愕した。

座禅を武舞台中央で組んでから間もなくのこと。いきなり、僕から強力な魔力波が溢れ出して辺りは狂風と衝撃波に包まれたらしい。やがて魔力波は落ち着いたが、僕は中々意識を取り戻さなかったそうだ。この場にいる皆にかなり心配をかけてしまったらしい。

今回の件は内密にするように皆にお願いしたのち、この魔法は二度と使わないとディアナ達に約束をするのであった。

メルディ・バルディアの属性素質

「うわぁ、ここがしゅくしゃなんだね」

「そうだよ。今日はここでメルの属性素質を調べるからね」

僕の隣にいるメルは、目を爛々と輝かせながら宿舎を見上げている。メルを宿舎に連れてきた理由は、護身用の魔法を教えるための事前準備として属性素質を調べるためだ。勿論、今回の件は父上にも了承をもらっているし、エレンやサンドラにも立ち会ってもらう。

ちなみに、僕達の傍にはメイドのダナエとディアナも控えており、メルの肩にはビスケット、足元にはクッキーもいる。

「さて、そろそろ中に入ろうか。今日は僕がいつも事務処理をしている執務室に、属性素質鑑定機を用意してもらっているんだ」

「それじゃあ、にいさまのおしごとべやにいけるんだね」

「うん。まぁ、そんなところだね」

メルの言葉に頷き、宿舎に入って中を案内していく。その途中、すれ違う獣人の子供達にメルは目をさらに輝かせた。そんな中、メルに興味を持った子達が話しかけてくる。

「リッド様、失礼ながら、その可愛らしい女の子はどなた様でしょうか?」

「よく見ると……リッド様に良く似ているな」

「本当だ……はは、リッド様が女の子ならこんな感じだったのかもな」

話しかけてきた子達はシェリル、オヴェリア、ミアの三人だ。この子達は、訓練の班が同じせいか最近よく一緒にいることが多いみたい。

「ふふ、ありがとう。でも、似ていて当然だよ。僕の妹だからね」

『妹』という言葉を聞いて、三人を含め周りにいる子達が畏まった様子を見せる。どうやら、礼儀教育が少しずつ浸透しているらしい。メルは少し照れたみたいだが、威儀を正してこの場にいる皆を見渡した。

「あにうえ、リッド・バルディアのいもうと、メルディ・バルディアです。みなさん、よろしくおねがいします」

小柄ながらも礼儀正しく凛と声を発したメルに、皆は少し圧倒されたらしく目を丸くしている。

僕は咳払いをすると、シェリル達をメルに紹介した。彼女達は少し緊張した面持ちで畏まり、順番にメルに挨拶を行っていく。やがてその挨拶が終わると、メルは申し訳なさそうにオヴェリア達に尋ねた。

「あの……ひとつおねがいしてもよろしいでしょうか？」

「はい。私達にできることでしたらなんなりとお申し付けください」

オヴェリアはとても優しい笑顔で答えてくれている。しかし、数日前の彼女では考えられないような言動である。メルはそんなオヴェリアに向かって、意を決したらしくお願いを口にした。

「あの……みみとしっぽをさわってもいいですか⁉」

「え……？」

そのお願いは思いがけないものだったのか、皆は目を丸くしてきょとんとしている。しかし、オヴェリアは苦笑しながら「はは、よろしいですよ。でも、優しくお願いします」と言うと、メルが耳を触れるようにその場にしゃがみ込んだ。

彼女は面倒見の良いお姉さんのように優しく微笑んでいる。メルは目を輝かせて、オヴェリアの耳や尻尾に触り、「うわぁ!? やわらかくて、ふさふさだぁ!!」と堪能しているようだ。その後、集まって来た様々な子供達の耳やら尻尾をメルがしばらく堪能したのは言うまでもない。

ちなみにこの時、シャドウクーガーであるクッキーから、何とも言えないライバル心のような気配を感じた気がしたのであった。

◇

宿舎に来てから少し経つけど、メルは子供達とまだ遊んでいた。その微笑ましい光景を、皆で温かく見守っている。クッキーだけは相変わらずライバル心を燃やしたような気配を醸し出しているが、その姿にスライムのビスケットは少し呆れているようだ。その時、女の子のか弱い声が響く。

「ち、力が抜けちゃいます……」

メルに尻尾を掴まれた猿人族のトーナが、へなへなとその場に寝転んでしまった。すると、周りの子供達から笑いが起きる。

メルも楽しそうにしているけれど、あれはなんの遊びだろうか……? 首を傾げていると、シェリルがそっと耳打ちをしてきた。

「あれは、獣人族で尻尾の長い種族が良くやる遊びなんですよ。本来は、追いかけっこしながら相手の尻尾を掴むだけなんですけどね。トーナちゃんが、メル様に楽しんでもらおうとしているんだと思いますよ」

「あはは、なるほどね」

獣人族は尻尾の長い種族がほとんどだから、尻尾を追いかける遊びが種族問わずに広まっているのかもしれない。ちなみに尻尾が短いのは兎人族ぐらいだろう。鳥人族に至っては尻尾が多分ないと思う。

しかし、メルも楽しそうだけどそろそろ良い時間かな。そして、わざとらしく咳払いをした。

「メル、そろそろ執務室にいくよ」

「はい、にいさま。みんな、またあそぼうね！」

メルは周りにいた子供達にお礼を伝えると、こちらに駆け寄ってきた。

「ふふ、メル、楽しかったかい？」

「うん、にいさま。またきてもいい？」

余程楽しかったのか、メルは満面の笑みを浮かべて尋ねる。そんな彼女に、コクリと頷いた。

「うん、勿論だよ。あ、でもその時は父上の許可ももらわないといけないね」

「はーい！」と返事をするメルに微笑んでから、その場を後にして執務室に向かうのであった。

◇

「お待たせ、エレン、サンドラ」

執務室に入室すると、エレンとサンドラがカペラの淹れた紅茶を嗜みながら待っていた。すると、エレンがすっと立ち上がり一礼した。

「いえいえ、ボク達は大丈夫ですよ。それより、何かありましたか？」

「いやいや、メルが獣人の子供達に人気でね。そこで少し、話が盛り上がってしまったんだ」

そう答え、メルに目をやった。その視線に気付いたメルは、少し照れくさそうにはにかんでいる。察してくれたのか、エレンは「なるほど」とニコリと頷いた。それから程なくして、サンドラが咳払いをする。

「では、早速メルディ様の属性素質をお調べしましょう」

「そうだね。メル、あの水晶玉に手を乗せてくれるかい？」

「はい、にいさま」メルはエレンとサンドラの言葉に従いながら、属性素質鑑定機にゆっくりと手を乗せる。僕もメルの属性素質が気になり、水晶玉の色の変化を確認しようと身を乗り出した。

すると、水晶玉に変化がおとずれる。すかさず、エレンが紙に記載してサンドラが確認した。

「これは、『火』ですね」

「すっごーい!!　にいさま、きれいなあかだね」

「うん、そうだね」

メルは水晶玉の中で起きる変化に目を輝かせている。そして、水晶玉の色はまた別の色に変化していく。次は、薄い水色だ。

「これは、『水』だね」

「うわぁ、きれい」メルは嬉しそうに頷いた。

その後も、水晶は次々に変化を見せていく。緑の風、黄色の雷、深い青の氷、茶色の土まで色が続くと、周りにいる皆の顔色にも変化が起き始める。なんというか、血の気が引いている感じだ。

「あの……ボクは何だか以前、似たような光景を見たことがあるんですが……」

「奇遇ですね、エレンさん……私もです」

反応したのはディアナだ。彼女達は何とも言えない視線をこちらに向けている気がしたけれど、あえて気付かないふりをする。メルの属性素質の方が気になったからだ。

水晶玉は皆の顔色を気にすることもなく、深い緑の樹、白い光、黒の闇と変化する。やがて、水晶玉の中には最初の赤が灯った。メルは色が赤に戻ったことにきょとんとするが、そんな彼女を僕は力一杯抱きしめる。

「おめでとう、メル！　メルは僕と同じで全部の属性素質を持っているみたいだよ。これは、とってもすごいことなんだよ」

「え、そうなの？　じゃあ……にいさまと、おなじまほうがつかえるの……？」

「うん、そうさ。頑張れば僕と同じ魔法が全部使えるよ」

最初は言葉の意図がわからなかった様子のメルだったけど、すぐに理解したらしく彼女は満面の笑みを浮かべて僕に抱きついた。

「やったぁああ！　じゃあ、わたしもにいさまみたいな、まほうをつかえるようにがんばるね」

「うん。僕も手伝うから一緒に頑張ろうね、メル」

正直なところ、メルも全部の属性素質を持っているとは思わなかった。だけど、これは本当にすごいことだし、素晴らしいことだ。しかしその時、ふいに父上の顔が脳裏に浮かびあがる。そして、父上は眉間に皺を寄せ額に手を添えて俯き、深いため息までしている。ハッとして、メルに微笑みながら話を続けた。

「め、メル。全属性素質はとっても素晴らしいことなんだけど、とても珍しいものでもあるんだ。だから、このことはこの場にいる皆の秘密にしようか」

「えぇぇえ⁉」思わぬ展開だったのか、メルは驚愕の声を発した。でも、全部の属性素質を持っていることは僕も内緒にしていることを丁寧に説明する。その説明には、この場にいる皆も協力してくれて、メルは頬を膨らませながらも最後は頷いた。

「わかった。にいさまもひみつにしているなら、わたしもひみつにする……でも、まほうはちゃんとおしえてね」

「うん、それは勿論だよ」

こうして、メルの属性素質が僕と同じであることが判明したのである。このことをすぐに父上に報告するため、メル達と急いで屋敷に戻ることにした。その為、執務室の後片づけに関しては、申し訳ないけどサンドラ、エレン、カペラの三人にお願いするのであった。

◇

屋敷に到着すると、すぐにガルンを通して父上に至急話したいことがあると伝えた。その後、父上の確認が取れると足早にディアナと一緒に執務室に向かった。

「父上、失礼します」

「うむ。ガルンから、メルの件で至急話したいことがあると聞いているぞ」

そう答えた父上は、事務机から立ち上がる。そして、いつものように机を挟んで僕と対面上になるようソファーに腰掛けた。ディアナは、立ったまま壁際に控えている状態だ。程なくして、父上が口火を切った。

「メルのことで至急の要件とはどうした？　そういえば……今日はメルの属性素質を調べると言っていたな。まさか、お前と同じように全属性の素質を持っていたわけではあるまい」

「えーと、察しが良いですね、父上。まさにその通りなので、急ぎご報告に参りました」

その答えを聞いた父上は、眉間に皺を寄せ険しい面持ちを浮かべた。やがて、父上は眉間の皺を手で揉みながら俯くと、「さっきの持ち手はこれか……」と重々しく呟いた。

「えっと、父上、失礼ながらその『持ち手』というのは……？」

「……何でもない。気にするな。それよりも詳しく聞かせろ。メルが、お前と同じ全属性の素質持ちというのは間違いないのだな？」

「はい、それは間違いありません。僕と此処にいるディアナ。それに此処にはいませんが、サンドラ、エレン、カペラも確認しております。勿論、全員に口止めした上で、メルにも属性素質の口外は『火』『水』『雷』の三属性だけにするように強く言っております」

「そうか、わかった。しかし……メルまで全属性の素質を持っているとはな。我が子供達ながら末恐ろしいものだ」

父上は額に手を添えながら呆れ顔を浮かべている。でも、その声からは少し嬉しさのようなものも感じた。

「ふふ、でもメルはとても喜んでいましたよ」

「はぁ……まぁ、メルが喜んでいるのなら良しとしよう。だが、そうなると魔法の教育は必須だな。やはり、お前とサンドラの二人に本格的にお願いするしかないか」

父上は呆れ顔のまま、心配そうな声色で呟いた。そんな父上を安心させようと、胸を張って自信満々に答える。

「畏まりました。メルも喜ぶと思います。兄として責任を持って、メルに魔法を教えますね」

「……その自信が心配の種なのだがな。お前とサンドラが魔法を教えると、メルすら『型破り』になりそうだ。ナナリーが聞いたら目を丸くするだろうな」

額に手を添えながら、父上は少し遠い目をして呟いた。しかし、『心配の種』とかメルを『型破り』にするとか、もう少し言い方があるのではないだろうか？　さすがに、ムッとする。

「父上は僕をなんだと思っているのですか？　その言い方は少し酷いですよ。それに、母上はメルの全属性の素質にお喜びになると思います。あ、それと別件になりますが今度、父上と母上にお願いしたいことがあります」

「お願いしたいこと？」

「はい。僕とメルが全属性の素質を持っている理由を探る為に、父上と母上の属性素質も調べさせてほしいのです」

「……詳しく話せ」

その後、子供達の属性素質を調べた際、種族によって偏りが見られたことと合わせて、サンドラ達と話した内容を説明していく。サンドラ達の予想が正しければ、父上と母上の属性素質が僕とメルの素質に大きく関わっているだろうということだ。

「ふむ、なるほどな。しかし、私の属性素質は『火』だけのはずだぞ？　ナナリーに至っては魔法を使えん。なんの属性素質を持っているかも定かではないぞ」

「はい。だからこそ、調べてみる価値があると思います。それに、『属性素質鑑定機』は手を置くだけですから、母上の負担にもなりません」

父上は思案顔を浮かべて俯いた。その時、ディアナが「僭越ながらよろしいでしょうか？」と呟いた。

「どうした、ディアナ。何か気になることでもあったのか？」

「大変失礼ながら、私もライナー様とナナリー様の属性素質はいずれ調べるべきと存じます。私も属性素質は『火』しか持っていないと思っておりましたが、先日『雷』と『氷』を持っていることが判明して驚愕しました。今後、バルディア領において魔法の発展を推進するのであれば、リッド様とメルディ様が全属性の素質をお持ちになられた理由は、確認すべきと存じます。出過ぎたお言葉をお許しください」彼女はそう言うと、その場で一礼する。

「ふむ……」と父上は相槌を打つ。そして、すかさず僕も後押しするように言った。

「父上、属性素質の解明は魔法の発展に欠かせません。お願いします」

「……わかった。そもそも、しないとは言っておらん。だが、属性素質の解明とは大きく出たな、慎重に行えよ」

「はい！　父上、ありがとうございます」

お礼を述べると、父上は何やら照れくさそうにするがすぐに厳格な面持ちを浮かべた。その時、執務室のドアがノックされ父上が返事をすると、ガルンが入室する。そして、僕達の前に紅茶を置いてくれた。彼はその後、父上に耳打ちするとニコリと微笑み、執務室を後にする。それから間もなく、父上が紅茶を一口飲んでから話頭を転じた。

「そうだ、属性素質の件も重要かもしれんが、もうしばらくで新屋敷が完成するぞ。そうなれば、ファラ・レナルーテ王女がお前の妻として嫁いでくる。そうなれば、お前も帝都に行くことになるからそのつもりでいろ。今回は前回のような替え玉は利かんぞ」

「あ、はい。畏まりました。帝都ですね……って、ぇぇ!?　ぼ、僕が帝都に行くんですか！」

あまりに予想外のことに思わず声を荒らげてしまった。その言動に父上が眉間に皺を寄せる。

「……当然だろう。お前の妻になるとはいえ、ファラ・レナルーテは隣国の王女なのだぞ？　帝国の貴族に嫁ぐ以上、皇帝に挨拶に行くのは当然の礼儀だ。それに、レナルーテ側も多少なりとも、彼女に外交的な期待をしていることもあるだろう。互いの面子《めんつ》を立てるためにも必要なことだ。それとも何か、王女にだけ行かせてお前は行かないとでも言うつもりか？」

「い、いえ、決してそのようなつもりではありません。取り乱して申し訳ありませんでした」

そう言ってペコリと頭を下げた。でも、確かにバルディア家に嫁いでくるとは言え、ファラは隣国の王女だ。そうなれば、帝都にいる皇帝に挨拶にいくのは考えてみれば当然のことだろう。

しかし、これは完全に失念していた。帝都に行く機会があるとすれば、帝都の学園に通うことになる一六歳前後だと思っていたからだ。

何よりの問題は、前世の記憶にある『ときレラ！』において、僕を『断罪』に導く悪役令嬢やメインヒロイン、それに攻略対象の皇子達も帝都にいることだ。

当初は彼らと仲良くなることで断罪回避も考えていた。だけど、今となっては様々なことを動かしているから、むしろ近寄りたくない……どちらかと言えばイレギュラーな存在だ。

他にも気になる大きな懸念材料があった。それは、妻となるファラが『ときレラ！』のゲームの中に存在していなかったことだ。そのため、彼女と悪役令嬢や攻略対象、メインヒロイン達が出会うと何が起きるのか想像もつかない。可能であれば、もっと様々な力を蓄えてから出会いたかった。だが、こうなった以上はしょうがない。僕は家族、ファラ、バルディア領を守る覚悟を決める。

そしてゆっくりと頷き、父上に決意を以て答えた。

「帝都の件……承知しました」

「う、うむ……しかし、そんな死地に赴くような顔で言うことでもあるまい」

僕の決意に満ちた表情に、父上は意図がわからずにたじろいでいた。

◇

その後、父上に子供達の様子と事業計画の進捗具合を伝えていく。そして、以前クロスから提案され父上にお願いしていた件を尋ねた。

「父上、それで以前ご相談していた『第二騎士団』の設立の件は如何でしょうか？」

「そうだな。この規模の人数と行う業務内容から考えても、いずれお前が率いる『バルディア第二騎士団』として動いてもらうことになるだろう。時期は彼らの実力次第だが、設立に向けての準備は許可しよう」

「ありがとうございます！」

実は、子供達を迎え入れる規模と目指す活動内容から『バルディア第二騎士団』として設立をした方が良いとクロスから助言をもらっていたのである。その時から父上には打診をしていたというわけだ。そして、いまそれを父上は仮だけど許可してくれた。騎士団となれば、領内で色々できることも増えるから、これは大きな前進だ。そう思っていると、父上の目が鋭く光る。

「それで……他に何か話し忘れたことはないか？」

「え……？　そうですね……無かったと思います」

言われて思い返してみるが、特に心当たりはない。アリア達から教えてもらった『電界』をヒントに新たな魔法を考えてはいるが、これは実用化できる見通しが立っていないからまだ言わなくてもいいだろう。

思案していると、やがて父上はニコリと微笑んだ。ちなみに父上が見せている表情は、内心でかなり怒っている時にするものである。心当たりが浮かばずに、思わずたじろいだ。

「え、えーと、父上、急にどうされたのでしょうか？」

「ふふ……良い度胸だ。しかし、鉢巻戦の武舞台でお前がまた何やらしでかしたと、ちゃんと報告は来ているぞ？」

その言葉にハッとしてディアナに振り向いた。彼女は、バツの悪い表情を浮かべて呟く。

「申し訳ありません。ですが、あのような危険なことは二度として頂きたくありません。立場を超え、大変僭越ではありますが……どうか、猛省をして頂きたく存じます」彼女は深々と頭を下げて一礼する。

「あ、あはは……そうだね。うん、ディアナは悪くないよ」

「そうだ……悪いのはお前だ、リッド。何度言えばわかる……いやこうなればわかるまで何度でも言ってやろう」

「な、なにをでしょうか……？」

恐れ戦く僕の姿を見た父上は、ニヤリと笑った次の瞬間に青筋を立てた。

「よし、ならば言ってやろう……だから、お前は大馬鹿者だ！」

その時、執務室から漏れ溢れるほどの怒号が、屋敷全体に轟いたのであった。

エピローグ　暗雲

　狐人族の首都フォルネウの中心地に立つ部族長のグランドーク家の屋敷。その屋敷内にある来賓室の一室に、その場にそぐわない全身が黒いローブで覆われた人物が案内された。彼は顔も黒い布で覆っており、性別はわからないがその声や体格から『男』であることは窺い知れる。

　彼は狐人族の部族長のガレス、長男のエルバ、そして次男のマルバス、長女のラファ、以上四名が揃う部屋の中央に進むと、声を発した。

「貴殿達の欲しがっていた情報……獣人の奴隷達を一気に購入したのは、マグノリア帝国のバルディア領に間違いないでしょう。ただ、表向きは『保護』ということにしているようですね。そして、我が主はこの件に関して非常に高い関心を持っておいでです」

　全身ローブの男がそう話すと、ガレスは殺気を込めて彼を睨みつける。

「ふん……情報は感謝しよう。だが、『あの男』からどのような使者が来るかと思えば、貴様のような全身ローブの薄気味悪いやつとはな。私達も随分と舐められているようだ。そもそも、貴様の名は何というのだ？」

　その人物は、己に向けられた殺気に怯えもせずに答えた。

「失礼ながら、私は捨て駒のひとつ故に名前を持ちませぬ。ですが、そうですね……この見た目から『ローブ』とでもお呼び下さい」

「捨て駒……ローブだと、ふざけるな！　『あの男』も貴様も我らを愚弄するか！」

ガレスは自身のもとに『捨て駒』程度の人物が派遣されたと考え、激昂する。だが、ローブと名乗った男は淡々と話を続けた。

「私の言葉が足りずに申し訳ありません。正確には、『重要な情報と共に、死ぬこともいとわない』駒であります。私のことが気に入らないなら、どうぞお斬りください。ですが、その時は我が主と貴殿達のパイプは切れるものとお考え下さい」

「貴様……！」

ローブの言葉の意味はわかる。しかし、その挑発するような言い方は、目上の相手を怒らせるのには十分な態度だ。事実、ガレスは怒り心頭の面持ちである。そんな中、長男のエルバがローブに殺気を以て問い掛けた。

「それで……貴様の主が高い関心を持っているとはどういうことだ」

「さすが、エルバ様。話が早くて助かります」

エルバの言葉にもローブは恐れず、戦かず、飄々とおどけて答えた。

「貴殿達はおそらく、いずれ今回の件を口実に何か動かれることでしょう。その時は、私を通して我が主に事前に一報を入れて下さい。さすれば、貴殿達が動きやすいように様々な調整をする準備がございます」

そう言うと、ローブはわざとらしく大袈裟に一礼してみせる。人を小馬鹿にするような彼の言動

に、ガレスとマルバスは難色と怒りの面持ちを浮かべ、ラファは楽しそうにしている。その中で、エルバは冷静にローブの言動を観察していた。

「ふん……どのような企みがあるか知らんが、我らを好きなように暴れさせ、貴様たちは高みの見物というわけか」

「その通りです。ですが、我が主が高みの見物をしている間は、貴殿達は目の前の相手……バルディア領に集中できることはお約束しましょう」ローブはエルバに答えると、「クックク……」と笑う。より、挑発するようにである。その時、ガレスの怒号が部屋に響いた。

「高みの見物だと……『あの男』は、我らを馬鹿にしているのか⁉　ならば良かろう、ローブと言ったな貴様、叩き切ってくれる！」

ガレスは帯剣していた剣を抜き、ローブに襲い掛からんとするが、今度はエルバの重々しい声が響く。

「やめろ。親父殿」

「……⁉　エルバ、何故止める。こやつは我らをコケにしたのだぞ！」

エルバは首を横に振りながら、ガレスに近寄る。そして、ローブを殺気と圧を込めて再び睨みつけた。

「ローブと言ったな。これ以上、茶番に付き合うつもりはない。本題に移れ……貴様らが我らに協力する条件はなんだ？」

「……なるほど。これは大変失礼いたしました。実は、我が主はバルディア領に住む『ナナリー・

バルディア』と『メルディ・バルディア』の身柄を欲しております」

その言葉に、エルバ達は怪訝な表情を浮かべる。ナナリーとメルディという名前には、さすがに彼らにも聞き覚えがあるからだ。エルバはローブに問いかける。

「……その二人は、ライナー・バルディア辺境伯の妻と娘だぞ。本気で言っているのか？」

「はい。是非、貴殿達が動く際には、彼女達の身柄を確保して頂き、こちらに渡してほしいのです。それから、領主の『ライナー・バルディア』と長男『リッド・バルディア』は邪魔ですので、二人は始末して頂きたい」そう答えると、ローブはまた「クックク……」と不気味に笑い始める。その姿は憎悪や悪意などが満ち満ちたものであり、エルバですら一瞬顔を顰めるものであった。しかし、エルバはすぐに表情を切り替えて頷いた。

「いいだろう。実に気に入らんが、その話に乗ってやろう。だが、動く時期はこちらで決める。その時になって、こちらの依頼を無視することは許さんぞ」

「それは当然でございます。我が主も喜ばれることでしょう。では、私は早速この話を持ち帰らせて頂きます」

ローブはエルバの答えを聞くと、用は済んだと言わんばかりに話を切り上げる。そして、部屋を出ようとした時、何かを思い出したように振り返りガレスとエルバを見つめた。

「そうそう、ナナリー・バルディアは『深紅の令嬢』と名高い美しい女性だそうです。メルディ・バルディアを含め、彼女達の身柄を確保できた際は、手を出すことの無いよう丁重にお願いしますよ。では、失礼」彼は言いたいことを言うと、そのまま部屋を退室する。

しかし、部屋に残されたガレスとマルバスは怒り心頭であった。

「なんなのだ……あの失礼極まりないローブとかいう奴は！」

「全く……父上の言う通りですな。兄上、何故あのような奴の言うことを信じたのですか？」

二人は勢いのままにエルバに問い掛けるが、彼はニヤリと笑う。

「ふん……あれは、こちらを試しているだけだろう……実に気に入らん。だが、奴らは自ら欲しいものをこちらに漏らした。ナナリー・バルディアとメルディ・バルディアの価値は、奴らには計り知れないものなのだろう。ならば、それを利用するまでだ」

「なるほど……兄上、ではすぐ動かれるのですか？」

マルバスの問い掛けに、エルバは首を横に振る。

「しばらくは静観だ。まずは、バルディア領が奴隷達を使って何をするのかを見定める。そして、価値があればもっとも機が熟した時に動くとしよう。それに、ローブという男の裏にいる『やつ』のことも気になる。親父殿、それにマルバス、二人で少し調べてくれ」

「よかろう、私も『あの男』は気に入らん。少し調べてみよう」

「畏まりました。では、私も確認してみます」

マルバスとガレスはエルバの言葉に頷くと、足早に部屋を出ていった。残ったラファは、楽し気な笑みを浮かべている。

「ふふ、面白いことになりそうね。そういえば、アモンも色々頑張っていて最近は彼の支持者も多くなっているみたいよ。あは、エルバ兄様はどうするおつもりなのかしら？」

「ふん……我ら強者の厳しい政策に付いてこられない弱者が、縋っているだけだ。それに、アモンにも利用価値はある。その時まで、せいぜい泳がせておくだけだ」

ラファの言葉に、エルバは不敵な笑みを浮かべるのであった。

◇

時を同じくして、屋敷内にあるアモンの部屋では、彼の妹シトリーが遊び疲れて寝息を立てていた。

「スースー……」

「ふふ、シトリーの寝顔は可愛いな」

アモンは先程まで、妹のシトリーに勉強を教えていた。彼女は部族長の血筋ではあるが、武術の才能が無いと判断され屋敷内での立場は冷遇されている。その為、アモンが兄として面倒をみているのであった。

その時、部屋のドアが叩かれアモンが返事をすると狐人族の青年が入室する。ピンとした耳に、整った顔立ちをしている中々の美青年だ。彼は一礼してから、声を発した。

「アモン様、例の全身ローブに包まれた者が屋敷を出ましたがいかがしましょう？」

「ありがとう、リック。できれば追いかけてほしいけど、無理はしないで。あいつは、どこかの帝国貴族に繋がっている可能性が高いと思うから、深追いすると危険だよ」

彼の言葉にリックと呼ばれた青年は怪訝な表情を浮かべた。

「帝国貴族……ですか。ですが、どうしてそれがおわかりになるのですか？」

「まぁ、確証はないんだけどね。でも、この屋敷に出入りしている人物は大体把握しているんだ。その中で、帝国貴族の関係者だけは未だに見たことが無い。そうなると、あんな怪しい風貌の奴でも、消去法と父上達の対応から考えればその可能性が高いと思うんだよねぇ」

アモンは照れくさそうに話し終えると、ハッとして思い出したように話題を変えた。

「あ、それよりもリックは結婚したと聞いたよ。たしか、幼馴染の女の子なんでしょ？」

「は、はい。実は最近、ふといつ何が起きるかわからないなと思うようになりまして……そこで、思い切って告白したら『告白が遅い』と怒りながら受け入れてくれました」

「ふふ、そっか……良かったね。でも、君達もそうだし、もっと皆が暮らしやすい土地にしないとね」

そう答えると、アモンは窓の外を眺めた。いま狐人族の土地は、ガレスとエルバの厳しい税の取り立てによりどんどん疲弊している。このままでは、立ち行かなくなることは目に見えていた。

ガレスやエルバは次の『獣王』となれば解決できると考えているようだが、もしなれなかった時はどうするつもりなのか？　と、いつもアモンは懸念を抱いていたのである。

そこで、彼は少しずつ自身の考えに賛同する味方を増やして工業製品を独自に制作、販売するルートを開拓した。しかし、姉のラファに以前指摘された『外敵の備えはどうするのか？』という問題点は未だ残ったままである。

ただ、アモンを支持する者達の中には、それなりの武芸者も増えてきており、少しずつ前進はしていた。その時、リックがおずおずと言った。

「アモン様。奴隷として排出された同胞達ですが、やはりバルストからクリスティ商会経由で帝国貴族の治めるバルディア領に行ったようです。いかがしましょう」

「バルディア領か……あれだけ獣人の奴隷を集めて、何をするつもりなのだろうね。でも、残念だけど、今の僕達にできることは彼らの無事を祈ることだけだよ……」

アモンは悔しそうな面持ちを浮かべると、再度窓の外を眺めた。

「いずれ……バルディア領にいる同胞達の様子を見に行かないといけないね」

彼はそう呟くと、同胞たちの安否を祈るのであった。

◇

一方その頃のバルディア領のとある工房では、エレンとアレックスが指示を出しながら狐人族と猿人族が馬車馬のように動き回っていた。

「さぁさぁさぁ！　ボク達のリッド様から無茶ぶりがまたきたよ！」

「えぇぇ!?　またですかぁ！」

「……今度はなんでしょうか？」

エレンの声が工房に響くと、子供達が呆れた様子で集まってきた。しかし、皆はどこか嬉しそうで楽しそうである。そして、彼女がドヤ顔でその資料を見せると子供達の顔色がサーッと青くなる。

「え……これ、作るんですか？」

「この構造……意味がよくわかりません」

「大丈夫！　リッド様ができると言ったら何故かできるんです。いや、ボク達ができるようにするんですよ。さぁさぁさぁ、張り切っていきましょう！」

子供達はエレンのノリに苦笑すると、資料に目を通しながら色々と意見を出していく。そんな様子を、遠目に猿人族の兄妹であるトーマとトーナが見つめていた。

「はは、エレン姉さんに釣られて皆明るくなったよな」

「うん。でも、お兄ちゃんも明るくなったと思うよ」

「そうかぁ？　まぁ、そうかもな」

二人が楽し気に話していると、彼らの側にスッとドワーフのアレックスがやってくる。そして、ニヤリと笑うと二人に資料を差し出した。

「リッド様から、俺と猿人族の皆でこれを実現しろだって」

「……!?　なんじゃこりゃあ！　こ、こんなの細かいとか、手が器用とかっていう問題じゃないぞ」

「う、うん……これは細かすぎると思う」

しかし、狼狽《うろた》える二人に対して、アレックスは達観した様子で「ふっ」と鼻で笑う。

「姉さんから聞いただろう？　リッド様の無茶ぶりがやってくる、ここが一番大変なところなのさ」

猿人族のトーマとトーナは、この時に本当の意味でエレン達の言葉を理解した。そして、サーッと顔から血の気が引くのであった。

だが、これで終わりではなかった。だんだんと無茶ぶりの難易度が上がっていき、彼らは強制的に育ち成長していくことになる。こうして、狐人族や猿人族の子供達はバルディア領の工業力の中心となっていくのであった。

四方山話

ナナリーとライナーの夜語り

「スースー……」

「ふふ、こんなにすぐ寝てしまうなんてよほど疲れていたのね」

ナナリーは自身の横で寝ているリッドの頭を優しく撫でる。こうして、一緒に寝るのはかなり久しぶりだ。彼女は改めて自身の横に寝る子供が大きくなったことを実感する。

ついこの間まで、自分の腕に抱かれていた赤ん坊だったのに……今は、彼女が寝るベッドの半分近くを、可愛らしい寝顔を浮かべて占領しているのだ。

「私の腕で寝ていた姿は、もう懐かしい思い出なのね。ふふ、それにしても可愛い寝顔だこと……少し悪戯しようかしら」

彼女は口元を緩めると息子の頬をツンツンしたり、摘んでみたりしている。その時、やり過ぎたのかリッドがナナリーの手を軽く払い、「うー……ん、メルやめて……」と寝言を囁いた。

「あらあら、ふふ、どんな夢を見ているのでしょうね。それにしても、この寝顔はライナーに少し似ているかしら?」

リッドの寝顔が誰に似ているのか考えていると、ドアがノックされライナーの声が部屋に響く。

「ナナリー、私だ。入っても大丈夫か?」

「ええ、ですが、静かにお願いします。今だけの、とても可愛らしいものが見られますよ」

「……今だけの可愛らしいもの?」

彼はナナリーの答えに首を傾げながら、言われた通りに静かに入室する。そして、そっと彼女の側に近寄ると頬を緩ませた。

「なるほど、確かに今だけの可愛いものだな」

「そうでしょう？　大きくなったら、また違った可愛さはあるのでしょうけど、この寝顔は今だけしか見られませんからね」

二人はリッドの寝顔を見て、とても慈愛に満ちた表情を浮かべている。すると、ナナリーはニコリと微笑みライナーに囁いた。

「ね、あなた。リッドの頬を触って下さいな。とても、スベスベでプニプニなんです」

「う、うむ……」

ライナーは言われるまま、恐る恐るリッドの頬を優しく撫でる。そして、優しく摘んでみた。

「確かに、スベスベでプニプニだな」

「そうでしょう？　ふふ、でもこの寝顔はあなたによく似ていますよ」

そう言われた彼は、息子の寝顔をよく見た後、軽く首を横に振ると呟いた。

「この寝顔は私ではなくナナリー、君によく似ているよ」

「あら、そうかしら……でも、そうね。私達の子供ですから、きっと二人に似ているのでしょうね」

「ふふ、そうだな……しかし、こうして寝ている姿が一番可愛いな」

ライナーはリッドの頭を撫で、普段のやり取りを思い出して苦笑しながら呟いた。しかし、その言葉にナナリーは頬を膨らませる。

「あら、リッドはいつも可愛いですよ」

「まぁ、それはそうなのだが……少しばかり、母上と君に似て悪戯好きというか、常識に囚われないようなところがある。それに振り回される私の身にもなってくれ」

ライナーは彼女の言葉に苦笑しながら答えると、寝ているリッドに再度、優しい視線を向けた。

「まぁ、ひどい。トレット様が聞いたらきっと怒るわ」

「まさか……母上はきっと喜ぶさ」

二人が楽しく話していると、間に挟まれていたリッドが「ううん……」と寝言を言いながらベッドの掛け布団で丸まった。その姿に、ナナリーが顔を綻ばせる。

「あらあら、少しうるさかったかしら。ねぇ、あなた。あっちのソファーでもう少し話さない？」

「うむ、そうだな」ライナーは頷くと、ベッドの反対側に回り込みナナリーを両腕に抱きかかえた。いわゆるお姫様抱っこである。少し照れて頬を染めるナナリーをソファーに下ろすと、彼は辺りを見回した。そして、ひざ掛けを見つけ手に取ると彼女に優しく掛けた。

「体を冷やすなよ。寒くはないか？」

「ええ、ありがとう、大丈夫よ。それにしても、今日はどうしたの？」

その問い掛けに、ライナーはきょとんとして首を傾げた。

「ん？　聞いていないのか。リッドに『私が後で行く』と、君に伝えるように言っていたのだが」

「あら、そうだったのね。私が怒ったから、話す機会を失っちゃったのね」

「ほう。珍しいな君が怒るなんて、リッドは何をしたんだ？」

ナナリーの言葉に彼は少し目を丸くした。ライナーも彼女が怒った姿を見たことがあまりないからだ。何をしでかしたのか？　と思っているとナナリーは、苦笑しながら先程のやり取りを丁寧に

伝えた。

「ふふ、メルの演技と説明は面白かったですよ。ただ、話を聞くと理由があっても、態度と言葉遣いが貴族の子息としては如何かと思いまして、少し怒ったのです」

「確かにな。リッドは調子に乗りやすいところがあるからな。誰に似たのやら……」

ライナーが苦笑しながら首を横に振ると、ナナリーは思案顔を浮かべる。やがて、おもむろに呟いた。

「そうね……私の父上か、あなたのお父上のエスター様じゃないかしら。覚えている？　私の実家のお屋敷であなたとお見合いをした時のこと」

ライナーは懐かしげに頷いた。

「ああ、覚えているよ。父上とトリスタン殿にしこたま飲まされて、翌日に初めて二日酔いを経験したからな」

「あらそうなの？　それは初耳だわ。ふふ、でも、私達の縁談がまとまると、二人して調子に乗ってお酒を飲んで、トレット様が激怒されたじゃない。そこから考えると、リッドはあの二人にも似ている部分があると思うの」

「そうだな……そうかもしれんな」

その言葉にライナーが同意すると、ナナリーがハッとした。

「あ、話が逸れてごめんなさい。それで、今日はどうされたの？」

「ああ、そうだったな。いや、君に私達の息子が大活躍をした話をしようと思ったんだよ。まぁ、寝ているとはいえ、本人の近くでする話ではないかもしれんがな」

彼はそう言うと、寝ているリッドに優しい眼差しを向ける。ナナリーは嬉しそうに満面の笑みを浮かべた。

「まぁ、それは、是非聞きたいです。お聞かせ願えますか？」

「わかった。少し長くなるから、体調が悪くなったらすぐ言うんだぞ」

ライナーはナナリーの体調を気にしながら、リッドの活躍を楽しげに伝える。そして、その話に嬉しそうにナナリーは聞き入るのであった。

ちなみに、ライナーは部屋を出る際、リッドを抱きかかえて連れて行こうとしたが、ナナリーが制止した。理由は、『息子の寝顔をもっと見ていたい』ということだったそうだ。

書き下ろし番外編

ラファ・グランドーク

狐人族の部族長のガレス・グランドークにはズベーラ国内の他部族にも有名な子供達がいた。

一人目は、圧倒的な力を有しており、過去には親類を葬ったことすらある第一子の長男エルバ。

二人目は、長男や長女ほどの力は持っていないが、政務能力や領地運営などで手腕を発揮する第三子の次男マルバス。

三人目は、第二子であり長女のラファ。彼女はガレスの子供達の中で長男のエルバに次ぐ実力を持っているという噂に加え、その妖艶な姿と言動によって男性のみならず、女性すらも数々虜にしたと言われている。だが、彼女の本性を知る者達は口々にこう言った。『ラファの本当の恐ろしさは、ある意味エルバやガレス以上である』……と。

そう囁かれる理由には、ラファが受け持つ役割が大きく影響していた。彼女の役割……それは、狐人族の美男美女を従えてズベーラ国内外の諜報活動である。狐人族は修練を行えば、他人の姿に化ける魔法『化術』を扱うことが可能だ。そして、ラファは『化術』が狐人族で一番と言えるほどの技量を持っていた。

彼女は自らの『化術』を活かして様々な情報を掴み、有力者達を裏から支配するだけではない。時には狐人族の町に自ら赴《おもむ》いて、才能のある少女と青年を物色するのだ。彼女のお眼鏡にかなった者達は、特別な宿舎に連れて行かれる。そこでは化術から始まり、異性を誘惑して虜《とりこ》にする方法をラファが自ら指導するという。やがて、集められた少女と青年達は、ラファを主と狂信的に慕うようになり、諜報員としてあちこちに送り込まれるのだ。

そんなことが日夜行われている特別な宿舎に、帝国人の女性が目隠しと猿轡《さるぐつわ》に加え、両手両足を縛られた状態で連れ込まれていた。彼女は拘束されたまま椅子に座らされ、恐怖に体を震わせていたが、目隠しが外されると目の前にいた人物に目を丸くする。

「ギルバート！」

「レコア！　良かった、無事だったんだね」

彼女がギルバートと呼んだのは、狐人族で黄色い髪と青い目をした純朴で童顔の青年だ。ギルバートは涙を流しながら、茶色の髪と水色の瞳をした彼女の名を再び呟いた。

「ごめんよ、レコア。僕が結婚の祝いと思い出作りに旅行に行こうなんて言ったから……」

「いいえ、そんなことはないわ。私もそれに賛同したもの。二人一緒なら、きっと何とかなるわ！」

彼女は泣いているギルバートを励ますように、声を震わせながら気丈に振舞った。レコアは、マグノリア帝国の帝都にある『アウグスト・ラヴレス公爵家』の屋敷に勤めるメイドである。彼女の両親は、帝国内ではそこそこ大きい商家だった。その為、幼い頃より家庭環境に恵まれたレコアは必死に勉強して、ラヴレス公爵家のメイドの採用試験に合格したのである。

彼女がラヴレス公爵家でメイドとして働き数年が経過。周りからも仕事で一目置かれるようになった時、目の前にいる狐人族のギルバートと出会ったのだ。

彼はレコアのことを、自立した素晴らしい女性であるといつも立ててくれた。それは、彼女の自尊心をとても満たしてくれるものであり、密かに心が求めていたものだった。同時に彼はどこか幼く放っておけないところもあり、レコアの母性を刺激する。程なくして、二人は恋人同士となった。

そんなある日、ギルバートは自身が人族に化けた『狐人族』であることをレコアに打ち明け、許してくれるなら結婚して欲しいと求婚したのだ。

「仕方ないわね。結婚してあげる」とレコアが答え、式を挙げたのがつい先日のことである。

新婚旅行で幸せ一杯だったはずなのに、どうしてこんなことになってしまったのか？　気丈に振舞いながらも、レコアは不安で一杯だった。その時、部屋のドアが開かれて、白い髪を靡《なび》かせた狐人族の女性が入室する。

「初めまして、レコアさん。ラファよ。ふふ、手荒な真似をしてごめんなさいね」

「謝るぐらいなら最初からこんなことしないで欲しいわ！」

レコアは虚勢を張るが、ラファは楽しそうに口元を緩める。そして、拘束されているレコアの傍に近寄ると、彼女の頬を怪しく撫でた。

「貴女……とっても私の好みよ。それと、さっきのは形式的な謝罪だから気にしないでね。これからもっと色んなことを貴女にするの。きっと、楽しんでくれると思うわ」

ラファの怪しい瞳に見つめられ、レコアは全身に悪寒が走った。すると、普段は大人しいギルバートが声を荒らげる。

「止めろ！　彼女に何かしたら許さないぞ！」

「あら、貴方の許可なんてここでは必要ないのよ？　立場がわかっていないようね」

そう言うと、ラファは拘束されたギルバートの間近に迫る。そして、指先を彼の鼻先に向けた後、ゆっくりと下に這わせていった。ギルバートとレコアが息を飲む中、彼女は微笑んだ。

「これは……罰よ」

「なにを……？」

意図がわからずきょとんとするギルバートだが、彼はすぐに「ぐぁあああああああ⁉」と断末魔を上げた。ラファは彼の下半身にある『急所』を力一杯握りしめたのだ。

「あはは。いい声だわ。でも、まだまだ大きく鳴りそうね」

彼女は情け容赦なく握る手の力を強くする。ギルバートの断末魔が比例するように大きくなると、

「止めて！　もう止めて！」レコアが悲痛に叫ぶと、ラファが目を細めた。

「止めてもいいわよ。正し、貴女が私の言うことを聞いて、楽しませてくれればだけどね。そうすれば、彼には手を出さないわ。どう？」

「や……止めるんだ、レコア。僕の事は気にするな……」

「あら、貴方が喋って良いと言ったかしら？」

ラファが容赦なくギルバートの急所を握り潰すと、部屋には彼の断末魔が再び轟いた。

「止めて！　聞くわ。私が言う事を聞けばいいんでしょ⁉」

「そう……聞き分けの良い娘は大好きよ」

言質を取ったラファはレコアに近寄るとゆっくりと口を近づけていき、やがて唇を重ねた。

「な、なにを……⁉」レコアが驚愕すると、ラファはさも楽しそうに言った。

「あは、初心ねぇ。これからが楽しみだわ……」

その後、レコアは両手両足を縛られたまま特殊な椅子に座らされた。そして、目隠し、耳栓、猿轡をされ、触覚、聴覚、視覚を奪われ放置される。レコアはもっと恐ろしいことをされると思って

いたので安堵した。しかし、それは大きな間違いだったことをすぐに悟る。外界から遮断されたことで時間感覚が狂い始めたのを皮切りに、段々と気が狂いそうになっていく。寝てしまおうとも考えたが、いざ寝ようとすると水を掛けられ寝ることは許されなかった。

やがて、レコアの思考力が衰えたところを見計らい、ラファは甘美な洗脳を彼女に施す。最初こそ抵抗するレコアだが、拘束と甘美な洗脳を交互に施されたことで、彼女の精神はどんどん疲弊していく。それでも、レコアは愛するギルバートの為にと踏ん張っていた。だが、そんなレコアにさらなる絶望が襲った。

「ギルバート……な、何をしているの？」

必死に洗脳と拘束に堪えている彼女の目の前で、ギルバートがラファと情熱的に唇を重ねていた。

「ごめんよ、レコア。僕はね……実は最初からラファ様の忠実な『しもべ』なんだ」

「あはは。レコア、貴女が必死に守ろうとしていたものは何だったのかしらねぇ」

その言葉で、レコアの中にある何かが切れてしまった。すると、ここぞとばかりにギルバートが彼女の耳元で囁《ささや》く。

「ねぇ、レコア。僕は君を本当に愛しているんだ。だから、君もラファ様に忠誠を誓うんだよ。そうすれば、ラファ様の下で僕達は本当の夫婦になれる。それに、嫌がっていたことも受け入れればもっと甘美に……心が楽になるんだよ？」

「それは……ほんとうなの？」とレコアが虚《うつ》ろな瞳で反応する。

「えぇ、本当よ。私に忠誠を誓ってくれれば、ただそれだけで貴方達は本当の夫婦になれるの……

私は貴女を無意味な常識から救いたいの。ね、レコア？」

度重なる拘束と甘美な洗脳。加えて、心の支えが無くなったことでレコアの精神は壊れ、思考力は無くなり、何が正常なのか判断がつかない。程なくして、レコアは『ただ救われたい』という答えに辿り着き、おもむろに呟いた。

「……誓います。ラファ様に忠誠を……誓います。だからどうかお救い下さい……」

「そう……良い子ね。じゃあ、これで貴女はギルバートと本当の夫婦になれたわ。お祝いに、彼と一緒に沢山可愛がってあげるわね」

その後、ラファに墜ちたことを証明するように、レコアの甘美に染まった美声が部屋の外まで響くのであった。

後日。狐人族の部族長の屋敷では、執務室にガレスを筆頭にエルバ、マルバス、ラファという面々が揃っていた。

「それで、ラファ。お前に頼んでいた件だが、帝都の情報は得られそうか？」

ガレスの問い掛けに、ラファはコクリと頷いた。

「えぇ、父上。先日、私に忠誠を誓ってくれた『新しい娘』がいますから、少し経てば色々と情報を得られると思います。名を『レコア』と言って、とっても可愛い声で鳴くんですのよ。うふふ」

さも楽しそうに笑う彼女の姿に、この場にいる面々はやれやれと肩を竦めるのであった。

紙書籍限定
書き下ろし番外編

エルバという存在2

獣人国のズベーラでは、半年に一回だけ王都に各部族長が集まる会議が開かれる。その会議には、必ず部族長が参加しなくてならない決まりがあった。

狐人族の部族長であるガレス・グランドークは、彼の長男であるエルバ・グランドークを連れて会議に出席する為、領地を出発する。

その翌日。部族長の弟である、グレアス・グランドークの屋敷の前では武装した狐人族の有力者達が大勢集まっていた。彼等の前に歩み出たグレアスは、深呼吸を行い決意に満ちた眼差しで周りを見渡した。

「我が兄であるガレスには、再三と政策の見直しを進言したが、一切受け入れることはなかった。それはここにいる皆も知っての通りだ。このままでは、狐人族の領地は荒れ果て、衰退していくことだろう。我らの目的は暴政を振るうガレス・グランドークから、狐人族を救い、守ることである。このように覇道の道を選ぶことしかできなかったことは悔やまれるが、恐れることも、後悔することもない。大義は我らにある！」

「おぉおおおお！」

有力者達が勇ましい雄叫びで答えたその時、グレアスは屋敷の外に現れた人影を見て眉間に皺を寄せた。

「素晴らしい……実に素晴らしい演説だ。しかし叔父上、忠告したはずです。すでに時は遅いと……ね」

「ふん……エルバか。やはり、現れたな。お前が来るだろうと思っていたよ」

グレアスは鼻を鳴らして答えるが、動じる気配はない。元々、グレアス達の決起の情報はエルバ達に漏れていた。ならば、それを利用しようとグレアスは考えていたのである。

有力者達がバラバラに動けば、兵力に勝るエルバ達に各個撃破されてしまうだろう。しかし、一同に集まり一点突破を狙えばまだ勝機はある。

そして、エルバという存在は狐人族の最高戦力だ。それをこの場で倒すことさえできれば、ガレスから奪い取った政権維持もやりやすくなる。

決起の情報が洩れている中、有力者達をまとめているグレアスが考えた最初にして最大の決戦であり、背水の陣であった。対するエルバは自身よりも大きい戦斧を右手で持ちながら、左手を額に当てながら高笑いを始める。

「はは……はぁ……。さすが、叔父上。死期を悟っていたらしいな」そう言ってエルバはグレアスの周りにいる者達を舐めるように見回した。

「それに、裏切り者達をこのように集めて下さっていたとは……実に有難い。此処にいる者達は、一族郎党根絶やしにしてくれよう。それが嫌なら、せいぜい足掻くことだな」

すると、怒りに駆られた数名の有力者達が獣化する。

「貴様こそ、ここで成敗してくれる！」と声を荒らげてエルバに襲い掛かった。しかし、襲い掛かった者達はエルバの間合いに入るなり瞬時に『体が上下に別れて』辺りには血だまりが出来上がった。

「はぁ……。この程度で俺を『成敗』するか……下らん。力なき理想なぞ、ただの戯言だ」

エルバはそう言うと、自身の足元でまだ息のある上半身だけの有力者の頭を戦斧の柄で叩き潰した。有力者達が戦く中、彼の背後から青年がやれやれと首を横に振って現れる。

「兄上。頭を潰すのはお止めください。後々、身元確認が厄介です」

「ん？　そうか、そうだったな」

二人のやり取りを見たグレアスは、青年を見つめて呟いた。

「まさか、マルバス。お前もここに来るとはな」

「お久しぶりです、叔父上。ちなみに、皆様に良いことをお伝えしましょう」

マルバスはニコリと微笑んだ。

「此処にいる有力者の方々の屋敷には、すでに我らの手が回っております。皆様が我らに『成敗』された後、すぐに後を追っていただく所存です。どうか、ご安心ください」

「な……!?」と驚きの表情を有力者達が浮かべる中、マルバスはグレアスを見据えた。

「勿論、叔父上が大切にされていた『マリチェル』様の元にも姉上がおります。ご家族であの世で仲良く暮らせることでしょう」

「……!?　貴様ら……そこまで外道に墜ちたか」

怒りの形相を浮かべるグレアスに、エルバは返り血を浴びた顔で答えた。

「外道……ふふ……はっははは。優しい叔父上らしい言葉ですねぇ。しかし、政治や闘争は綺麗ごとだけでは不可能。悪逆非道を極めてこそ、正道を歩めるというものでしょう」

そう言ってエルバが左手を高く掲げると、屋敷を覆うように武装した狐人族の兵士達が姿を現した。そして、彼は楽しそうに笑みを溢す。

「さぁ……始めようか、叔父上」

「……臨むところだ」

グレアスが凄みながら呟くと、彼の周りにいた有力者達は雄叫びを上げて次々に獣化する。呼応するようにエルバ側の兵士達も獣化していき、戦いが幕を開けた。

狐人族は獣化した際、魔力の総量に応じて尻尾の数が増えるという特徴がある。当然、尻尾の数が多い程に魔力が多い……つまり、実力があるということである。

グレアス側の有力者達は獣化すると共に、尻尾の数は二または三本となった。対して、エルバ側の兵士達は全員が三本であり、有力者達の顔は青ざめる。その時、グレアスの声が轟いた。

「恐れ戦くな！　尻尾の数など、所詮は魔力量に過ぎん。戦いは魔力ではない、意志の力で勝つものだ」

「……⁉　グレアス殿の言う通りだ。いくぞぉおおおおお！」

有力者達は雄叫びを上げると、獅子奮迅の勢いでエルバの兵士達と激戦を繰り広げる。やがて、グレアスの屋敷に火がつき辺りは火の海となっていた。

だが、戦いの情勢は段々とエルバ側に片寄り始めていく。グレアスは、「意志の力で勝つものだ」と皆を鼓舞していたが、内心では実力差が厳しいとすぐに悟っていた。グレアス達の集まりは、ある程度の実力を有していたが、それはあくまで個の動きである。

エルバ側の兵士達は、尻尾の数からわかる魔力量だけではなく、高度に訓練された動きをしていたのだ。『戦闘集団』という言葉が当てはまるかもしれない。

（おそらくエルバ直属の兵士達だろうが、まさかここまでの組織的な実力を持っているとはな……）

グレアスは舌打ちしながら、襲い来る兵士達を返り討ちにすると、奥で腕を組み不敵に笑っているエルバに向かって叫んだ。

「どうした、エルバ！　私が怖いのか⁉　貴様も獣人族であれば、私と勝負するが良かろう。それとも、口だけで恐れをなしたのか！」

これは、グレアスの賭けであった。戦況を見るからに、このままではグレアス側はいずれ敗北してしまう。それ故に、互いの総大将で決着を付けようというわけである。

「兄上、如何なさいますか？」

「ふふ、面白い。叔父上に引導を渡してやるとするか」

マルバスの問い掛けに、エルバは不敵に笑いながら答えると声を張り上げた。

「叔父上。その誘い、あえて乗ってやろう！」

エルバの言葉が辺りに響くと、有力者達と兵士達の手が止まる。そして、エルバとグレアスの間に道が自然と出来上がった。

二人はゆっくりとその道を進み始める。この時、グレアスとエルバはまだ獣化していなかったが、歩む途中で二人は互いに獣化した。

グレアスは尻尾が七本ある金色に輝く姿となり、その姿は神々しくもある。対してエルバは、尻尾が六本ある銀色でどこか禍々しい輝きを放つ姿となった。

獣化した二人の姿を確認すると、グレアス側の有力者達から「うぉおおお！」と歓声が挙がった。この時点で、尻尾の数が多いグレアスが優勢であると誰しも分かったからである。そして、マルバスを含み、エルバ側の兵士達は何も言わずただ二人の様子を見つめていた。

「さすが、叔父上だ。その雰囲気から察するに『八狐』にも届くような魔力量だな」

「……エルバ、降参しろ。金狐である私に、銀狐であるお前は勝てん。私の目的は、あくまで兄であるガレスから政権を奪うことだ。お前の命ではない」

諭して説得するようなグレアスの言葉に、エルバは左手を額に添えて大笑いを始めた。

「……はぁ。本当に叔父上は俺の笑いのツボを付いてくる……残念だよ。妻子を選び、素直に俺に飼い殺しになってくれれば良かったものを。弱者の為に、道を踏みはずすとはな」

その時、グレアスの表情に青筋が立った。

「お前には……何を話しても無駄なようだ……！」

「奇遇だな。俺も同じことを思ったところだよ」

エルバの言葉がきっかけとなり、グレアスが戦斧を振り猛攻を仕掛けていった。防戦一方となるエルバの姿を目の当たりにした有力者達が歓喜の雄叫びを上げている。

「エルバ。貴様は、このままで狐人族の未来があると、本当に思っているのか！　ガレスの行う政策は民を見殺しにしているだけだ。なれるかどうかもわからない『獣王』に頼る政策が、間違っていると何故わからん！」

「はは。確かに、俺も『獣王』の仕組みは嫌いだ。だが、だからと言って弱者をわざわざ救おうなど思わんよ。俺には俺の野望があるんでな！」

「野望……だと？」

グレアスがそう呟くと共に、二人は間合いを一旦取り睨み合う。

「ならば、聞かせてみろ。貴様の言う野望とはなんだ？」

「そうだな……冥途の土産に教えてやろう。俺の野望は獣人族による『大陸支配』だ」

「なんだと……？」とグレアスが眉を顰めた。

「獣人族の優れた身体能力を活かして、組織的な動きさえできれば、この大陸を手中に治めることは可能だ。だが、獣王と言う仕組みによってその力は外ではなく、内部に向けられている。実に下らない話だとは思わないか？　この『獣化』を使いこなせる兵士達を量産して軍を作り、大陸に覇を唱えればマグノリア、トーガ、アストリア、ガルドランド、バルスト、レナルーテ。すべての国を支配することも可能だろう。故に、俺は弱者に構う暇など無い。必要なのは、覇道の道を突き進むための強者だけだ」

「……その為ならば、民が……狐人族がどうなっても構わないというのか？」

声を怒りに震わせながらグレアスが問い掛けると、エルバはさも当然のように頷いた。

「そうだ。狐人族も単なる踏み台に過ぎん。従って、弱者がどうなろうと俺の知ったことではない」

「エルバ。貴様は、この世に戦乱をもたらし、人を死に追いやる死神だ。たとえ、我が身が亡ぼうと、貴様だけは討ち果たしてみせよう……はぁあああ！」

グレアスはそう言うと、魔力を高めていく。やがて、尻尾の数が八となり全身が黒くなり雷を纏う姿となった。

「ほう。この場でさらに魔力を高めて七尾の金狐から八尾の八狐になるとは……さすが叔父上だ。その実力は、間違いなく親父殿より上だろう」

「観念でもしたか、エルバ。えらく余裕だな。だが、私が貴様を許すことは無い。野望ごと黄泉の国に送ってやる……いくぞ！」

その瞬間、グレアスが駆けだしたことで暴風が辺りに巻き起こる。この場にいる誰もが、彼の勝利を確信していた。そう、エルバとマルバス以外は。

辺りに激しく金属がぶつかる音が鳴り響くと、間もなく戦斧の先端が空から落ちてきて地面に突き刺さった。そして、グレアスとエルバの姿を目の当たりにした有力者達の表情は絶望の色に染まる。

「ば……馬鹿な。私の全身全霊を込めた一撃だぞ。何故、私の戦斧が折れるのだ……」

グレアスは、この場で初めて恐れ戦いている。エルバの体に戦斧を振り下ろした時の手ごたえは、異常に硬い何かにぶつかったようなものだった。負けじと振り抜いた結果、戦斧が折れてしまったのである。だが、何よりも信じられないのがエルバの体が無傷であることだ。

やがて、エルバがため息を吐いて首を横に振った。

「叔父上……簡単な話だろう。俺があんたよりも強い……ただそれだけさ」

「な……!?」とグレアスは驚愕した。

六尾である銀狐のエルバが、八尾の八狐であるグレアスより強い……そんなことは狐人族では本来『有り得ない』ことだったからだ。

エルバは動揺しているグレアスの喉元を素早く左手で掴むと、締め上げながらゆっくりと持ち上げた。

「あんたが言っていただろう。『尻尾の数など、所詮は魔力量に過ぎん』とな……その通りだ。だが、尻尾の数で実力を計ろうとする輩には良い目くらましになる。教えてやろう、俺はすでに八尾を超えているのさ」

「な……なんだと……」

「ふふ。言われた通り、俺は死神だ。何故なら、あんたに『死』を与えるのは俺だからな……。どうした？　早く何とかしないと、本当に死んでしまうぞ？」

「ぐぉおおおおお！」

グレアスは八尾の状態のままで魔力を解放したりするなど、エルバの手が逃れようとするがどうにもならない。すると、エルバがふと何を思いついたように笑みを浮かべて辺りを見回した。

「おい、お前達。こいつを助けたかったら、俺に襲い掛かって来るがいい。一騎打ちは見ての通りもう終わった。後は、俺がこいつに止めを刺すか、お前達が俺を止めるかだ」

「ちょ……挑発に乗るな……お前達ではエルバには……勝てん……」

必死に声を出すグレアスだが、エルバは嘲笑った。

「どうする？　この場で逃げてもいいが、お前達の家族はすでに俺達の手中にある。何にしても、俺を倒さないと未来はないぞ」

その言葉がきっかけとなり、有力者達は「う……うぁあああああ！」と雄叫びを上げながらエルバに次々と向かっていく。しかし、エルバは左手でグレアスの喉元を掴んだまま、右手だけで戦斧を扱い返り討ちにしていった。

それから程なくすると狐人族の死体の山が出来上がり、辺りの地面は血だまりで真っ赤に染まっていた。

「が……がは……グレアス殿……もうしわけ……ない……」

「ふん……雑魚共が」

エルバは鼻を鳴らすと、襲い掛かってきた最後の狐人族の頭を踏み潰した。

「ぐ……」と悔しそうにエルバの腕を掴み何とか反撃をしようとするグレアスだが、どうにもならない。程なくして、エルバはグレアスを左手だけで高く掲げた。

「叔父上、どうやらこれで本当にお別れのようだな。だが、安心してくれ。俺は紳士的だ。しっかりとした『火葬』をしてやるよ」

「火葬……だと？」

グレアスが意図がわからず聞き返すと、エルバはニヤリと笑った。

「こう言うことだよ。叔父上」

「……!?　ぐぁあああああああああ！」

その瞬間、グレアスの全身が黒炎に包まれ断末魔が辺りに轟き、エルバの笑い声が響き渡るのであった。

グレアス・グランドークの決起は失敗に終わった。しかし、エルバはこれだけでは済まさなかった。グレアスの決起に関わった者達の粛清を情け容赦なく行ったのである。

決起に参加した者はその場で全員打ち捨てられ、その家族も全員が捕らえられ生まれて間もない赤子から、屋敷に仕えていただけの者まで粛清は及んだ。

部族長の弟である『グレアス』を討ち取るだけでなく、関係者に対する徹底的な粛清は狐人族内だけでなく獣王国全体にエルバの存在を知らしめ、畏怖させるに至ったのである。

そして、ある日のこと。エルバは父親であるガレスに呼ばれて屋敷の執務室を訪れていた。

「エルバ、お前はやり過ぎだ！　グレアスのことも何故わかっていたなら、私に知らせなかった。殺す必要など無かっただろう！」

ガレスの怒号に、エルバはソファーに腰を下ろし足を組んだままやれやれと肩を竦めた。

「親父殿は叔父上に甘い部分があったから、俺が動いたまでだ。それに、遅かれ早かれこうなっていたんだ。むしろ、叔父上をその手で殺さずに済んだこと、感謝して欲しいぐらいだな」

「エルバ……貴様……！」

怒りにガレスが震えたその瞬間、エルバは彼の懐に入り込み喉元を左手で掴み持ち上げた。

「がは……!?　な、なんの真似だ!?」

「叔父上は『八狐』だった。それを俺が難なく始末した……それがどういう事かわかるだろう？」

「な……!?」

ガレスは目を見開いた。ガレスが獣化した時の尻尾の数は七である。つまり、グレアスはガレスより強かった。そのグレアスを『難なく倒した』というエルバの実力は、ガレスを大きく上回ることは想像に難くない。だが、エルバは優しく囁いた。

「安心しろ、親父殿。俺の目的は部族長の椅子じゃない。もっと上さ。だから、親父殿には俺に従って欲しいんだよ？　わかるな？」

「あ……あぁ。わ、わかった」

ガレスが頷いたことを確認すると、エルバはゆっくりと彼を床に下ろした。

「さすが、親父殿は叔父上より理解が早くて助かるな」

「う、うむ。そ、それで、お前の言う『もっと上』とはどこを指しているのだ？」

その後、エルバから野望についての話を聞いたガレスは「素晴らしい。さすが、我が息子だ」と大いに賛同する。そして、狐人族の領地はさらなる軍拡の道に進むことになるのであった。

◇

その頃、グランドーク家の三男であるアモンは自室でとある手紙に目を落としていた。その手紙は、グレアスが決起をする前に密かにアモンに送った手紙である。

内容は決起に行った経緯。そして、元を辿ればアモンの父であるガレスとの確執に原因があったことなど、事細かに狐人族の現状と将来における問題点が記載されていた。やがて、一通り読み終えたアモンは、ふぅと息を吐く。

「民なくして、長は務まらない……叔父上、貴方の教えは忘れません」

彼は父であるガレスや兄のエルバのやり方では、狐人族の行末は大丈夫なのだろうか？　という思いが以前からあった。その思いは、今回の叔父の決起と手紙によって確信に変わる。

　こうして、アモンは狐人族の将来を案じて少しずつ独自の動きを始めていく。それはある種、グレアス・グランドークの遺志を受け継ぐようでもあった。

◇

　狐人族の領内にあるグレアスが秘密裏に建てた屋敷では、女性達の悲鳴が鳴り響いていた。やがて、その悲鳴が聞こえなくなると辺りに雨が降り始める。

「あら？　雨が降り始めたわ。赤ん坊が冷えるのは良くないんじゃないかしら？　ねぇ、マリチェル」

　グランドーク家の長女であるラファは、外の様子を気にしつつ先端の尖った棒をマリチェルの喉元に向けていた。マリチェルは赤子を大事に抱きしめながら、怨めしそうにラファを見据える。

「どうしたら、この子を助けてくれますか？」

「ふふ、そうねぇ……。私って、男も女も可愛ければどっちも好きなの。貴女はとっても好みだわ。殺しちゃうのが惜しいくらいにね」

　そう言って、舌なめずりする妖艶なラファの姿に、マリチェルは背筋がゾッとする。だが、ラファはそんなマリチェルの様子も楽しむように、彼女の頬に手を添えた。

「もし……本当に……貴女が私を楽しませてくれるなら、貴女もその子も見逃してもいいわよ」

「……本当に……本当に、見逃してくれるんですか？」

　マリチェルは真っすぐにラファを見据えた。

「あはは、そうねぇ。でも、貴女を見逃した方が、後々面白いことが起きそうだもの。それと、叔父上が貴女に付けたメイド達を貴女の身代わりにするわ。そうすれば、父上も兄上達も気付かないはずよ？　さぁ、どうするかしら、マリチェル？」

「わかりました……」

マリチェルはコクリと頷き、ラファに従うのであった。

後日、エルバの元にラファが訪れて報告を行った。その内容は、グレアスの子を産んだマリチェルとその子供を始末したというものである。また、その証拠としてマリチェルと子供の髪と耳もラファは持参していた。

エルバは証拠を見て少し訝しむが、死体のある屋敷は落雷が落ちて全焼。黒焦げの死体であれば、おそらくまだあるだろうから気になるなら調べてみるといいわ、と言ってラファはニコリと笑う。

その答えを聞いたエルバは肩を竦めて「わかった。ちょっと気になっただけだ」と呟くのであった。

あとがき

皆様、こんにちは。作者のＭＩＺＵＮＡです。

この度は『やり込んだ乙女ゲームの悪役モブですが、断罪は嫌なので真っ当に生きます５』を手に取って下さり本当にありがとうございます。また、この場をお借りして作品に関わって下さった皆様へ御礼申し上げます。支えてくれた家族、ＴＯブックス様、担当のＨ様、素敵な絵を描いて下さったイラストレーターのＲｕｋｉ様、他ネットにて応援して下さっている沢山の方々。そして、本書を手に取ってくれた皆様、本当にありがとうございました。

書籍五巻では、獣人族の子達がいよいよ登場しましたね。彼等はそれぞれに故郷から奴隷として売り出された経緯がありますが、その辺りは今後のＳＳや本編で少しずつ書いていきたいと思っています。

さて、本編では触れていなかった『奴隷』について少し書いてみたいと思います。物語の舞台となっている大陸（地図）上にある国々で人族以外を『奴隷』として扱っているのは、教国トーガとバルストだけです。しかし、人は欲深い生き物ですからね。他の国々でも一部の権力者が奴隷を囲っている可能性は高いでしょう。その辺りも、今後の物語に絡んで来るかもしれません。

ちなみに、トーガとバルストが人族以外を『奴隷』として扱うのはある理由があります。

トーガが布教している聖典の一節に『人は自らと同じ人を奴隷や家畜のように扱ってはならない』という文言があるのですが、この『人』の部分に『エルフ、ダークエルフ、ドワーフ、獣人族』は含まれない……という解釈をしてバルストは奴隷売買を正当化しているのです。

また、バルストは奴隷売買で得た多額の金額からトーガに『お布施』を行っていますから、トーガは黙認しているような状況です。

マグノリア帝国を含めた他国は、「そんな都合の良い解釈があってたまるか！」と奴隷を禁止しています。何より、トーガは帝国に並ぶ大国であり、他国内においての布教活動に熱心です。

もし国が奴隷を許してしまうと、バルストのようにトーガの教えと解釈を元にあちこちから奴隷が集まっていきます。そして、信者と奴隷が一定以上集まった国をトーガは次々に飲み込み、今の大国となった経緯があります。それ故、他国はトーガに対してあまり良い印象を持っていません。

この部分の詳細については、いずれ本編で書いていくつもりですから楽しみにして頂ければ幸いです。

あと、獣人族はモフモフで可愛いと思うんですがきっと掃除が毎日大変だと思うんですよね。彼等が住む宿舎では、毎朝掃除が行われていますが子供達の髪の毛とは別に大量の『毛』が集まります。

猫や犬を飼っている方は、どういうことか想像しやすいかもしれません。

獣人族の子達はやんちゃ、お転婆、いじっぱり、無口……等々、様々な子が沢山います。

そんな彼等がこれからどう活躍していくのかも楽しみにして頂ければ幸いです。では、次は六巻で皆様とお会い出来るのを楽しみにしております。最後までご愛読いただきありがとうございました。

やり込んだ乙女ゲームの悪役モブですが、断罪は嫌なので真っ当に生きます5

2023年9月1日　第1刷発行

著　者　MIZUNA

発行者　本田武市

発行所　TOブックス
〒150-0002
東京都渋谷区渋谷三丁目1番1号　PMO渋谷Ⅱ　11階
TEL 0120-933-772（営業フリーダイヤル）
FAX 050-3156-0508

印刷・製本　中央精版印刷株式会社

ISBN978-4-86699-929-6